AF138664

*Unser Schicksal hängt nicht
von den Sternen ab, sondern
von unserem Handeln*

William Shakespeare (1564 -1616)
Englischer Dichter

Alfred Zech

Das Erbe der Maske

Dritter Fall für
Detektiv Erwin Müller

Kriminalroman

Bibliografische Information der Deutschen Nationalbibliothek:
Die Deutsche Nationalbibliothek verzeichnet diese Publikation in der Deutschen Nationalbibliografie, detaillierte bibliografische Daten sind im Internet über http://dnb.dnb.de abrufbar.
Impressum:
© 2019 Alfred Zech
1. Auflage 06/2019
Umschlag/Illustration: Alfred Zech
Lektorat/Korrektorat: Alfred Zech
Autoren-Homepage: www.alfred-zech.de

Herstellung und Verlag:
BoD – Books on Demand, Norderstedt

ISBN: 978-3-7386-4564-**4**
Printed in Germany

Prolog

Gleich hinter dem Weserdeich in Bremen verbinden sich der Ostertorsteinweg und das Steintor zum sogenannten »Viertel«. Eine Vielzahl kleinerer Geschäfte sowie Cafés, Restaurants und Bars sind ein beliebtes Ziel für die Bremer und für Touristen.

Das pulsierende Nachtleben hat es in sich. In den Stundenhotels herrscht Hochkonjunktur. Die internationale Bevölkerung dieses Viertels ist vielfältig und besteht aus Geschäftsleuten, Arbeitslosen und Studenten, die sich fast täglich begegnen.

Die Arbeit der Polizei konzentriert sich hier auf kriminelle Verstöße, nicht auf Ordnungswidrigkeiten.

Es ist ein ganz normaler Tag und der übliche Trubel auf den Straßen nimmt Formen an.

Detektiv Erwin Müller ermittelt mit Hauptkommissar **Hagedorn** in diesem Viertel, wo Gastronomie, Prostitution und Kriminalität vorherrschen. Schlägereien, Diebstahl, Überfälle, Erpressung und Betrug sind an der Tagesordnung, auch Mord ist nicht ausgeschlossen.

Wer ist die Leiche auf dem Gehsteig?

Wurde der Polizeiarzt auch ermordet, oder hat er sich selbst mit Alkohol aus dem Leben katapultiert und lebt noch?

Erwin Müller und Hauptkommissar **Hagedorn** stehen vor einem Rätsel. …

Wer steckt hinter der Maske?

***

1

Der Mann, der über den Hof eilte, hörte das Splittern der Türfüllungen. Er öffnete das Hoftor und warf einen Blick in das Innere des Wagens. Auf dem Boden lag ein bewusstloser Mann.

»Ich fürchte, ich muss Sie auf eine weite, unangenehme Reise mitnehmen«, sagte er zu dem scheinbar Toten.

Er könnte ihn auch zurücklassen, aber dann hätten die Beamten die leblose Gestalt gefunden, und sobald diese wieder klar bei Verstand war, ausgefragt.

Er fuhr schnell vom Hof. Als er vorne am Wohnhaus vorbeikam, hörte er, dass jemand versuchte, die Haustür zu öffnen. An der Ecke am anderen Ende der Straße sah er einen Polizisten.

»Hallo«, rief ihm der Beamte freundlich zu.

Der Fahrer des Wagens lachte in sich hinein.

Die Hände, mit denen er das Lenkrad hielt, waren noch feucht von der roten Flüssigkeit, die er auf den Fußboden und auf die Wände des Ganges gesprüht hatte. Hoffentlich würden sie die Farbe nicht genauer untersuchen, damit er seine Verfolger wenigstens bis zum nächsten Morgen täuschen konnte.

Es stand ihm nur noch wenig Zeit zur Verfügung. Er überlegte sich, wie lange die Polizei brauchen könnte, um eine Beschreibung des Wagens durchzugeben, und wie lange es dauern würde, bis diese Beschreibung allen Streifenwagen in Bremen bekannt war. Es mochte sich vielleicht um eine Dreiviertelstunde handeln.

Er fuhr direkt nach Norden, und dreißig Minuten später hatte er den Stadtrand von Bremen erreicht. Es war sicher, dass die Polizeiinspektion allen außerhalb liegenden Revieren die Nummer des Autos bekannt geben würde. Er musste sich deshalb auf Nebenwege beschränken und alle Punkte vermeiden, an denen Autokontrollen zu vermuten waren.

Wenn er Glück hatte, konnte er den kleinen Bauernhof, der zwischen Bremen Nord und Ritterhude lag, unentdeckt erreichen. Hätte er den direkten Weg über die Autobahn eingeschlagen, so wäre er schon längst dort gewesen.

Er kam schließlich zu einer Stelle, an der ein ziemlich schlechter Landweg rechts von der Hauptstraße abging. Diesen benutzte er. Er musste mit größter Vorsicht fahren, denn er hatte die. Scheinwerfer ausgeschaltet. Der Weg war uneben und holperig, aber immer noch besser als der Feldweg, den er später einschlug. Hier musste er noch behutsamer manövrieren. Der Motor machte verhältnismäßig viel Geräusche, und er war in großer Sorge, dass dadurch ein Polizist auf ihn aufmerksam werden könnte. Aber offenbar hatte er Glück hier in der Wildnis. Er hatte keine Uhr bei sich, schätzte aber, dass es ungefähr vier Uhr morgens sein musste. Der Himmel hellte sich noch nicht auf.

Endlich kam er zu einer alten Scheune, die neben einem niedrigen, unscheinbarem Haus stand. Er hielt an, öffnete die Wagentür, zog die bewusstlose Person heraus und legte sie ins Gras. Dann fuhr er das Auto in die Scheune, schloss das große Tor, öffnete die Haustür und schleifte die besinnungslose Gestalt über den Rasen in die Diele.

Außer ein paar unansehnlichen Gegenständen, die der frühere Eigentümer zurückgelassen hatte, war das Haus nicht möbliert. Ein schmutziger dunkelroter Teppich lag in der Diele, und in einem angrenzenden Zimmer stand ein altes Sofa. Dort legte er seinen Gefangenen nieder. Dann blieb er einige Zeit vor ihm stehen und betrachtete ihn nachdenklich.

»Es war ein großer Fehler von Ihnen, dass Sie die Polizei auf meine Spur hetzen wollten«, sagte der Mann. »Ich hoffe, dass Ihnen die Sache nicht schlecht bekommt.«

Aber die regungslose Gestalt war bewusstlos und hörte nichts. Der Entführer hatte in der letzten Zeit die Angewohnheit, laut mit sich selbst zu sprechen.

Er wandte sich ab, ging wieder in die Scheune und brachte von dort eine kleine Flasche Wein und eine Schachtel Kekse mit, die er für Notfälle unter dem Fahrersitz hatte.

Den Wagen konnte er jetzt nicht mehr gebrauchen. Er musste seinen Weg quer übers Land auf andere Weise antreten. Aber darauf war er vorbereitet. Von Woche zu Woche hatte er mit größerer Sorgfalt eine Liste über alle Bundesbahn Sonderfahrten in die Umgebung Bremens geführt, und er wusste, dass an diesem Morgen ein Zug mit Urlaubern in Richtung Teufelsmoor und dann weiter nach Bremerhaven fuhr. Er hatte sich entschlossen, diese Route zu wählen, und er glaubte sicher, dass er unter einer Anzahl von Ausflüglern nicht auffallen würde.

Nur der bewusstlose Mann war eine Schwierigkeit. Er wünschte sich jetzt, dass er den Mann nicht mitgenommen hätte.

Er goss etwas Wein in eine alte Tasse, die er in der Küche fand, und trank ihn aus. Dann füllte er die Tasse noch einmal und brachte sie in das Zimmer, wo der Bewusstlose auf dem Sofa lag. Er stellte die Lampe, die er trug, auf einen wackligen Tisch, setzte sich auf die Ecke des Sofas und wartete. Zwischendurch ging er zur Toilette um seine Blase zu entleeren, und stellte fest, dass die Wasserspülung nicht funktionierte. Egal, er ging wieder in das Zimmer zurück.

Nach einer Weile blinzelte der bewusstlose Mann und schaute sich dann verwundert um. Schließlich bemerkte er den Fremden. Er kam langsam wieder zu sich.

»Wo bin ich denn?«, fragte er heiser.

»Auf einem kleinen stillgelegten Bauernhof in der Nähe vom Teufelsmoor. Und ich möchte Ihnen sagen, dass ich derjenige bin, den Ihr Freund der Hauptkommissar Hagedorn bereits vermutet hat.«

Der Mann auf dem Sofa sah ihn ungläubig an.

»Sie?«, Aber Sie sind doch …

»Das wundert Sie? Ich glaube, Sie haben es selbst geahnt und wollten es Ihren Freunden in der Polizeidirektion verraten. Ich habe nicht die Absicht, Sie zu chloroformieren oder durch ein anderes Mittel wieder bewusstlos zu machen. Aber hüten Sie sich davor, etwas Unüberlegtes machen zu wollen, um mich auffliegen zu lassen. Sollte das der Fall sein, muss ich Sie leider töten. Wenn ich mich nicht sehr irre, schlafen Sie bald wieder ein und werden dann sehr lange schlafen, und wenn Sie wieder aufwachen, finden Sie Ihren Weg zur nächsten Polizeistation schon selber. Ihre Fesseln habe ich dann schon gelöst. Bis dahin bin ich auch aus Ihrem Leben verschwunden. Eine Verfolgung Ihrerseits wäre erfolglos, denn ganz in der Nähe beginnt das Teufelsmoor und wir kennen ja aus früheren Geschichten die Aussagen, einmal im Moor, immer im Moor!

Er machte eine kleine Pause, trank von dem Wein und sprach weiter:

»Sollten Sie mit einem Auto fahren wollen, so kann ich Ihnen zu Ihrer Beruhigung sagen, dass Sie in der Scheune einen Wagen finden, die Schlüssel stecken. Mein Hauswirt«, er lachte bei dieser Aussage, »hat mir sein Auto zur Verfügung gestellt. Diese Erklärung sagt Ihnen vielleicht manches, aber wahrscheinlich kümmern Sie sich augenblicklich nicht um diese unwichtigen Details, sondern machen sich Gedanken, wie Sie unbeschadet aus dieser Wildnis hinauskommen.«

Der noch etwas benommene Mann auf dem Sofa starrte seinen Entführer müde an und konnte nicht glauben, wen er vor sich hatte.

»Legen Sie sich wieder auf die Seite«, befahl der Fremde. »Und schließen Sie die Augen.«

Der Fremde wartete noch einige Minuten, bis der Betäubte fest schlief, dann ging er wieder zur Scheune und holte dort einen kleinen Lederkoffer, in den er verschiedene Toilettenartikel eingepackt hatte.

Ein plötzliches unangenehmes Gefühl packte ihn ... und seine Gedanken eilten ihm voraus. Schaffe ich das alles ... habe ich etwas vergessen? In seinem Unterbewusstsein nahm er das splittern von Glas war ...

***.

2

Die Tätigkeit des Versicherungsdetektivs Erwin Müller, bezieht sich auf Wirtschaftsverbrechen durch Versicherungsbetrug in größerem Stil, bei Mord, Betrug und Fälschung und um viele andere Leute, die nicht gern mit der Polizei in Berührung kamen. Deshalb trat Erwin Müller bei seinen Ermittlungen auch immer undercover als Zeitungsreporter auf. Seine Auftraggeber sind namhafte Versicherungsgesellschaften, die er auf eigene Rechnung bedient. Gleichzeitig schreibt er für eine Bremer oder Hamburger Tageszeitung aktuelle Berichte für ein monatliches Gehalt. In seiner Freizeit schreibt er Bücher, über die von ihm aufgeklärten Fälle.

Mit fast allen Beamten vom Morddezernat in Bremen und Hamburg stand Erwin auf gutem Fuß, und mehrmals hatte er schon das Wochenende mit dem Staatsanwalt, der hervorragend Schlagzeug spielte, verbracht.

In seiner Wohnung in Bremen, wo er ein Zimmer als Probenraum für seine Band eingerichtet hat, hingen Fotografien von früheren Musikern, Bands, und berühmten Songwritern. Er wusste genau, wie sich normale und anormale Menschen in jeder Lebenslage benehmen, nur bei Frieda McCartney versagten seine Kenntnisse und Erfahrungen.

Er konnte allerdings verstehen, dass eine alleinstehende junge Dame, die keine Verpflichtungen hatte und ein durchschnittliches jährliches Einkommen bezog, sich irgendwie nützlich machen wollte und Befriedigung darin fand, als Krankenschwester in einer privaten Klinik in Bremen tätig zu sein. Andere junge Frauen hatten Ähnliches getan, und sie unterschied sich von der Mehrzahl nur dadurch, dass sie ihrer menschenfreundlichen Tätigkeit nicht müde wurde.

Frieda war liebenswürdig und sah sehr gut aus. Erwin war sich allerdings nicht klar darüber, was ihn so stark an sie fesselte: ihre Augen, ihr Mund oder ihre gute Figur. Er hatte nur den Wunsch, sie stundenlang, ja für immer anzuschauen. Ihr Charakter war gradlinig und zuverlässig.

Die beiden kannten sich schon seit einigen Jahren, waren auch einmal zusammen im Urlaub in Amerika, der sich aus einer früheren Ermittlung von Erwin ergeben hatte. Der einzige Unterschied zu früher war, sie hatte jetzt keinen Tyrannen mehr zu versorgen.

Ursprünglich stammt Frieda hier aus Deutschland und hat bei Ihrem Onkel in Hamburg gelebt, der sie aber nicht gut behandelte. Sie war nur eine Putzfrau für den Onkel. Der verstarb vor einiger Zeit. Er wurde das Opfer eines Giftmordes und Frieda die Erbin seines bemerkenswerten Vermögens. Ja, der alte Harry McCartney war schon ein sonderbarer Mann. Ihre Mutter lebt in Amerika, aber beide haben kaum Kontakt miteinander.

Niemals konnte Erwin Müller die Kluft überbrücken, die sie von ihm und seinem Alter von vierzig Jahren trennte. Sie war um die dreißig und hatte sich mit ihm schon oft auseinandergesetzt, dass eine Frau in diesem Alter mindestens um zwanzig Jahre erfahrener sei als ein Mann. Die Beziehung kriselte so langsam vor sich hin, obwohl schon vor einiger Zeit von Hochzeit die Rede war.

Erwin hatte gerade sein Monatsgehalt von der Zeitung bekommen und Frieda zum Abendessen ins Tivoli eingeladen. Sie bestellten sich ein typisches Bremer Menü, »Labskaus mit Gurke, saurem Hering und Spiegelei« und dazu ein kühles Bier. Seine Stimmung war vergnügt und froh, aber plötzlich erzählte sie ihm eine Neuigkeit, die ihm sein weiteres Leben grau in grau erscheinen ließ.

Von ihrem romantischen Briefwechsel hatte er allerdings schon gewusst. Er hatte über den Mann gespottet, hatte ihr Vorwürfe gemacht und versucht, sie durch Ironie und Sarkasmus davon abzubringen. Die Sache hatte harmlos begonnen.

Eines Tages fand Frieda einen Brief in ihrer Wohnung vor. Ein Unbekannter bat sie darin um die Freundlichkeit, ihn mit seiner früheren Krankenschwester in Verbindung zu bringen, der es sehr schlecht ginge.

Diesen Brief erhielt Frieda, nachdem sie einige Monate in der Klinik von Doktor Martens tätig war und eine Zeitung in einem Artikel ihre Tätigkeit dort gewürdigt und gerühmt hatte. Der Brief kam aus Südamerika und enthielt eine Banknote von höherem Wert. Diesen Betrag sollte Frieda einer Krankenschwester übergeben, wenn diese aufzufinden war. Andernfalls sollte sie das Geld einem Krankenhaus spenden.

Erwin hatte sie gewarnt und ihr erzählt, dass Betrüger sich oft so an ihre Opfer heranmachen. Frieda wurde böse und hatte ihm vorgeworfen, dass er durch seinen Beruf in allen Menschen Verbrecher sehen würde.

Heute erst erfuhr Erwin, dass der Fremde schon seit ein paar Tagen in Bremen weilte. Das war die Neuigkeit, die ihn so traurig machte.

»Du bist einer meiner ältesten Freunde, Erwin«, begann Frieda etwas atemlos, »und ich fühle mich verpflichtet, es Dir zu sagen.«

Erwin hörte ihr bestürzt zu.

Sie hätte auch sehen können, wie blass er wurde, aber sie schaute ihn absichtlich nicht an. Ihre Blicke hefteten sich auf die tanzenden Paare, die sich auf dem Parkett bewegten.

»Du musst ihn persönlich kennenlernen«, sagte Frieda. Du findest ihn vielleicht nicht so besonders, aber ich wusste schon immer ... ich meine aus seinen Briefen ... er hatte ein fürchterliches Leben im wilden Afrika. Es tut mir natürlich sehr leid, dass ich den guten Doktor Martens im Stich lassen musste, aber ...«

Ihre Worte waren ein wenig zusammenhanglos.

»Wir wollen doch klar sehen, Frieda. Ich werde versuchen zu vergessen, dass ich Dich liebe und immer geliebt habe. Ich wartete nur auf eine Gehaltserhöhung, um Dich um Deine Hand zu bitten«, antwortete Erwin.

Seine Stimme klang ruhig und fest. »Es ist ja nicht ungewöhnlich. Ich habe schon öfter von solchen Fällen gehört. Ein Mädchen beginnt einen Briefwechsel mit einem Mann, den sie noch nie gesehen hat. Die Briefe werden vertraulicher und freundschaftlicher. Sie webt einen ganzen Schleier von Romantik um den Schreiber. Sieht sie ihn dann später eines Tages in Wirklichkeit, so ist sie entweder furchtbar enttäuscht oder sie verliebt sich auf den ersten Blick in ihn. Man sagt, dass auf diese Weise schon glückliche Ehen zustande gekommen sind, aber es gibt auch Gegenbeispiele. Ich weiß tatsächlich nicht, was ich dazu sagen soll.«

Erwin sah zufällig auf Friedas linke Hand und vermisste den wundervollen Rubinring, den sie immer getragen hatte, solange sie sich kannten.

Sie wusste sofort, was sein Blick zu bedeuten hatte, und legte die Hand in den Schoß, sodass er sie nicht mehr sehen konnte.

»Wo ist Dein Ring?«, fragte er trotzdem.

Sie errötete, und seine Frage beantwortete sich dadurch eigentlich von selbst.

»Ich habe ihn … aber ich weiß gar nicht, was das mit Dir zu tun hat?«

»Ich habe ihn verloren«, sagte Frieda schnippisch, »und das habe ich auch gleich der Versicherung mitgeteilt, denn er war sehr wertvoll.«

Erwin holte tief Atem: »Es hat nichts mit mir zu tun, ich bin nur neugierig, und außerdem, Du weißt doch welchen Beruf ich ausübe, oder.«

»Natürlich weiß ich das«, erwiderte sie, »ich bin doch nicht blöde und sage Dir was ich mit dem Ring gemacht habe«, erwiderte Frieda ärgerlich.

An diesem Abend war Erwin sehr taktlos.

»Es ist mein Ring«, antwortete Frieda hastig, »und ich lasse mich deswegen nicht von jemandem verhören, der gar kein Recht dazu hat. Du bist ein schrecklicher Mensch.«

»Lass mich damit einfach in Ruhe«, fügte sie noch hinzu, und wandte sich ärgerlich von ihm ab.

»So?« Erwin nickte bedächtig. »Schon möglich, und ich weiß, dass ich Dir gegenüber kein Recht habe, schrecklich oder sonst etwas zu sein. Ich will ja auch nicht fragen, was er Dir dafür gegeben hat. Vielleicht irgendeinen wertlosen Gegenstand?«

Sie zuckte zusammen.

»Woher willst Du das denn wissen?«

Erwin sah sie ernst an.

»Ich würde diesen Menschen doch erst einmal genau prüfen, Frieda.«

Sie schaute ihm zum ersten Mal wieder ins Gesicht und erschrak.

»Wie meinst Du denn das? Ich verstehe Dich nicht.«

Erwin versuchte zu lächeln, um es ihr möglichst liebenswürdig zu sagen.

»Du musst doch erst Erkundigungen über ihn einziehen. Man prüft doch ein Auto auch erst, bevor man es kauft.«

»Aber ich kaufe diesen Menschen doch nicht, er ist ein reicher Mann. Er hat zwei Farmen«, sagte Frieda eisig. »Ihn prüfen. Erkundigungen einziehen. Du würdest natürlich sofort einen Verbrecher in ihm entdecken. Und wenn Du nichts finden solltest, hast Du ja genügend Fantasie, um ihm etwas anzudichten. Vielleicht ist er ja sogar Dein berühmter Held »Goldmaske. Der Mann ist doch eine Spezialität von Dir, nicht wahr?« »Und mich verdächtigst Du auch, als ob ich eine Versicherungsgesellschaft, nur wegen einem Ring den ich als verloren gemeldet habe bescheißen würde.«

»Du kannst mich mal am Arsch lecken«, betonte Frieda noch mal ausdrücklich.

Erwin seufzte, er hatte keine Chance bei ihr, sie zu beruhigen, aber er hatte jetzt wenigstens die Möglichkeit, das unangenehme Thema fallenzulassen.

»Goldmaske ist durchaus kein Fantasiegebilde«, wechselte er das Thema, »er existiert tatsächlich. Frage doch bitte den Wirt.«

Erwin winkte den schlanken Geschäftsführer des Restaurants heran. Dieser stolzierte wie eine Frau mit High Heels, auf seinen flachen schwarzen hochglänzenden Halbschuhen. Zur Betonung seines Ganges trug er ein rosafarbenes Sakko, mit einem lila Einstecktuch.

»Ach, Sie meinen Goldmaske? Ein gemeiner Verbrecher«, sagte der Wirt theatralisch und gestikulierte lebhaft mit den Händen. »Wo bleibt die berühmte Bremer Polizei? Mein armer Freund und Kollege ist schwer geschädigt worden. Dieser entsetzliche Mensch hat das ganze Renommee seines Restaurants zerstört.«

Tatsächlich war Goldmaske eines Abends zu später Stunde in seinem Restaurant aufgetaucht und hatte einer betuchten Dame, bevor die anderen Gäste etwas merkten, ihren Schmuck abgenommen, der sechstausend Euro wert war. Die ganze Sache spielte sich in wenigen Sekunden ab. An der Ecke vom Sielwall sah ein Polizist, dass ein Mann auf einem Motorrad die Straße entlang bretterte. Auch am Osterdeich wurde bemerkt, dass dasselbe Motorrad in Richtung City in einem hohen Tempo davonfuhr. Das war der dritte und bekannteste Auftritt des Verbrechers hier in Bremen.

»Meine Kunden sind nervös geworden, und wer sollte unter solchen Umständen auch nicht nervös werden?«, sagte der Wirt aufgeregt, und fummelte ununterbrochen an einem Knopf seines Sakkos. »Glücklicherweise sind es gebildete Leute, die anders damit umgehen.«

Plötzlich brach er ab und starrte auf den Eingang.

»Meine Güte nein, sie hätte wirklich nicht kommen sollen«, schrie er beinahe und eilte zur Tür, um eine Dame zu empfangen, deren Ankunft ihm anscheinend unangenehm war.

Es war die Filmschauspielerin Lona Taube, eine blonde Schönheit. Ihre Agenten hatten sie so getauft, weil ihr eigener Mädchenname nicht zugkräftig genug wirkte. Sie spielte nicht gut und war der Schrecken der Regisseure, das Publikum aber liebte sie. Im Laufe der letzten Jahre war sie sehr reich geworden und hatte einen großen Teil ihres Vermögens in wertvollen Schmuck angelegt, den sie ohne Schau auch öffentlich trug. In den elegantesten Nachtklubs von Bremen nannte man sie nur »Lona Taube.«

Die Besitzer und Geschäftsführer dieser Klubs und Kabaretts wurden nach dem letzten Überfall, auf eine betuchte Dame, alle nervös, und wenn Lona Taube einen Tisch bestellte, rief der Inhaber des betreffenden Lokals sofort die Polizei. Kommissar **Hagedorn**, der in diesem Fall zuständig war, schickte dann ein paar Beamte in tadellosem Gesellschaftsanzug, die sich nicht von den anderen Gästen unterschieden und an benachbarten Tischen Platz nahmen, um die Kostbarkeiten der »Lona Taube« zu bewachen.

Aber nicht immer war sie so vorsorglich, ihr Erscheinen telefonisch anzumelden. Öfters kam sie in Begleitung netter junger Leute, mit Goldketten und Brillanten behängt, in ein Lokal, und es musste dann irgendwo ein Tisch provisorisch für sie aufgestellt werden. Auch an diesem Abend hatte sie sich im Tivoli nicht angemeldet, und Carlo, der Wirt, war außer sich vor Verzweiflung. Er gestikulierte wieder wild mit den Armen und sprach italienisch, was den Gästen sehr romantisch erschien, da sie nur Deutsch und ein bisschen Englisch verstanden.

»Was, kein Platz? Machen Sie sich doch nicht lächerlich, Carlo. Natürlich ist Platz da. Es ist ganz gleich, wo für uns gedeckt wird«, sagte Lona Taube eingebildet.

Es wurde in der Nähe des Eingangs ein Tisch aufgestellt, und die kleine Gesellschaft ließ sich dort nieder. Lona Taube stellte das Menü zusammen.

»Es ist mir aber sehr unangenehm, dass Sie hier sitzen müssen«, sagte Carlo ängstlich. »Der prachtvolle Schmuck, denken Sie doch an die ältere Dame vor ein paar Wochen ... ach, es ist entsetzlich. Wenn Goldmaske ...«

»Aber wie können Sie so scherzen, Carlo. Halten Sie doch den Mund«, erwiderte Lona Taube ärgerlich. Dann wandte sie sich dem Oberkellner zu, den sie viel sympathischer fand.

Ein italienisches Tanzpaar trat auf, und die Gäste folgten fasziniert den wunderbaren Darbietungen. Schließlich verließen die beiden das Parkett wieder, nachdem sie noch ein paar Zugaben absolviert hatten.

Im gleichen Augenblick hörte Lona Taube jemand hinter sich sprechen.

»Verhalten Sie sich ruhig.«

Sie sah, dass die Gesichter ihrer Begleiter bleich wurden, und sie wandte sich halb in ihrem Stuhl um.

Der Mann, der hinter ihr stand, trug einen langen, schwarzen Mantel, der fast bis auf die Erde reichte, und eine goldene Maske verdeckte sein Gesicht.

In der einen Hand hielt er eine Pistole, die andere streckte er nach ihrem Hals aus. Ein kurzes Knacken, und ihre wertvolle Perlenkette um den Hals und ihr Armband verschwanden in seiner Tasche. Lona war starr vor Furcht.

Inzwischen wurden die anderen Gäste aufmerksam. Männer sprangen auf, Frauen schrien, die Band hörte auf zu spielen.

Aber Goldmaske war fort, und zwei Männer kamen langsam aus ihren Verstecken hervor.

»Beunruhige Dich nicht, Frieda«, sagte Erwin leise, aber eindringlich. »Ich bringe Dich nach Hause, und dann muss ich sofort zu meiner Zeitung. Werde mir bloß nicht ohnmächtig.«

»Ich denke gar nicht daran, ohnmächtig zu werden«, entgegnete Frieda trotzig, aber sie war doch sehr nervös.

Erwin hatte sie auf die Straße gebracht, bevor die Polizei kam, und hielt ein Taxi für sie an.

»Es war entsetzlich, wer war das nur?«

»Ich weiß es nicht«, erwiderte er kurz. »Wie heißt eigentlich Dein romantischer Liebhaber?«, fragte Erwin dann, »das hast Du mir noch gar nicht gesagt.«

Frieda war so nervös, dass sie die Fassung verlor.

Erwin Müller hörte sich ihren hysterischen Wutausbruch ruhig an.

»Ich wette, dass er sehr gut aussieht, wahrscheinlich besser als ich«, meinte Erwin dann gelassen. »Du bist wirklich albern, Frieda, aber ich werde ihn schon treffen, wo wohnt er denn?«

»Du wirst ihn nicht treffen.« Sie hätte am liebsten geweint. »Ich sage Dir nicht, wo er wohnt, und ich hoffe, dass ich Dich niemals wiedersehe.«

Sie übersah seine Hand und schwieg, als er ihr Gute Nacht wünschte und stieg ins Taxi.

Wütend eilte Erwin Müller zur Redaktion und schrieb einen heftigen Artikel über Goldmaske. Doch all die Angriffe, die darin standen, galten eigentlich dem romantischen Fremden aus Südamerika, den Frieda kennen gelernt hat.

Was ihm im Nachhinein komisch vorkam, war: Während Goldmaske der Schauspielerin die Halskette und das Armband entwendet hat, gab es ihrerseits keine Reaktion der Gegenwehr. Es sah aus, als wäre es mit ihrem Einverständnis geschehen, oder das Ganze war vorher abgesprochen.

Es hatte auch den Anschein, als wenn sich beide kennen würden. Es ist nicht auszuschließen, dass dieser

Schmuck auch versichert war, um dann nach einem Diebstahl eine Versicherungssumme zu kassieren. Wäre das Letztere der Fall, und der Schmuck bei einer Gesellschaft, die Erwin vertritt, versichert, käme ein Haufen Arbeit auf ihn zu.

»Das wird eine schwierige Geburt«, sagte er leise vor sich hin, und dann hier in Bremen, im Steintor Viertel, wo einer den anderen deckt und keine vernünftigen Aussagen zu bekommen sind, die auch der Wahrheit entsprechen.

Normalerweise wird Erwin Müller von den Versicherungsgesellschaften nur beauftragt, wenn es um höhere Summen und hochgradigen Wirtschaftsverbrechen mit vielen Millionen Schadenssummen geht. Wie er jetzt zum Beispiel an einem Fall in der Wesermarsch dran sitzt, wo es in einer Firma um zig Millionen Euro der Veruntreuung geht. Er wird dann als ein externer Sonderermittler eingesetzt. Diese kleineren Fälle, wie hier mit Goldmaske, bearbeitet meistens sein Kollege Wolfgang Schröder im Alleingang. Da dieser aber noch im Urlaub ist, wird Erwin auch in diesem Fall ermitteln.

Er nahm seinen Schreibblock und machte dementsprechende Notizen. Wer weiß, wann er diese noch einmal gebrauchen würde.

***

3

Frieda McCartney war eine moderne junge Dame, die die Hemmungen früherer Generationen nicht kannte. Gleich bei der ersten Zusammenkunft hatte sie sich in Adam Bellmann verliebt. Seine männliche Erscheinung und sein gutes Aussehen hatten es ihr angetan. Es war ein romantisches Abenteuer für sie, und in ihrer Fantasie versah sie den Geliebten mit allen Tugenden und Vorzügen, die ein Mann nur haben konnte. Seine Bescheidenheit, seine Kraft, sein feiner Humor, seine kindlichen Ansichten über Geld und Finanzen und seine Naivität imponierten ihr. Er ordnete sich ihr in gewisser Weise unter und nahm ihr Urteil über Verhältnisse, Ereignisse und Menschen an, ohne etwas dagegen zu sagen, sodass sie sich geschmeichelt fühlte.

Vor allem fand sie seine Zurückhaltung außerordentlich taktvoll. Er hatte sie nur einmal umarmt, und er vergaß nie, dass ihre Bekanntschaft erst kurze Zeit dauerte. Das Wort »Liebe« war noch nicht zwischen ihnen gefallen. Als sie sich das zweite Mal trafen, küsste er sie, und das berührte sie unangenehm, warum wusste sie nicht. Er musste es gemerkt haben, denn er versuchte es nicht wieder. Aber sie sprachen trotzdem davon, zu heiraten und ein gemeinsames Heim in Südamerika einzurichten. Adam erzählte ihr von den Wundern des Schwarzen Erdteils, und sie unterhielten sich sogar über Kindererziehung.

Einen Tag nach ihrem Erlebnis im Tivoli hatte sie sich zum Mittagessen mit ihm verabredet.

»Ist dein Geld gekommen?«, fragte Frieda ihn lächelnd.

Adam nahm seine Brieftasche heraus und zeigte ihr zwei Banknoten zu je fünfhundert Euro.

»Ja, heute Morgen. Ich habe die beiden Scheine für meine kleinen Ausgaben eingesteckt, ich hasse es, in Bremen ohne Geld zu sein. Aber wenn es heute Morgen nicht gekommen wäre, hätte ich dich anpumpen müssen, Liebling. Was hättest du dann wohl von mir gedacht?«

Sie lächelte wieder. Männer benahmen sich in Geldsachen wirklich komisch. Zum Beispiel Erwin. Sie hatte ihm vor einigen Jahren gesagt, dass er einen kleinen Wagen haben müsste, aber er war direkt beleidigend geworden, als sie ihm Geld dafür leihen wollte.

»Hast du Dich gestern Abend gut unterhalten?«

Sie verzog das Gesicht.

»Das könnte ich nicht gerade behaupten.«

»Dein Bekannter ist Zeitungsmann?«

»Erwin war nicht schuld daran, dass der Abend so unglücklich verlief. Es war ein Mann, der eine helle Maske trug«, erwiderte Frieda.

»Ach so.« Adam zog die Augenbrauen hoch.

»Du warst ja im Tivoli. Und Goldmaske war auch dort«, sprach Adam weiter, »Ich habe es heute Morgen in der Zeitung gelesen. Ich wünschte nur, dass ich dabei gewesen wäre. Es ist mir rätselhaft, dass die Männer in diesem Land so feige sind. Lassen einen dreisten Räuber ohne weiteres entwischen. Einer von uns beiden wäre auf dem Platz geblieben, wenn ich in seiner Nähe gewesen wäre. Ihr habt einfach zu viel Angst vor Pistolen. Das weiß ich aus eigener Erfahrung ...«

Adam Bellmann erzählte Frieda eine Geschichte von früheren Abenteuern, die ihn selbst in sehr günstigem Licht zeigte.

Während er sprach, kehrte er das Gesicht dem Fenster zu, und Frieda hatte Zeit, Adam zu beobachten. Sie betrachtete ihn jedoch nicht kritisch, sondern mit den Augen eines romantischen jungen Mädchens. Er war älter, als sie gedacht hatte. Vielleicht vierzig, oder ein paar Jahre mehr. Die kleinen Falten in den Augenwinkeln und ein harter Zug um den Mund deuteten es an. Sie wusste, dass er ein gefahrvolles Leben hinter sich hatte, und man konnte der Welt kein glattes, jugendliches Gesicht mehr zeigen, wenn man solche Strapazen durchgemacht hatte wie er.

In der Wüste hatte er Hunger und Durst gelitten, am Ufer eines Flusses hatte ihn ein schweres Fieber gepackt, und seine Begleiter ließen ihn im Stich, sodass er allein und ohne Waffen von Löwen angegriffen werden konnte. Unter dem Kinn hatte er eine lange Narbe von der Pranke eines Leoparden.

»Heutzutage ist das Leben in Afrika nicht anders als hier im Steintor Viertel«, sagte er. »Es ist nichts Geheimnisvolles mehr daran. Ich glaube kaum, dass es noch viele Löwen dort gibt. Aber in den alten Zeiten passierte es, dass sie manchmal mitten auf der Straße lagen und sich in der Sonne rekelten ...«

Frieda hätte ihm stundenlang zuhören können, aber sie erklärte ihm, dass sie noch Pflichten in der Klinik habe.

»Ich werde hinkommen und Dich nach Hause bringen, wo liegt die Klinik eigentlich?«

Sie beschrieb ihm die genaue Lage des Hauses in der Nähe des Steintor Viertels.

»Es ist neben dem Gelände eines großen Krankenhauses an der St. Jürgen Straße, am Haupteingang vorbei und dann bis zum Ende geradeaus. Du siehst es dann schon am Ende der Straße hinten rechts. Ein kleines helles Gebäude.«

»Was ist eigentlich Doktor Martens, der Inhaber dieser Privatklinik, für ein Mann?«

»Oh, er ist rührend gut«, erwiderte Frieda begeistert.

»Dann wollen wir ihn nach Amerika holen. Es gibt dort viel Arbeit für ihn, besonders bei den Kindern. Wenn ich die Farm kaufen könnte, die an meine stößt, ließe sich das Haus dort leicht in ein Erholungsheim umbauen. Es ist eines der großen holländischen Farmhäuser, und ich selbst besitze eine schöne Wohnung, sodass wir eine andere nicht brauchen.«

Sie lachte.

»Du scheinst immer mehr Land haben zu wollen, Adam. Ich werde noch an einen Agenten schreiben müssen, um nähere Einzelheiten über dieses begehrenswerte Grundstück zu erfahren.«

Adam runzelte die Stirn.

»Hast Du Freunde in Kapstadt?«, fragte Frieda.

»Ich kenne einen jungen Mann dort, aber ich habe ihm nicht mehr geschrieben, seitdem er England verließ.«

»Hm«, Adam wurde ernst. »Wenn Fremde drüben Land kaufen wollen, werden sie meistens hereingelegt. Ich möchte Dir einen Rat geben. Versuche niemals, in Südamerika Land durch einen Agenten zu kaufen, denn diese Menschen sind meistens Betrüger. Eines ist aber sicher: Der Landbesitz in der auch meine Farm liegt, wird in ein paar Jahren das Doppelte wert sein. Die Regierung baut eine neue Eisenbahnlinie, die gerade an der Grenze meines Landes vorbeikommt. Wenn ich ein Vermögen hätte, würde ich es bis auf den letzten Cent dort in Grundbesitz anlegen.«

Adam nahm wieder die beiden Fünfhunderteuronoten aus der Tasche und betrachtete sie. Sie raschelten zwischen seinen Fingern.

»Warum bringst Du das Geld nicht auf die Bank?«

»Weil ich es bei mir haben möchte. Außerdem fasse ich deutsche Banknoten gern an. Sie sehen so sauber aus.«

Er steckte die Brieftasche wieder ein und fasste Frieda dann plötzlich an den Schultern. In seinen Augen glühte ein Feuer, wie sie es noch nie vorher gesehen hatte, und sie erschrak ein wenig.

»Wie lange sollen wir eigentlich noch warten?«, fragte er leise. »Ich kann doch leicht das Aufgebot bestellen, dann heiraten wir sofort und sind in zwei Tagen in Amerika.«

Sie machte sich von ihm frei und bemerkte erstaunt, dass sie zitterte.

»Das ist unmöglich«, erwiderte Frieda atemlos. »Ich habe noch so viel zu tun, und ich muss doch zunächst noch in der Klinik bleiben, bis ich eine verlässliche Nachfolgerin habe. Es geht nicht, dass ich Doktor Martens einfach sitzenlasse. Und Du hast auch selbst einmal gesagt, dass Du erst in einigen Monaten heiraten wolltest.«

Adam schaute sie lächelnd an.

»Ich kann Monate, auch Jahre warten«, erwiderte er.

Frieda hatte an diesem Abend eigentlich nur eine halbe Stunde für ihn Zeit, aber er wollte trotzdem mit ihr essen gehen. Der Gedanke daran, machte ihr keine besondere Freude. Sie sagte sich selbst, dass sie ihn liebe. Er war genauso, wie sie ihn sich wünschte. Aber Heirat, sofortige Heirat? Nein. Sie schüttelte den Kopf.

»Mit welcher Bank arbeitest Du eigentlich zusammen?«, fragte Frieda plötzlich.

Diese Frage überraschte ihn sehr. Sein Gesichtsausdruck war auch dementsprechend.

»Bank? Ach so, die Standard Bank, das heißt, nicht eigentlich die Standard Bank, sondern es ist eine Firma, die mit einer Bank in Verbindung steht. Aber warum interessiert Dich das?«

Frieda wollte es erfahren, um ihm eine Freude machen zu können, aber davon sollte er noch nichts wissen.

»Ich erzähle es Dir später.«

Adam begleitete Frieda ins Steintor Viertel. Sie ging zum Dienst in die Klinik und er verbrachte den Nachmittag in verschiedenen Reiseagenturen, um Pläne und Prospekte durchzusehen. Er wäre gern in Bremen geblieben, ebenso wie in vielen anderen Orten, die er hatte verlassen müssen.

Inga zum Beispiel, lebte hier. Sie ist eine Schönheit geworden. Er hatte sie wiedergesehen, obwohl sie nichts davon wusste. Sonderbar, wie sich Frauen entwickeln konnten. Früher war sie ein ungelenkes Mädchen gewesen, das ihm gar nicht gefallen hatte. Wie würde wohl Frieda in ein paar Jahren aussehen? Im Augenblick war sie ja sehr schön. Aber sie besaß Eigenschaften, die ihm wenig gefielen. Freilich, eine vollkommene Frau gab es wohl überhaupt nicht.

Als er Frieda heute an den Schultern fasste und ihr in die Augen sah, hatte er etwas anderes erwartet, als dass sie sich so erschrocken von ihm abwandte. Sie hatte ihre Scheu so offen gezeigt, dass er klugerweise im Augenblick nicht weiter aufdringlich werden wollte. Natürlich musste er sie heiraten, aber eine Heirat in diesem Land war sehr gefährlich. Ein Zeitungsreporter und zugleich Versicherungsdetektiv war ihr Freund? Diese Leute hasste er ganz besonders, denn sie steckten ihre Nase in alle möglichen Dinge, die sie nichts angingen, und waren skrupellose Menschen. Und Reporter, die über Kriminalfälle berichteten, waren die allerschlimmsten.

Adam fühlte sich unbehaglich und beschäftigte sich wieder mit Inga. Von ihr wanderten seine Gedanken zu anderen Frauen. Was mochte wohl aus Lina geworden sein? Tom hatte sie wahrscheinlich wiedergefunden und ihr alles verziehen. Tom war immer ein willensschwacher Mensch. Aber Inga .... ?

Am Abend speiste Adam mit Frieda im Tivoli. Der Überfall in diesem Lokal zeigte bereits seine Folgen. Der Speisesaal war halb leer, und Carlo ging mit düsterer Miene auf und ab.

»Die Sache hat mich ruiniert, Frau McCartney«, sagte er ganz gebrochen. »Die Leute kommen überhaupt nicht oder ohne Schmuck, und ich liebe doch vornehmes Publikum, das auch den nötigen Schmuck trägt, allerdings nicht wie Sie.«

»Ich hoffe, Goldmaske kommt heute Abend wieder«, erklärte Adam mit einem ruhigen Lächeln.

»So, das hoffen Sie auch noch?«, fragte Carlo aufgeregt. »Das wäre mein vollkommener Ruin, dann könnte ich den Laden dichtmachen und auf der Straße betteln gehen. Nein, so dürfen Sie wirklich nicht sprechen.«

Frieda lachte, und es gelang ihr, den nervösen Geschäftsführer wieder zu beruhigen.

»Es ist allerdings heute Abend leer hier«, meinte Adam. »Aber ich glaube nicht, dass wir Goldmaske sehen werden. Ich muss an die alten Zeiten in Amerika denken. Dort hatten es sich mehrere Leute zur Spezialität gemacht, Banken zu plündern, und sie trugen auch Masken. Sie haben sogar verhältnismäßig viel Geld erbeutet. Hast Du einmal von diesen Leuten gehört? Es waren Geschwister, die gerissensten Spezialisten in ihrem Fach.«

»Vielleicht ist er einer von ihnen«, sagte Frieda, ohne sich etwas dabei zu denken.

»Wie meinst Du das?« Sie sah ganz deutlich, dass er erschrak. Das war eigentümlich, denn Adam Bellmann fürchtete sich doch sonst vor nichts.

»Das glaube ich nicht«, meinte er nach einer Pause.

Als sie sich während des Essens gegenseitig neckten und harmlose Dinge erzählten, legte Adam plötzlich Gabel und Messer hin, und Frieda entdeckte wieder den furchtsamen Ausdruck in seinem Gesicht. Er schaute starr zu einem Mann hinüber, und Frieda folgte der Richtung seines Blickes.

Der schlanke, elegant gekleidete Mann, der mit einer kleinen Gesellschaft hereingekommen war, mochte etwa sechzig Jahre alt sein. Die Kellner eilten sofort auf ihn zu.

»Wer ist das?«, fragte Adam und bemühte sich, gleichgültig zu sprechen. »Ich meine den Herrn dort mit den jungen Damen. Kennst Du ihn zufällig?«

»Ja -- das ist Doktor Rudolf.«, antwortete Frieda.

»Doktor Rudolf.«

»Er ist der Polizeiarzt unseres Bezirks«, antwortete Frieda, »Ich habe ihn schon oft gesehen. Er war auch schon in unserer Klinik. Ein unsympathischer Mensch. Er hatte nur abfällige Bemerkungen für unsere Arbeit übrig«, er denkt, nur er sei der King in diesem Metier.«

Frieda wunderte sich, dass Adam so bleich geworden war. Nur allmählich kehrte die Farbe in sein Gesicht zurück.

»Kennst Du ihn denn?«, fragte sie erstaunt.

Er zwang sich zu einem Lächeln.

»Nein, aber er erinnert mich an jemand, an einen alten Freund in Amerika.«

Als sie beim hinausgehen am Tisch von Doktor Rudolf vorbeikamen, verdeckte Adam den unteren Teil seines Gesichtes mit seinem Taschentuch, als ob er Schmerzen hätte.

»Hast Du dich verletzt?«, fragte Frieda.

»Nein, es ist nur ein wenig Neuralgie«, scherzte er, »Das kommt davon, wenn man Nacht für Nacht unter freiem Himmel im Regen liegt.«
Adam erzählte Frieda dann eine Geschichte von einem Tropenregen, der vier Wochen ohne Unterbrechung gedauert hatte.

Frieda trennte sich von ihm an der Tür zu ihrer Wohnung in der Beethovenstraße. Er war offensichtlich enttäuscht, denn er hatte erwartet, dass sie ihn einladen würde mitzukommen. Aber schon auf dem Rückweg zum Hotel tröstete er sich. Er hatte ja für den nächsten Morgen ein Rendezvous verabredet -- allerdings nicht mit Frieda.

Irgendetwas beunruhigte sie am Verhalten von Adam. Was hat er zu verbergen?

***

4

In seiner eng bemessenen Freizeit stand Doktor Martens gewöhnlich in seinem Sprechzimmer hinter den roten Vorhängen, die den unteren Teil der kahlen Fenster bedeckten. Er konnte gerade darüber hinwegschauen, und er liebte es, philosophische Betrachtungen über das Steintor Viertel, seine Bewohner und ihre Schicksale anzustellen.

Doktor Martens hatte seine Klinik in einem ziemlich abgelegenen Hauskomplex auf dem Ostertorsteinweg einrichten müssen, als er seine bescheidene Praxis eröffnete. Er hat es gemietet, obwohl es zum Verkauf stand. Alle Leute im Steintor Viertel und Umgebung wussten, dass der Doktor arm war und kein Geld hatte, denn er hatte die Fußböden und die Wände selbst gestrichen. Wahrscheinlich hatte er auch die roten Vorhänge genäht. Die Einrichtung hatte er aus der Gebrauchtmöbelzentrale am Doventorsdeich, wo man alte Möbel zu billigen Preisen erstehen konnte.

Im Steintor Viertel hieß er der »arme Doktor«, später der »Baby-Doktor«, denn nach einem Jahr fing er an, Kinder kostenlos mit Höhensonne zu bestrahlen. Unbedingt musste er reiche Gönner haben, denn nach einiger Zeit folgte die Eröffnung eines Erholungsheimes an der Nordsee.

Sein Beruf füllte ihn vollkommen aus, und keinen Cent des Geldes, das man ihm stiftete, verbrauchte er für sich persönlich. Sein Arbeitszimmer blieb so einfach und ärmlich wie früher, im Gegensatz zu all den Krankenzimmern, die mit den modernsten Einrichtungen versehen waren.

Er stand am Fenster, als Frieda McCartney vorüberkam, und ging hinaus, um ihr die Tür zu öffnen. Trotz seiner Liebe zur Wissenschaft und zu den Armen war er Mensch genug, seine schöne Krankenschwester zu bewundern. Manchmal saß er in Gedanken versunken an seinem Schreibtisch und dachte stundenlang nur an sie. Aber er zeigte nicht, was in seinem Inneren vorging, als sie ihm schüchtern und zusammenhanglos von ihren Heiratsplänen erzählte.

»Oh«, sagte er nur nachdenklich, »das ist ja sehr schade, ich meine für die Klinik. Was sagt denn aber Herr Müller dazu?«

Bisher hatte er eine merkwürdige Abneigung gegen den Detektiv und Reporter Erwin Müller. Viel zu oft hatte Erwin Frieda in der Klinik besucht und abends abgeholt. Doktor Martens war es auch nicht recht gewesen, dass Müller so begeisterte und lobende Artikel über ihn und die Klinik verfasst hatte, denn er liebte es nicht, in der Öffentlichkeit genannt zu werden.

»Herr Müller hat nicht das geringste Recht, etwas dagegen zu sagen«, erklärte Frieda trotzig. »Er ist ein sehr guter Freund oder vielmehr er war es«, antwortete Frieda, »Ich habe mich gerade von ihm getrennt.«

Es folgte eine peinliche Pause.

»Sie sind nicht mehr miteinander befreundet?«, fragte Doktor Martens freundlich, der sich im Augenblick eigentümlich zu dem jungen Mann hingezogen fühlte.

»Das kann man eigentlich nicht sagen. Ich mag ihn gern, er ist sehr nett, aber manchmal ist er etwas herrisch und anmaßend. Neulich sorgte er wirklich sehr gut für mich, und ich habe ihm nicht einmal dafür gedankt. Es war an dem Abend im Tivoli, als der schreckliche Mensch kam.«

Doktor Martens sah Frieda fragend an.

»Welcher schreckliche Mensch?«

»Goldmaske«, antwortete sie.

»Ach ja, ich habe davon gelesen. Kommissar Elmer hat es auch erwähnt. Man nimmt an, dass der Mann hier in der Gegend wohnt. Ich glaube, für diese Theorie ist Ihr Freund Erwin verantwortlich. Handeln Sie auch wirklich klug?«, fragte Doktor Martens.

Die Frage kam für Frieda überraschend.

»Meinen Sie meinen Entschluss, zu heiraten? Handelt ein junges Mädchen in dieser Beziehung überhaupt klug, Doktor Martens? Selbst wenn ich diesen Mann seit Jahren jeden Tag gesehen hätte, würde ich ihn dann kennen? Die Männer zeigen sich den Frauen gegenüber nur von der besten Seite, solange sie nicht verheiratet sind. Solange man nicht mit ihnen zusammenwohnt, ist es unmöglich, sie wirklich kennenzulernen.«

Martens nickte, dann schwiegen sie beide eine Weile.

»Es tut mir sehr leid, dass ich Sie verliere«, sagte der Doktor schließlich. »Sie waren eine sehr tüchtige Helferin und mir immer sehr willkommen.«

Frieda kam nun zu einem schwierigen Punkt, denn sie wusste, wie empfindlich er in dieser Beziehung war.

»Ich möchte Ihrer Klinik eine kleine Stiftung machen, etwa tausend Euro ...«

Doktor Martens hob die Hand, und sein Gesichtsausdruck zeigte, wie peinlich es ihm war, über solche Dinge zu sprechen.

»Nein, nein, davon will ich nichts hören. Sie haben mir früher schon einmal den Vorschlag gemacht. Aber es ist wirklich genug, dass Sie die lange Zeit hier umsonst gearbeitet haben. Das war ein gutes Werk und mehr wert als alles Geld«, reagierte Doktor Martens sofort.

Frieda wusste, dass er seine Meinung nie ändern würde. Aber wenn er ihre Stiftung zurückgehen ließ, wollte sie ihm am Tage ihrer Hochzeit das Geld anonym zukommen lassen.

Unerwartet streckte er seine schmale Hand aus:

»Ich hoffe, dass Sie glücklich werden«, sagte er.

Diese Worte waren zu gleicher Zeit Glückwunsch und Entlassung.

Frieda überquerte den Ostertorsteinweg. An der Ecke stand ein großer, hübscher Mann, dessen Haare an den Schläfen grau wurden. Frieda erkannte Adam und war erstaunt, dass er sich ziemlich vertraut mit einer Dame unterhielt. Die Frau ging gleich darauf fort, und er kam lächelnd auf Frieda zu.

»Eine entsetzliche Gegend, mein Liebling. Ich freue mich, dass Du bald von hier fortkommst«, sagte er.

»Mit wem hast du denn eben gesprochen?«, fragte Frieda, »wer war diese Frau?«

Er lachte und sah der schlanken Gestalt nach.

»Ach, meinst du die Dame dort? Es ist merkwürdig, sie hielt mich für ihren Bruder. Als sie ihren Irrtum bemerkte, kam sie in große Verlegenheit. Hast du gesehen, wie hübsch sie war?«

Frieda dachte sich nichts weiter dabei. Ihren Wagen hatte sie in der Nähe auf dem Parkstreifen abgestellt. Früher hatte sie ihn vor der Tür der Klinik stehen lassen, aber Doktor Martens hatte ihr davon abgeraten. Und er hatte auch recht behalten, denn an einem helllichten Tag hatten die Eltern der Kinder, die sie im Krankenhaus pflegte, alles aus dem Auto gestohlen, was sie nur nehmen konnten.

Frieda setzte sich ans Lenkrad, und Adam betrachtete sie wohlgefällig. Als sie an der Klinik vorbeifuhren, sah sie Doktor Martens am Fenster und winkte ihm zu.

»Wer ist das?«, fragte Adam leichthin.

»Mein Chef, Doktor Martens«, antwortete Frieda.

»Doktor Martens? Schade, dass ich ihn nicht genauer gesehen habe. Er ist wohl eine große Nummer hier in der Gegend?«

Frieda lachte.

»Ach, man spricht eigentlich verhältnismäßig wenig über ihn im Steintor Viertel. Aber er ist wirklich ein ungewöhnlich selbstloser Mensch. Jeden Cent spart er sich ab, um seine Klinik in Gang zu halten.«

Während der Fahrt durch die City erzählte sie ihm dauernd von der Klinik und von den Verdiensten Doktor Martens. Erst nach und nach gelang es Adam, die Unterhaltung wieder an sich zu reißen. Er sprach von

Südamerika und seinen beiden Farmen. Die eine lag in der Wildnis, die andere in der schönen Gegend in der Nähe der Hafenstadt Kapstadt.

»Das Leben dort unten wird dir allerdings etwas einsam vorkommen, obwohl es natürlich gesellschaftlichen Verkehr gibt. Ich bin sehr bekannt.«

»Dort drüben ist jemand, der Dich kennen muss«, sagte sie lachend und zeigte zur anderen Straßenseite.

Adam wandte schnell den Kopf, konnte aber in der vorbeiflutenden Menge kein bekanntes Gesicht erkennen.

»Wo?«, fragte er Frieda.

»Dort der dunkle Herr. Er steht bei dem Strumpfgeschäft«, antwortete Frieda.

Er schaute hin und runzelte die Stirn.

»Ach ja, ich kenne ihn, wenn auch nicht besonders gut. Ich habe einmal ein Geschäft mit ihm gemacht, bei dem ich viel verdiente, und das hat er mir nicht vergeben.«

Plötzlich änderte er das Thema.

»Liebling, ich kann Dich heute Abend leider nicht ins Theater mitnehmen. Bist du mir sehr böse?«

Ihm böse sein? Sie war zu glücklich dazu, und sie stand zu sehr unter dem Eindruck dieses ungewöhnlichen Abenteuers. Dieser hübsche, fremde Mann war aus dem Nichts in ihr Leben getreten, und sie war noch so wenig an ihn gewöhnt, dass sie nur scheu seinen Namen aussprach. In ihm erfüllten sich ihre kühnsten Träume, aber er stand gleichsam immer noch außerhalb des Bereichs der Wirklichkeit für sie.

Zehn Tage kannte sie Adam nun, aber diese kurze Zeit erschien ihr wie eine Ewigkeit. Während der Fahrt war sie ein paarmal nahe daran, ihm die Überraschung mitzuteilen, die sie für ihn plante. Er liebte sein Haus über alles, und zu gern hätte er das Nachbargrundstück neben seiner Farm besessen. Für achttausend Pfund stand es zum Verkauf, und er hatte ihr begeistert davon erzählt, welche Vorteile es hätte, wenn er seinen Landbesitz vergrößern könnte.

Als sie durch die Obernstraße fuhren, sprach er gerade wieder davon.

»Du hast mich ehrgeizig gemacht, Liebling. Aber ich bin nur ein armer Farmer und habe nicht genügend Geld. Ich sehe schon, dass diese prachtvolle Farm für mich verloren geht.«

Wieder kam Frieda in Versuchung, ihm ihr Geheimnis anzuvertrauen. Sie hatte einen Freund in Kapstadt, einen jungen Rechtsanwalt, den sie von Amerika her kannte. Diesem hatte sie am Morgen per SMS mitgeteilt, die Farm eventuell kaufen zu wollen.

Vor Friedas Wohnung in der Beethovenstraße trennte er sich von ihr.

»Ich bin wirklich zu traurig, dass ich die Farm nicht kaufen kann«, sagte er zum Abschied. »Wenn ich morgen nur viertausend Pfund telegrafisch überweisen könnte, wäre das Geschäft perfekt.«

Frieda lächelte rätselhaft und träumte später in ihrem Zimmer von grünen Abhängen und hohen, sonnenbeschienenen Felsenbergen, wo kleine Affen Tag und Nacht in den Zweigen, der Bäume turnten. Und dann den Blick über den Hafen hinweg in Richtung Meer.

Als Frieda abends um zehn ins Bett gehen wollte, erhielt sie eine Nachricht auf dem Handy, welche sie vollständig aus der Fassung brachte. Ihr fiel wieder ein, dass sie nicht die Einzige war, die schlechte Nachrichten bekommen hatte. Sie brauchte jetzt jemand, der ihr in diesem Augenblick raten und helfen konnte, und es war merkwürdig, dass sie zuerst an Erwin Müller dachte.

Aber als sie mit zitternder Hand den Hörer vom Festnetz nahm, um ihn anzurufen, erfuhr sie, dass er nicht in der Redaktion war. Hastig kleidete sie sich wieder an, als plötzlich ihr Handy klingelte.

Kaum hatte sie das Handy aus ihrer Handtasche gekramt, erkannte sie die Nummer von Erwin, und überlegte kurz, ob sie ihn einfach wegdrücken sollte. Sie nahm den Anruf nicht an.

Sie wurde das Gefühl nicht los, das in Kürze etwas Schreckliches passieren würde.

***

5

Als Frieda Feierabend hatte und gegangen war, machte sich Doktor Martens daran, die Rezepte mit den Medikamenten vorzubereiten, die er seinen Patienten im Laufe des Tages verschrieben hatte. Das war gewöhnlich seine Abendbeschäftigung, und sie konnten dann am nächsten Tag ausgehändigt werden.

Die Arbeit befriedigte ihn aber nicht, und er ging zu seinem Schreibtisch zurück, wo Stöße von Papieren und Rechnungen auf ihn warteten. Leider arbeitete er in seiner Klinik mit Defizit, denn es waren ständig neue Apparate und Einrichtungsgegenstände zu kaufen. Auch die Berichte über das Erholungsheim an der Nordsee zeigten eine Unterbilanz. Aber trotzdem verlor er den Mut nicht.

In den nächsten Tagen erwartete er größere Überweisungen von einem Mann aus Holland und einem anderen aus England, die ihm regelmäßig Geld schickten. Er legte die Papiere zusammen und verschloss sie in einer Schublade. Dann stand er auf und trat durch eine Seitentür auf den Hof hinaus.

Es war ein geräumiger Platz. An dem einen Ende stand der große Schuppen, in dem der alte Gregor Wichert gegen geringe monatliche Miete sein Auto unterstellte. Dieser Taxifahrer war ein kräftiger, eigenwilliger Mann, stets schweigsam und zurückhaltend anderen Leuten gegenüber. Niemals stellte er sich mit anderen Taxis in eine Reihe, und er unterhielt sich auch nicht mit seinen Kollegen. Aber weit und breit war er wegen seiner Ehrlichkeit bekannt. Große Summen und kostbare Wertsachen, die in seinem Wagen liegen geblieben waren, hatte er schon bei der Polizei abgeliefert.

Mit Ausnahme von Doktor Martens, mit dem er gelegentlich plauderte, hatte er vor keinem Menschen Respekt. Trotz seines hohen Alters war er stark und gewandt und stand noch seinen Mann beim Boxen.

Der Doktor öffnete eine Tür und ging auf der gegenüberliegenden Straßenseite in die Schildstraße, einer engen Straße wo rechts und links die Pkw der Anwohner parkten. Zwischen den geparkten Pkws spielten die Kinder. Sie waren teilweise barfuß und ungewaschen, aber beim Spiel restlos glücklich. Kein Wunder, denn dieser Sommer war schön warm. Ihre arbeitslosen Väter und Mütter standen in den Türen oder schauten zu den Fenstern der oberen Stockwerke heraus, aber niemand nahm Notiz von dem Arzt. Er gehörte nun einmal zur Gegend und hatte ein Recht, hier zu gehen.

In dem letzten Haus auf der rechten Seite der Straße, wohnte Gregor Wichert. Doktor Martens machte ein bestimmtes Klopfsignal an der Tür, und bald darauf wurde geöffnet.

»Kommen Sie herein, Doktor«, sagte Gregor laut und herzlich. »Machen Sie aber keinen Lärm, mein Mieter will schlafen.« Mit den Worten machte er die Haustür wieder zu.

»Er muss aber einen sehr gesunden Schlaf haben, wenn Sie solchen Spektakel machen dürfen«, meinte Martens lächelnd.

Gregor stieg die Treppe hinauf und führte den Doktor in sein Wohnzimmer.

»Wie geht es Ihnen denn?«

»Oh, ich bin vergnügt wie immer. Über die eine Kleinigkeit will ich mich nicht weiter beschweren. Nehmen Sie doch Platz. Ich bin Ihnen wirklich sehr dankbar, Doktor. Wenn die Leute im Steintor Viertel wüssten, was Sie für mich getan haben ...«

»Ja, ja«, erwiderte Martens gut gelaunt. »Nun lassen Sie mich einmal sehen.«

Er drehte den alten Gregor so, dass das Licht in sein Gesicht fiel, und betrachtete ihn prüfend.

»Nicht besser und nicht schlechter, vielleicht sogar etwas besser, sollte ich denken. Aber nun wollen wir einmal Ihr Herz untersuchen.«

»Mein Herz.«, rief Gregor entrüstet. »Mein Herz ist so stark wie das Herz eines Löwen. Neulich ist hier eine irische Familie eingezogen, und die Frau wollte eine Pfanne von mir leihen. Als ich ihr sagte, was ich von Leuten halte, die sich alles leihen müssen, kam ihr Mann und mischte sich in den Streit ein. Dem habe ich richtig eins vor den Ballon gegeben.«

»Das sollten Sie nicht tun, Gregor. Meine Patienten haben mir schon davon erzählt.«

Der alte Mann lachte vergnügt.

»Ich hätte es auch gar nicht zu tun brauchen. Einer der jungen Leute hier hätte es ebenso gern für mich getan, wenn ich ihm nur einen Wink gegeben hätte. Und mein Mieter wäre mir sicher auch zu Hilfe gekommen, wenn ich ihn aufgeweckt hätte.«

»Ist er heute da?«, fragte Doktor Martens.

»Ich glaube schon, ich sagte ja eben, er will schlafen.«

»Aber der Himmel mag es wissen. Ich höre ihn weder kommen noch gehen. Ich habe noch nie einen stilleren Menschen kennengelernt. Ich glaube, Sie haben ihn gebessert. Man sollte nicht denken, dass er die Hälfte seines Lebens im Gefängnis zugebracht hat.«

Gregor war fünfzig Jahre lang Nacht für Nacht schweigend durch die Straßen Bremens gefahren, und er unterhielt sich mit Martens gern über die alten, vergessenen Zeiten und die berühmten Leute, die er damals noch mit der Pferdekutsche befördert hatte. In jener Zeit wurden auch die Gaststätten mit Bier versorgt, die in großen Fässern mit Pferd und Wagen geliefert wurden.

Nach einiger Zeit der Unterhaltung brachte Gregor seinen Gast wieder zur Tür und schaute ihm nach, bis er, außer Sicht war. Die lärmenden Kinder spotteten nicht über den Doktor, und keiner der Leute machte Witze über ihn. Wenn ein Polizist hier durchgegangen wäre, hätte es nicht an abfälligen Bemerkungen und Schimpfereien gefehlt. Nur der Doktor und Gregor Wichert blieben davon verschont. Der Taxifahrer Gregor war gefürchtet wegen seiner Körperkräfte, der Arzt aus anderen Gründen. Man konnte nie wissen, ob man ihn nicht nötig hatte. Wenn er ärgerlich war, konnte er einem etwas in die Medizin mischen. Oder man wurde narkotisiert und war ganz und gar der Gnade dieses Mannes ausgeliefert, es war nicht auszudenken, was da passieren konnte.

***

6

Die Tatsache, dass Doktor Martens keine anderen Freunde hatte, genügte Kommissar Harry Elmer, ab und an bei ihm vorzusprechen und sich in seiner freien Zeit mit ihm über die Kriminalität in diesem Bezirk zu unterhalten.

Er kam auch an dem Abend, an dem sich Frieda McCartney verabschiedet hatte, und fand den Arzt in melancholischer Stimmung.

In der nahe gelegenen Schiffswerft im Überseehafen von Bremen arbeiteten die Leute in Nachtschicht, und das laute Dröhnen der Dampfhämmer klang bei Westwind deutlich bis zur Klinik herüber.

Doktor Martens hörte es nicht mehr, er war schon zu sehr daran gewöhnt. Auch die Streitigkeiten und Schlägereien der Betrunkenen auf den Straßen, die hier im Steintor Viertel häufig genug vorkamen, ärgerten ihn nicht, ebenso wenig das schrille Geschrei der Kinder, die in dieser Gegend bis spät abends im Freien spielten. Die Straßenbahn rollte Tag und Nacht auf ihrem Weg fast an dem Haus vorbei, doch Doktor Martens wurde nicht nervös und es störte ihn auch nicht. Er war erst Ende Dreißig, sah aber bedeutend älter aus. Seine Gestalt war schmächtig, und seine ergrauenden Haare lichteten sich schon. Er trug eine große dunkle Hornbrille.

Lange Zeit stand er neben Elmer am Fenster und schaute zwischen den roten Vorhängen auf die traurige Umgebung hinaus.

»Das ist tatsächlich eine Hölle auf Erden«, meinte Kommissar Elmer, der Assistent von Hauptkommissar **Hagedorn**.

Doktor Martens lachte leise.

»Ja, und den Maskenmann dazu hat Erwin Müller erfunden. Ich muss immer lachen, wenn ich in der Zeitung lese   »Der Maskenmann vom Steintor Viertel«.«

»Diese verrückten Zeitungsschreiber. Selbst wenn man den Verbrecher gefasst hat und alle Welt weiß, dass er nichts mit dem Steintor Viertel zu tun hat, halten die Zeitungen immer noch an der Legende fest. Aber hier lebt nicht nur ein Maskenmann, hier leben Hunderte und Tausende.

»Und der Puff ist auch gleich in der Nähe«, fügte der Arzt noch hinzu.

Doktor Martens trat vom Fenster zurück.

»Ich fürchte, ich habe die Legende vom Maskenmann im Steintor Viertel noch unterstützt. Ich habe einmal mit Erwin Müller darüber gesprochen, dass früher häufig ein seltsamer Patient zu mir kam. Jetzt ist er allerdings seit Monaten nicht mehr hier gewesen. Er kam stets mitten in der Nacht und trug eine Maske, weil sein Gesicht durch einen Unfall verunstaltet worden war.«

Kommissar Elmer war interessiert.

»Wo wohnt der Mann?«

»Das weiß ich nicht. Erwin Müller wollte es auch herausbekommen, aber es gelang ihm nicht. Für jede Konsultation erhielt ich vierzig Euro, das ist vierzigmal mehr, als ich sonst bekomme.«

Auf Elmer schien diese Mitteilung keinen Eindruck zu machen. Er schaute immer noch auf die Straße hinaus.

»Nichts als Armut«, sagte er.

»Diese kleinen, Mädchen und Jungen werden vielleicht einmal politische Führer oder literarische Genies.«

»Neun Zehntel von ihnen kommen mit den Eltern in meine Klinik«, antwortete Doktor Martens, »und jede Behandlung mit Höhensonne oder anderen Bestrahlungen hilft nichts. Wer nicht im Gefängnis endet, bekommt später Sozialhilfe.«

»Kennen Sie eigentlich Frau Wessel?«, fragte Elmer plötzlich. »Eine hübsche Frau mit einer großartigen Wohnung. Ganz ungewöhnlich hier in Steintor Viertel. Man glaubt fast, man kommt ein vornehmes Hotel. Ich war einmal bei ihr, als ein paar Jugendliche ihr die Fenster eingeworfen hatten. Aber man muss sich vor ihr in acht nehmen, sie hat keinen guten Charakter.«

Martens lächelte.

»Dann kenne ich sie wahrscheinlich. Wenn sie zu den Frauen gehört, die ihre Arztrechnungen nicht bezahlen, kenne ich sie sogar ganz bestimmt. Aber warum fragen Sie mich nach ihr?«

Kommissar Elmer nahm eine Zigarette aus seinem Etui und steckte sie an.

»Sie sagte mir, sie kenne Sie«, erwiderte Elmer, nachdem er zwei Minuten lang schweigend geraucht hatte.

»Übrigens haben Sie eine hübsche Krankenschwester. Dieser Erwin Müller ist doch sehr hinter ihr her?«

»Ja«, entgegnete Martens ruhig.

Er erhob sich, zog die Vorhänge zu, knipste das Licht an und holte aus einem Seitenschrank eine Flasche Whisky und zwei Gläser.

»Ich bin nicht im Dienst«, sagte Elmer auf den fragenden Blick des Doktors. »Ein Kommissar kann das allerdings kaum behaupten, denn er ist immer im Dienst.« Er zog einen Stuhl an den Schreibtisch. »Haben Sie eigentlich schon einmal Detektivromane gelesen?«, fragte Elmer.

Martens schüttelte den Kopf.

Im gleichen Augenblick klingelte das Telefon. Doktor Martens nahm den Hörer ab, lauschte eine Weile, stellte ein paar Fragen und legte dann wieder auf.

»Ich habe zu viel zu tun, um Bücher zu lesen. Die Bevölkerung vom Steintor Viertel nimmt in erschreckender Weise zu.«

Er machte eine Notiz auf seinem Schreibblock. »Diese Nacht muss ich wieder zu einer Entbindung. Ich soll gleich kommen, aber sie werden mich nicht vor drei Uhr morgens brauchen. Warum soll ich eigentlich Detektivgeschichten lesen?«

Kommissar Elmer nahm einen Schluck Whisky. Er ließ sich niemals zu Erklärungen drängen.

»Ach, ich wünschte nur, dass so schlaue Zeitungsleute wie Erwin Müller einmal ein paar Monate praktische Arbeit bei der Polizei leisten müssten. Erwin Müller hat zwar auch seine Ausbildung zum Versicherungsdetektiv mit Bravour abgeschlossen, doch geht er manchmal an der normalen Realität vorbei. Vor ein paar Wochen habe ich in einem Kino einen amerikanischen Kriminalfilm gesehen. Da lernt man zuerst ungefähr zwanzig verschiedene Leute kennen, wird mit ihrem Charakter, ihren Lebensverhältnissen und so weiter vertraut gemacht, und bei einiger Routine weiß man natürlich sofort, dass der am wenigsten Verdächtige den Mord begangen hat. So einfach ist die Polizeiarbeit dann doch nicht, Doktor. Uns stellt man die Leute, die an einem Verbrechen beteiligt sind, nicht vor, wir wissen nichts von ihrem Charakter. Wenn ein Mord passiert, haben wir gewöhnlich nur den Toten. Wer ist er? In welchen Beziehungen steht er zu seinen Mitmenschen? Das müssen wir alles selbst herausbringen. Wir stellen umständliche Nachforschungen an, laden Zeugen vor und verhören sie. Und diese Leute haben alle etwas zu verbergen.«

»Wieso denn?«, fragte Doktor Martens erstaunt.

»Jeder hat etwas zu verbergen«, wiederholte Elmer. »Nehmen wir einmal an, Sie wären ein verheirateter Mann, Ihre Frau verreist, und Sie würden mit einer jungen Dame aufs Land fahren ...«

Martens protestierte.

»Aber das ist doch nur Theorie«, beschwichtigte ihn Harry Elmer. »Dergleichen ist vorgekommen und wird auch immer wieder vorkommen. Am Morgen schauen Sie aus dem Fenster Ihres Hotels und sehen, dass ein Mann dem andern den Hals mit einem Messer aufschlitzt. Sie sind Arzt und können es sich nicht leisten, dass Ihr Name auf diese Weise in die Zeitungen kommt. Würden Sie nun zur Polizei gehen und wahrheitsgetreu berichten, was Sie gesehen haben? Sie können doch unmöglich als Zeuge vor Gericht erzählen, dass Sie mit der jungen Dame eine kleine Spritztour aufs Land gemacht haben? Sehen Sie, so etwas passiert jeden Tag. In einem Mordprozess haben fast alle Leute etwas zu verheimlichen, und deshalb ist es so furchtbar schwer, die Wahrheit ans Tageslicht zu bringen. Es ist, als ob man von einem großen Scheinwerfer beleuchtet würde. Sie treten als Zeuge auf und werden erst vom Staatsanwalt, nachher vom Anwalt des Angeklagten ausgequetscht. Und einer von beiden will den Geschworenen beweisen, dass Sie ein Mann sind, dem man nicht im mindesten trauen kann.«

Harry Elmer rauchte wieder einige Zeit schweigend.

»Ist diese Lina Wessel nicht eine etwas geheimnisvolle Frau?«, fragte er schließlich.

Doktor Martens sah ihn nachdenklich an.

»Ja, ich glaube. Aber für mich sind alle Frauen mehr oder weniger geheimnisvoll. Wovon lebt sie eigentlich?«

Elmer verzog das Gesicht.

»Nun ja, Sie wissen doch ...«

Der Doktor nickte.

»Ja, so gibt es viele. Ich möchte nur wissen, warum sie sich diese schreckliche Gegend ausgesucht haben. Aber vielleicht ist es hier billiger als anderswo. Ein Mädchen erzählte mir, aber man kann ihnen ja nichts glauben.« Er seufzte schwer. »Man kann überhaupt niemandem glauben.«

Elmer stand auf, trank aus und griff nach seiner Schiebermütze.

»Sie wollte von mir wissen, ob Sie es sehr streng nähmen. Es kommt mir fast vor, als ob sie süchtig wäre. Ich weiß es allerdings nicht, ich habe nur eine Ahnung. Wissen Sie, in Hamburg hat ein Arzt damit ein Vermögen verdient. Er hat über zehntausend Euro für seinen Rechtsanwalt ausgegeben, als ich ihn fasste und er sich verteidigte.«

Der Doktor begleitete Harry Elmer bis zur Haustür, und sie kamen gerade im richtigen Augenblick auf die Straße.

Schon in der Diele hörten sie, dass draußen eine Schlägerei im Gange sein musste, und als Martens die Tür öffnete, sahen sie zwei Männer, die aneinandergeraten waren. Eine große Menschenmenge hatte sich bereits angesammelt.

Es war ein ziemlich gleicher Kampf, denn die Männer waren beide betrunken. Aber sie kamen zu nahe an die Bordschwelle des Gehsteigs. Der eine Mann stolperte, schlug mit dem Hinterkopf auf, und der graue, staubige Granit färbte sich rot.

»Hallo, Sie.«

Elmer packte den Sieger. Polizisten bahnten sich einen Weg durch die Menge.

»Nehmen Sie den Mann fest.« Kommissar Harry Elmer übergab seinen Gefangenen einem Beamten, mit den Worten: »Und bringen sie den Verletzten hier in die Praxis.«

Mehrere Leute folgten seiner Anweisung und brachten den Bewusstlosen in das Sprechzimmer von Doktor Martens. Doktor Martens nahm eine kurze Untersuchung vor, während Elmer die Neugierigen wieder auf die Straße trieb.

»Nun, wie steht es?«, fragte er, als er zurückkam.

»Er muss ins Krankenhaus gebracht werden.«

Doktor Martens legte dem bleichen Mann einen Notverband an.

»Wollen Sie so gut sein und nach einem Krankenwagen telefonieren?«

»Er kommt wohl nicht mehr durch?«

»Ich glaube kaum. Ein komplizierter Schädelbruch. Wir wollen nur sehen, dass er schnell ins Krankenhaus kommt. Vielleicht können sie dort noch etwas für ihn tun.«

Kurze Zeit später kam der Krankenwagen, und der Bewusstlose wurde fortgebracht.

Der Doktor schloss die Tür hinter Kommissar Elmer und kehrte zu seinen Büchern und seiner Beschäftigung zurück. Über diesen Vorfall der Schlägerei verfasste er noch einen kurzen Bericht.

In der Nacht sollten zwei Kinder in Steintor Viertel geboren werden. Die Hebammen würden ihn rechtzeitig benachrichtigen. Erwünscht waren die kleinen Geschöpfe nicht. Der eine Vater war arbeitslos und hatte auch keine Aussicht auf eine neue Stellung, und der andere saß im Gefängnis.

Doktor Martens dachte plötzlich an Lina Wessel. Natürlich kannte er sie. Sie kam oft genug an seinem Sprechzimmer vorüber, wenn sie einkaufen ging. Ein paarmal war sie auch hereingekommen, um ihn zu besuchen. Sie war schön, obwohl ihr Mund etwas hart und gewöhnlich aussah. Kommissar Elmer gegenüber gab Doktor Martens niemals zu, dass er jemand kannte. Der Mann war ein Kommissar, und man konnte ihm keine vertraulichen Mitteilungen machen, weil er alles beruflich ausnutzte.

Nach einer Weile klingelte das Telefon, und Harry Elmer teilte Martens mit, dass der Mann bei seiner Einlieferung ins Krankenhaus gestorben war.

»Bei der Verhandlung brauchen wir Sie als Zeugen«, schloss er. »Der Tote ist ein Hafenarbeiter aus Bremen, ein gewisser Steffens«, und wahrscheinlich ist es Körperverletzung mit Todesfolge, verursacht durch seinen Kontrahenten.«

»Äußerst interessant«, sagte der Doktor und legte den Hörer zurück.

Gleich darauf schrillte die Haustürklingel. Er erhob sich müde und ging hinaus. Die Nacht war dunkel, und draußen regnete es.

»Sind Sie Doktor Martens?«, fragte jemand.

Der Duft eines guten Parfüms schlug ihm entgegen, und die Stimme der Frau verriet Bildung, wenn sie auch ärgerlich klang.

»Ja. Wollen Sie hereinkommen?«

Im Sprechzimmer brannte nur eine Leselampe auf dem Schreibtisch, und er hatte das Gefühl, dass ihr das nicht unangenehm war.

Sie trug einen Ledermantel und einen kleinen Hut. Den Mantel öffnete sie rasch, als ob ihr das Atmen schwerfiel oder als ob es ihr zu heiß wäre.

Doktor Martens hielt sie für eine Amerikanerin. Zweifellos war sie eine Dame, die nicht in die Umgebung vom Steintor Viertel gehörte.

»Ist er -- tot?«, fragte sie nervös und schaute den Doktor furchtsam an.

»Wen meinen Sie denn?«

Er war erstaunt und überlegte sich rasch, welcher seiner Patienten dem Tode nahe war. Es fiel ihm aber nur der alte Sigi ein, der einen Laden für Marineartikel hatte. Aber der lag ja schon seit achtzehn Monaten mehr oder weniger im Sterben.

»Ich meine den Mann, der nach der Schlägerei hierhergebracht wurde. Ein Polizist erzählte mir, sie hätten auf der Straße miteinander gestritten, und er sei dann zu Ihnen getragen worden.«

Sie faltete die Hände, neigte sich vor und schaute den Doktor in atemloser Spannung an.

»Ach, den Mann meinen Sie ...? Ja, der ist tot. Ich habe es eben erst erfahren.«

Doktor Martens sah sie verwundert an. Wie konnte sich diese Dame für das Schicksal eines Werftarbeiters interessieren?

»Oh, mein Gott.«, flüsterte sie und schwankte.

Doktor Martens stützte sie.

Sie begann zu weinen, und er sah sie mitfühlend an.

»Es war ein Unfall«, versuchte er sie zu trösten. »Der Mann stolperte, schlug mit dem Hinterkopf auf die scharfe Kante des Bordsteines ...«

»Ich habe ihn so sehr gebeten, nicht in seine Nähe zu gehen«, sagte sie verzweifelt. Als er mich anrief und sagte, dass er auf seiner Spur sei ..., dass er ihn hierher verfolgt habe ..., ich kam in einem Auto ..., ach, ich habe ihn doch beschworen, zurückzukommen.«

Sie sprach total zusammenhanglos, und manches ihrer Worte wurde von Schluchzen erstickt. Doktor Martens ging zu seinem Arzneischrank, goss etwas Medizin in ein Glas und fügte Wasser zu.

»Trinken Sie das, dann werden Sie ruhiger und können mir alles der Reihe nach erzählen«, sagte er freundlich, aber bestimmt.

In ihrem Zustand sagte sie ihm mehr, als sie jemals ihrem Beichtvater anvertraut hätte. Das Unglück, das über sie hereingebrochen war, machte sie vollkommen hemmungslos, Doktor Martens hörte ihr zu und betrachtete sie, während er mit der kleinen Medizinflasche spielte.

»Der Verstorbene war ein Werftarbeiter«, meinte er schließlich, »ein großer, schwerer Mann mit blonden Haaren. Über einen Meter achtzig groß. Und der andere war ein junger Bursche von etwa zwanzig Jahren. Ich sah ihn nur einen kurzen Augenblick, als er verhaftet wurde. Er hatte einen hellen, fast weißen Schnurrbart.«

Sie starrte ihn an.

»Heller Schnurrbart ... und sehr jung?«

Er hielt ihr wieder das Glas hin.

»Trinken Sie. Sie sind noch zu aufgeregt, Sie müssen sich beruhigen«, sagte der Doktor.

Aber sie schob das Glas beiseite.

»Sehr jung? Wissen Sie das sicher? Waren es nur zwei gewöhnliche Leute?«

»Ja, zwei betrunkene Arbeiter. In dieser Gegend kommt das häufiger vor. Wir haben jede Nacht durchschnittlich zwei schwere Schlägereien, am Sonnabend gewöhnlich sechs. Die Leute hier haben wenig Zerstreuung und müssen sich irgendwie austoben.«

Allmählich kam wieder Farbe in ihr Gesicht. Sie zögerte noch einen Augenblick, dann nahm sie das Glas und trank.

»Schmeckt scheußlich.« Sie verzog das Gesicht und wischte die Lippen mit dem Taschentuch ab. Dann erhob sie sich.

»Es tut mir leid, Doktor, dass ich Sie gestört habe. Aber Sie nehmen es mir bitte nicht übel, wenn ich Ihnen die verlorene Zeit bezahle.«

»Ist schon gut«, sagte er lächelnd.

Sie lächelte.

»Wie liebenswürdig Sie doch sind. Sie halten mich für eine Amerikanerin? Das bin ich auch, obwohl ich schon sehr lange in Deutschland lebe. Vielen Dank, Doktor. Vergessen Sie bitte, wenn ich sehr viel Unsinn geredet habe.«

Sein Gesicht war im Schatten, als er neben der Tischlampe stand.

»Das kann ich Ihnen nicht versprechen, aber ich will es jedenfalls nicht weitererzählen.«

Sie nannte ihren Namen nicht, und er fragte auch nicht danach. Er bot ihr an, sie hinauszubegleiten und ein Taxi für sie zu besorgen, aber sie lehnte es ab. Kurze Zeit blieb er noch vor der Haustür stehen und schaute ihr nach, während der feine Regen ihm leicht ins Gesicht sprühte.

Der Beamte Herold kam gerade vorbei und sprach den Doktor an, mit den Worten:

»Eben habe ich gehört, dass Steffens tot ist. Nun ja, Leute, die trinken, müssen eben auch die Folgen tragen. Ich werde es niemals bereuen, dass ich Abstinenzler geworden bin. Ich habe eine junge Dame zu Ihnen geschickt, die mich nach Steffens fragte. Ich wusste noch nicht, dass er tot war, sonst hätte ich es ihr gleich gesagt.«

»Ich bin froh, dass Sie es ihr nicht gesagt haben.«

Doktor Martens ging diesem ungewöhnlich gesprächigen Mann gern aus dem Weg, weil er niemals ein Ende finden konnte. Rasch schloss er die Tür und kehrte in sein Sprechzimmer zurück. Er zog die Vorhänge auf und schaute auf die verlassene Straße. Im Schatten der Umfassungsmauer, die das Grundstück umgab, bewegte sich jemand. Im Licht einer Laterne konnte er einen Mann und eine Frau erkennen, die miteinander sprachen.

Es war auffallend, dass der Mann Gesellschaftskleidung trug. Nicht einmal die Kellner besaßen im Steintor Viertel einen Frack.

Martens ging wieder hinaus und öffnete gerade die Haustür, als sich beide in entgegengesetzten Richtungen entfernten. Kurz darauf bemerkte er einen zweiten Mann, der dem Herrn in Abendkleidung rasch folgte.

Dieser hielt plötzlich an und drehte sich um. Sie gerieten in einen Wortwechsel und schlugen aufeinander ein. Schließlich stürzte der eine Mann wie ein Holzklotz zu Boden. Der andere beugte sich kurz über ihn, entfernte sich dann aber schnell und verschwand unter dem großen Bogen der nahen Eisenbahnunterführung.

Doktor Martens hatte alles aufmerksam beobachtet. Er wollte eben über die Straße gehen, um dem Gestürzten zu helfen, als dieser wieder aufstand und sich eine Zigarette anzündete.

Eine Uhr vom Kirchturm in der Nähe schlug zehn.

***

7

Ludwig Lange sah entsetzt auf den Mann nieder, den er zu Boden geschlagen hatte. Hass hatte ihn dazu getrieben, aber nun packte ihn wahnsinnige Angst. Er sah sich rasch um.

Direkt gegenüber lag das Haus eines Arztes, eine rote Lampe brannte schwach über der Haustür. Er konnte auch sehen, dass jemand vor der Tür stand. Sollte er Hilfe holen? Aber er verwarf den Gedanken sofort wieder. Die eigene Sicherheit ging vor. Er eilte also im Schatten der hohen Mauer weiter und hatte gerade die Eisenbahnüberführung erreicht, als er einen Polizisten auf sich zukommen sah. Rasch schaute er um sich, wie er entfliehen könne.

Zu seiner Rechten bemerkte er zwei große Tore und eine kleinere Tür. In seiner Angst stieß er dagegen, und wie durch ein Wunder gab sie nach. Eine Sekunde später stand er hinter der Mauer und verriegelte die Tür von innen. Der Polizist ging vorüber, ohne ihn gesehen zu haben. Polizist Herold überlegte gerade eine kleine Ansprache, die er bei einer Vereinssitzung der Abstinenzler halten wollte, und er hatte seine Gedanken so stark darauf konzentriert, dass er kaum auf das achtete, was um ihn herum vorging. Auf der gegenüberliegenden

Seite der Straße stand der Dieb Harry Lammers, der an diesem Abend in ein Lagerhaus am Ostertorsteinweg einbrechen wollte. Er wartete nur darauf, dass Polizist Herold seinen Patrouillengang beendete und zur Polizeiwache zurückkehrte.

Als der Beamte vorüberging, drückte sich Lammers noch tiefer in das Dunkel der Nische, die ihn vor Regen und vor Beobachtung schützte. Er nahm ein Stemmeisen aus einer Tasche und schob es in eine andere, weil es so bequemer war.

Herold sah den Herrn in Abendkleidung, der mitten auf dem Gehsteig stand und den Schmutz von seinem schwarzen Mantel wischte. Sofort stieg er von den Stufen seines geistigen Rednerpultes herunter und wurde wieder ein gewöhnlicher Polizist.

»Sind Sie gefallen?«, fragte er freundlich.

Der Fremde wandte ihm sein hübsches Gesicht zu und lächelte. Aber seine Hände zitterten heftig, und seine Lippen waren blutleer. Sie bildeten einen merkwürdigen Gegensatz zu dem sonnenverbrannten Gesicht. Und als er sprach, konnte er kaum atmen. Er schaute den Weg zurück, den er gekommen war, und schien beruhigt zu sein, als er niemanden entdecken konnte.

»Ja, ich muss wohl hingefallen sein. Haben Sie den Mann gesehen?«

Herold schaute die verlassene Straße entlang.

»Welchen Mann meinen Sie denn?«

Der Fremde sah ihn erstaunt an.

»Er ist Ihnen doch entgegengelaufen, er muss direkt an Ihnen vorbeigekommen sein.«

Herold schüttelte den Kopf. »Nein, es ist niemand an mir vorbeigekommen.«

Der Herr im Gesellschaftsanzug zweifelte daran.

»Hat er Ihnen etwas getan?«, fragte der Polizist.

»Natürlich. Er hat mir einen Kinnhaken versetzt, und ich habe tot gespielt.« Sein Gesicht zuckte. »Hoffentlich habe ich ihm einen tüchtigen Schrecken eingejagt.«

Herold betrachtete den Fremden mit wachsendem Interesse.

»Wollen Sie eine Klage gegen den Mann erheben?«

Der Fremde rückte sein seidenes Halstuch zurecht und schüttelte dann den Kopf.

»Glauben Sie denn, Sie könnten ihn finden, wenn ich ihn verklagen würde?«, fragte er ironisch. »Nein, lassen Sie ihn laufen.«

»Sie kannten ihn nicht?«

Herold hatte seit einem Monat keine Anzeige mehr erstattet und wollte sich diese günstige Gelegenheit nicht entgehen lassen.

»Doch, ich kenne ihn.«

»Es wohnen recht unangenehme Leute in der Gegend«, begann der Polizist wieder. »Vielleicht war es ein Betrunkener …?«

»Ich sage Ihnen doch, dass ich ihn kenne«, erwiderte der Fremde ungeduldig.

Er nahm eine Zigarette aus seinem Etui und zündete sie an. Herold sah, wie seine Hände zitterten.

»Hier ist ein Trinkgeld für Sie.«

Der Beamte richtete sich steif auf und wies das angebotene Geld zurück.

»Es ist mein Prinzip, nichts anzunehmen«, erklärte er selbstbewusst und machte sich bereit, seinen Weg fortzusetzen.

Der Fremde knöpfte seinen Mantel auf und griff in seine Westentasche.

»Haben Sie etwas verloren?«

»Nein«, entgegnete der Herr befriedigt, nickte und ging weiter.

Als er in die Nähe der Tore einer Lagerhalle kam, nahm er die Zigarette aus dem Mund, warf sie auf die Straße und trat sie aus. Dann schwankte er plötzlich und fiel auf den Gehsteig.

Harry Lammers beobachtete diese Szene und betrachtete die Gelegenheit als ein Geschenk des Himmels. Ein vornehmer Herr war betrunken hingefallen. Vorsichtig schaute der Dieb nach links und nach rechts und huschte dann über die Straße. Rasch riss er den Mantel des Mannes auf und griff nach der Brieftasche. Dabei verhakten sich seine Finger in der Uhrkette, und er zog auch Uhr und Kette heraus. In diesem Augenblick bemerkte er aber, dass Polizist Herold auf ihn zulief, der ihn beobachtet hatte. Er wusste, was eine Verhaftung für ihn bedeuten würde, warf deshalb entschlossen Brieftasche und Uhr über die hohe Mauer und rannte davon. Aber er war noch kaum zehn Schritte weit gekommen, als sich eine schwere Hand auf seine Schulter legte.

»Ich verhafte Sie.«, keuchte der Polizist.

Lammers versuchte, sich zu befreien, es gelang ihm aber trotz Anstrengung nicht.

Der Beamte drückte den Fremden gegen die Mauer. Dann sah er, dass jemand über die Straße kam und erinnerte sich an den Mann, der zusammengebrochen war.

»Doktor Martens«, rief er, »der Herr dort ist verletzt -- sehen Sie doch einmal nach ihm.«

Doktor Martens hatte den Fremden stürzen sehen und beugte sich über ihn.

»Wollen Sie jetzt endlich ruhig mitkommen?«, sagte der Polizist zu Lammers, der sich immer noch wehrte.

Schließlich hatte er noch einige Zeit zu tun, um den Fremden in den Griff zu bekommen, bis sein Gefangener vernünftig wurde.

»Der Mann ist tot«, hörte er plötzlich Martens Stimme. »Er wurde erstochen.«

Der Arzt war aufgestanden, und im Licht der Laterne sah Herold, dass die Hände des Doktors blutbefleckt waren.

Kommissar Elmer, der am Ende der Straße einen Spielsalon kontrollierte, hörte das Gerangel draußen und eilte sofort herbei. Aber auch die Bewohner der umliegenden Häuser strömten hinaus ins Freie, oder schauten aus dem Fenster. Eine Sensation wollten sie sich nicht entgehen lassen, und als sie Mord hörten, stand bald eine dichte Menschenmenge um den Tatort herum.

Immer neue kamen dazu, wie Ratten aus ihren Höhlen. Elmer telefonierte sofort nach dem Polizeiarzt, und als er zurückkam, wusch sich Doktor Martens gerade die Hände in einer kleinen Schüssel, die ihm ein Polizist gebracht hatte.

»Hauptkommissar **Hagedorn** ist auf der Wache, er kommt auch her«, sagte Kommissar Harry Elmer.

»Elmer, warum werde ich eigentlich hier festgehalten?«, fragte Lammers aufsässig. Er stand zwischen zwei Polizisten, die ihn bewachten. »Ich habe nichts getan, ich bin ganz unschuldig ...«

»Halten Sie den Mund«, erwiderte Harry Elmer fast freundlich. »Hauptkommissar **Hagedorn** ist in ein paar Minuten hier.«

Lammers seufzte.

»Ausgerechnet der.«

Kommissar **Hagedorn** kontrollierte zufällig an diesem Abend den Bezirk und war gerade auf der Polizeiwache, um Schreibkram zu erledigen, als Elmer anrief. Kurz darauf erschien er in einem großen Streifenwagen mit einem Stab von Beamten am Tatort. Auch der Polizeiarzt Doktor Rudolf war in seiner Begleitung.

Er kannte Doktor Martens oberflächlich und begrüßte ihn mit einem kühlen Kopfnicken, denn er ärgerte sich, dass sein Kollege schon vor ihm da war.

Sofort stellte Doktor Rudolf eine genaue Untersuchung an.

»Der Mann ist natürlich tot«, erklärte er und machte eine Miene, als ob die Tragödie hätte abgewendet werden können, wenn er etwas früher gekommen wäre.

»Haben Sie gesehen, dass er eine Stichwunde hat«, begann Martens.

»Ja, ja, selbstverständlich«, unterbrach ihn Doktor Rudolf ungeduldig. »Natürlich.« Er sah zu **Hagedorn** hinüber. »Tot. Genaueres kann ich Ihnen erst später sagen. Eine schwere Stichwunde. Der Tod ist wahrscheinlich sofort eingetreten, die genaue Todesursache kann ich Ihnen aber erst nach der Obduktion bekannt geben.« Er wandte sich wieder an Doktor Martens. »Waren Sie hier, als es passierte?«

»Ich kam gleich darauf, vielleicht eine Minute später«, antwortete Martens.

Der Polizeiarzt steckte die Hände in die Taschen.

»Na, dann können Sie uns ja über Verschiedenes Aufklärung geben.«

Hagedorn mischte sich ein. Er war ein stattlicher Mann, wenn er auch einen kahlen Kopf hatte. Seine funkelnden Augen schauten vergnügt in die Welt, und seine Stimme klang tief und schwungvoll.

»Schon gut, Doktor.«

Er regte sich über die Unverschämtheit des Polizeiarztes nicht auf, denn der eignete sich gewöhnlich eine Stellung an, die ihm nicht zustand. Einbildung ist auch eine Bildung, dachte er noch.

»Wie ist doch Ihr Name?«, wandte Hagedorn sich an den fremden Arzt.

»Martens.«

»Doktor Martens, Sie waren also hier, als der Mord begangen wurde, oder jedenfalls kurze Zeit später. Sicher können Sie uns manches sagen, aber im Augenblick sind Sie natürlich noch zu erregt.«

Martens schüttelte lächelnd den Kopf.

»Ich kann Ihnen leider nur sehr wenig sagen, Herr Hagedorn. Ich sah nur, wie der Mann umfiel.«

»Ich habe diesen Mann hier verhaftet«, meldete Polizist Herold, der sich ungeheuer wichtig vorkam.

Der Kommissar beugte sich nieder und beleuchtete die schreckliche Wunde mit seiner Taschenlampe.

»Wo ist denn das Messer, mit dem er erstochen wurde?«, fragte er. »Das müssen wir vor allem finden.«

»Es ist kein Messer da«, erklärte Elmer mit sonderbarer Genugtuung.

»Verzeihen Sie«, mischte sich Polizist Herold wieder ein, »ich habe diesen Mann hier verhaftet.«

Hagedorn schien ihn zum ersten Mal zu sehen und maß ihn mit einem kühlen Blick von Kopf bis zu Fuß.

»Den hätten Sie längst auf die Polizeiwache bringen sollen«, erwiderte er dann liebenswürdig.

»Ich habe angeordnet, dass er bis zu Ihrer Ankunft hierbleiben soll«, sagte Sergeant Elmer.

»Schon gut«, entgegnete Hagedorn ungeduldig. »Es ist ein Vergnügen, wenn man sieht, dass alles genau nach den Vorschriften gehandhabt wird. Sie scheinen hochintelligente Beamte in Ihrem Bezirk zu haben, Kommissar.«

Die letzten Worte hatte er an Bezirksinspektor Brand gerichtet, aber dieser hatte keinen Sinn für Humor und überhörte die Ironie, die in der Bemerkung lag.

»Ja, meine Leute sind sehr brauchbar«, bestätigte er selbstzufrieden.

Hauptkommissar Hagedorn schaute auf den Toten, dann zu dem Mann, den die beiden Polizisten am Arm hielten.

»Kein Messer gefunden ... Elmer, durchsuchen Sie doch einmal die Taschen des Toten, und Sie können ihm dabei helfen«, zeigte er auf einen anderen Beamten.

Seine Blicke schweiften über die Menschenmenge. Ein paar Männer, die kein allzu gutes Gewissen hatten, drückten sich tiefer in den Schatten.

»Schaffen Sie die Schaulustigen hier fort«, sagte **Hagedorn** zu einem Beamten, der gelangweilt am Straßenrand stand und in der Nase bohrte.

Plötzlich zog Elmer einen Gegenstand unter dem Toten hervor.

»Hier, sehen Sie.«

Es war eine Dolchscheide, und Blut klebte daran. Kommissar **Hagedorn** nahm einen alten Briefumschlag aus der Tasche und verwahrte den Fund sorgfältig darin.

»Haben Sie das Messer auch gefunden?«

»Nein.« »Was? Keine Waffe?« **Hagedorn** sah sich nach der hohen Mauer um, die die Straße begrenzte. »Vielleicht hat es der Täter hier hinübergeworfen.«

»Verzeihen Sie eine Bemerkung«, sagte der Polizist Herold und stand stramm.

»Warten Sie«, erwiderte **Hagedorn**. »Doktor Martens, bitte, erzählen Sie mir, was Sie gesehen haben.«

Der Arzt fühlte sich sehr unbehaglich, als sich ihm alle Blicke zuwandten, und sprach nicht so sicher wie sonst.

»Ich kam aus meinem Sprechzimmer«, er zeigte etwas verlegen über die Straße, »und sah, dass zwei Männer aneinandergeraten waren, vorher gab es einen kurzen Wortwechsel. Ich ging wieder ins Haus und holte Mütze und Regenmantel.«

»Damit Sie sich die Schlägerei in größter Ruhe ansehen konnten?«, fragte **Hagedorn** freundlich.

Martens hatte seine Fassung wiedergefunden und lächelte.

»Nein, das bestimmt nicht. Schlägereien sind in dieser Gegend keine Seltenheit. Ich musste los, um bei einer Entbindung zu helfen. Als ich wieder herauskam, verhaftete der Polizist Herold gerade einen Mann ...«

»Einen Augenblick«, sagte **Hagedorn** scharf. »Haben Sie die beiden Leute erkennen können?«

»Nein, nicht deutlich, obwohl sich die Sache direkt meiner Haustür gegenüber abspielte.«

»Die beiden haben sich jedenfalls den richtigen Platz ausgesucht, um gleich verbunden zu werden, wenn sie sich die Köpfe einschlugen. War einer davon dieser Tote?«, fragte der Kommissar.

Martens konnte es nicht beschwören, nahm es aber an. Mit Bestimmtheit hatte er erkannt, dass der eine Mann im Gesellschaftsanzug war.

»Sie kennen ihn nicht?«

Martens schüttelte den Kopf.

»Ich glaube, dass er hier fremd ist. Ich habe ihn jedenfalls noch niemals hier gesehen.«

Kommissar **Hagedorn** pfiff leise vor sich hin und sah starr unter das Kinn des Arztes. Martens glaubte, dass seine Krawatte nicht richtig säße, und bemühte sich, sie zu richten. Aber das war nur eine Spezialität des Kommissars.

»Herold!« Er winkte den Polizisten heran. »Was haben Sie gesehen?«

Herold legte grüßend die Hand an den Kopf und antwortete:

»Ich habe den Verstorbenen gesehen ...«

Hagedorn war unangenehm berührt. Weitschweifige Reden von Untergebenen konnte er nicht vertragen.

»Schon gut, mein Junge. Sie stehen hier aber nicht vor Gericht, und Sie brauchen den Toten daher auch nicht den Verstorbenen zu nennen und so weiter. Darauf kommt es hier gar nicht an. Haben Sie den Mann gesehen, bevor er zu Boden fiel, oder nicht?«

Herold salutierte aufs Neue.

»Jawohl. Er hielt mich an, als ich an ihm vorbeikam, und fragte mich, ob ich nicht einen Mann gesehen hätte, mit dem er eine Auseinandersetzung hatte. Diese Frage musste ich verneinen.«

»Hat er den Mann näher beschrieben?«

»Nein.«

»Hat er sonst noch etwas gesagt?«

Der Polizist dachte einige Augenblicke nach und wiederholte dann seine Unterhaltung mit dem Fremden, so gut er sich auf sie besinnen konnte.

»Und Sie haben den Täter nicht gesehen? Sie müssen ihm doch direkt begegnet sein. Aber wahrscheinlich haben Sie wieder von dem Glas Bier geträumt, das Sie nach dem Dienst trinken wollen.«

Herold wollte entrüstet antworten, aber er beherrschte sich.

»Nein. Als ich mich noch einmal nach ihm umdrehte, sah ich ihn hier unter der Laterne liegen und beobachtete einen anderen Mann, der sich davonmachen wollte. Ich verhaftete ihn sofort. Später kam der Doktor dazu. Der Verhaftete versuchte wegzulaufen, aber ich hatte ihn fest gepackt.«

Lammers mischte sich ein und behauptete, dass er nur so schnell gelaufen sei, um rasch einen Doktor zu holen.

»Der Mann lag also schon auf dem Boden, bevor Sie ihn anrührten?«, fragte Hagedorn.

Der Gefangene schwur dass mit den heiligsten Eiden, und eine Frau, die eine Tragetasche in der Hand trug, bestätigte seine Aussage. Sie hätte ebenso gut schweigen können, aber der angeborene Sinn für Gerechtigkeit, den die Armen und Unschuldigen besitzen, überwog ihre sonstige Bescheidenheit.

Der Kommissar winkte sie in die erste Reihe, sodass das Licht der Laterne ihr Gesicht voll traf. Ihrer äußeren Erscheinung nach machte sie einen guten Eindruck und schien eine ordentliche Frau zu sein. Sie hatte gesehen, wie der Fremde hinfiel, und wie Lammers auf ihn zueilte. Hagedorn sah sie nachdenklich an.

»Was haben Sie denn in Ihrer Tragetasche?«

Die Frage war ihr unangenehm.

»Bier.«

»Bier? Das ist aber merkwürdig. Warum tragen Sie denn um halb elf Bier über die Straße, Frau--?«

»Albert«, erwiderte die Frau schüchtern.

Sie hatte keine Erklärung dafür und behauptete nur, dass sie es nach Hause tragen wolle. Ein beifälliges Gemurmel ging durch die Menge, die sich gegen die Polizei auflehnte. Im Hintergrund sagte jemand: »Lasst die Frau in Ruhe.«

Polizist Herold war in heller Verzweiflung, denn er hatte etwas zu sagen, das ihm auf der Seele brannte, etwas Wichtiges, das den Sachverhalt sofort aufklären konnte. »Ich möchte noch bemerken, dass Lammers etwas über die Mauer geworfen hat.«

Hagedorn schaute auf die Mauer, als erwarte er, dass von dort eine Bestätigung dieser Angabe kommen sollte.

»So? Hat Lammers das getan?« Er sah den Dieb durchdringend an und machte dann eine bezeichnende Bewegung mit dem Kopf. »Führen Sie ihn ab.«

Zwei Polizisten brachten Harry Lammers trotz seines heftigen Protestes fort.

»Sie müssen auch mit zur Wache«, wandte sich Hagedorn an die Frau.

In ihrer Aufregung hätte sie beinahe die Tragetasche fallenlassen. Sie sei eine verheiratete Frau mit drei Kindern, beteuerte sie und habe noch nie in ihrem Leben etwas mit der Polizei zu tun gehabt.

»Nun, dann machen Sie jetzt eben eine neue Erfahrung«, meinte Hagedorn freundlich.

Zum zweiten Mal an diesem Abend kam ein Krankenwagen ins Steintor Viertel, und es erschien auch noch ein Streifenwagen mit Beamten des Erkennungsdienstes, die nach Fingerabdrücken und anderen Spuren suchten. Die Mordtat verlor ihre Romantik und wurde zu einer nüchternen Tatsache, die man geschäftlich und wissenschaftlich behandelte.

»Das ist glatter Mord«, sagte Hagedorn zu seinen Untergebenen, als er auf seinen Wagen zuging. »Ein paar merkwürdige Einzelheiten sind allerdings dabei.«

Plötzlich drängte sich eine Frau durch die Menge. Hagedorn hielt sie zuerst für ein junges Mädchen, aber im Schein der Straßenlaterne erkannte er, dass sie ihre Jugend schon längst hinter sich hatte. Sie war totenbleich und starrte ihn mit weitaufgerissenen Augen an. Ihre Lippen zitterten, und sie konnte im ersten Augenblick nicht sprechen. Doktor Martens, der im Schatten stand, beobachtete sie neugierig. Er hatte Lina Wessel sofort erkannt.

»Ist er es wirklich?«, fragte sie mit gebrochener Stimme und schluchzte dann wild auf.

»Wer sind Sie?«, fragte **Hagedorn** ruhig.

»Ich bin, ich wohne hier in der Gegend.« Ihre Stimme war von Tränen erstickt, und sie rang sich die Worte mühsam ab. »Er hat mich heute Abend besucht und ich warnte ihn ... vor der Gefahr. Ich kenne meinen Mann, er ist ein Halunke.«

»Hat er denn diesen Mann hier ermordet?«

Lina versuchte am Kommissar vorbeizukommen, aber er hielt sie zurück, obwohl es ihn Anstrengung kostete. Furcht und Schrecken verliehen dieser schwachen Frau übermenschliche Kräfte.

»Ruhe, Ruhe. Vielleicht ist es doch nicht Ihr Freund. Wie heißt er denn?«

»Adam ...« Sie brach plötzlich ab. »Darf ich ihn sehen, dann kann ich es Ihnen sagen.«

Aber Kommissar **Hagedorn** ging methodisch vor und arbeitete nicht sprunghaft.

»Sie haben gesagt, dass ein Mann Sie heute Abend besuchte und dass Sie ihn vor Ihrem Mann warnten. Lebt Ihr Mann denn auch in dieser Gegend?«

Sie sah ihn an, als ob sie seine Frage nicht verstünde. **Hagedorn** bemerkte es und wiederholte seine Worte.

»Ja«, erwiderte sie schließlich, aber ihre Stimme klang fast trotzig.

»Wo wohnt Ihr Mann denn? Und wie heißt er?«.

Sie wurde unruhig und versuchte wieder, in die Nähe des Toten zu kommen.

»Lassen Sie mich ihn doch einmal sehen«, bat sie. »Ich werde nicht ohnmächtig. Vielleicht ist er es gar nicht. Ja, ich bin jetzt sogar sicher, dass es sich um einen anderen handelt. Lassen Sie mich zu ihm.«

Hauptkommissar **Hagedorn** gab Elmer ein Zeichen, und der führte sie zu dem Toten. Sie sah auf ihn nieder und schwieg. Dann öffnete sie die Lippen, konnte aber nicht gleich sprechen.

»Adam .... Er hat es getan. Das Schwein. Der Mörder.«, stieß sie endlich hervor. Elmer fühlte, dass sie umsank, und fing sie noch rechtzeitig auf. Die Zuschauer verfolgten dieses Drama gespannt. Es war es wohl wert, für eine solche Sensation seine Nachtruhe zu opfern. Manche nahmen sogar ihre Handys in Augenhöhe, um das Ganze zu filmen. Elmer blockte die Schaulustigen, indem er sie zum Verlassen des Tatortes aufforderte.

Hagedorn sah sich um und winkte Doktor Martens.

»Würden Sie so liebenswürdig sein, die Frau zur Wache zu bringen? Ich denke, es ist nur eine leichte Ohnmacht.«

Der Arzt protestierte resigniert, brachte aber mithilfe eines Beamten die Frau in einen Polizeiwagen und fuhr mit. Vor einer Apotheke am Ende des Ostertorsteinwegs ließ er halten und schickte den Polizisten hinein, um ein Stärkungsmittel zu holen. Aber auch die Medizin brachte die Frau nicht zum Bewusstsein, und sie war noch halb besinnungslos, als sie die Polizeiwache erreichten.

Herr Hagedorn wartete auf die Rückkehr des Wagens und sprach inzwischen mit Inspektor Brand, der nach einem Krankenwagen telefonierte.

»Es gibt verschiedene Arten von Mord«, meinte Hagedorn, »einfache und komplizierte. Dies ist ein einfacher, wenigstens bis jetzt. Keine Musik, kein Feuerwerk, keine Damenberührungen, nichts, was auf Verwicklungen erotischer Natur oder Prostitution hindeuten könnte. Ein Mann wird erdolcht unter den Augen von drei anderen Leuten, aber niemand hat den Mörder selbst gesehen. Nicht einmal das Messer wird gefunden. Wir kennen weder das Motiv zur Tat, noch haben wir irgendeinen Anhaltspunkt. Selbst der Name des Toten ist nicht bekannt.«

»Die Frau sprach doch von einem Maskenmann«, begann Brand.

»Wir wollen die Religion aus dem Spiel lassen«, erwiderte Hagedorn müde. »Wer war der Mann, der ihn erstach, und wie gelang es ihm, das Messer zurückzubekommen? Das ist das Geheimnis, das ich aufklären möchte.«

***

8

Kommissar Elmer kam in die Wache und ging sofort zum Privatbüro des Hauptkommissars, wo Hagedorn in einem Sessel saß. Elmer war zehn Minuten nach seinem Vorgesetzten zur Stelle und legte zwei Gegenstände auf den Tisch.

»Der Nachtwächter war nicht leicht aufzuwecken. Übrigens ist er der Mann von Frau Albert.«

»Ach so, das ist die Frau mit dem Bier?«

Elmer nickte.

»Ich fand diese Sachen in dem Hof jenseits der Mauer. Offenbar hat der bekannte Dieb Lammers sie hinübergeworfen, als er den Beamten Herold auf sich zukommen sah. Es ist eine Brieftasche und eine Uhr. Das Glas ist zerbrochen, und die Uhr ist Punkt zehn stehen geblieben. Ein Schweizer Uhrwerk. Auf der Rückseite ist der Name eines Juweliers eingraviert.«

Hagedorn betrachtete die Uhr genauer.

»Vorsicht«, warnte Elmer, »es ist ein Daumenabdruck auf der Rückseite.«

Der Hauptkommissar rückte seinen Stuhl ein wenig zur Seite und winkte Elmer, sich neben ihn zu setzen.

»Was haben Sie sonst noch gefunden?«

Elmer nahm etwas Papiergeld aus der Tasche und legte es auf den Schreibtisch. Dann öffnete er die Brieftasche und zog zwei neue Banknoten zu je fünfhundert Euro heraus, und einen kleinen Zettel. Auf dem Zettel konnte man einen Stempel einer Volksbank Filiale erkennen, und auf der Rückseite war ein Datum eingetragen.

»Sie sind gestern ausgegeben worden.«

»Wenn er dort ein Konto hatte,« begann Elmer. …

»Das hatte er bestimmt nicht«, unterbrach ihn Hagedorn, »Man hebt keine fünfhundert Euro von seinem Konto ab und trägt sie in der Tasche herum. In Bremen kann man keine Fünfhunderteuronote wechseln, ohne sich der Gefahr auszusetzen, verhaftet zu werden. Nein, dieses Geld hat jemand anders von seinem Konto abgehoben, um es dem Toten zu geben. Er hatte also kein eigenes Bankkonto, sonst wäre das Geld doch darauf eingezahlt worden, und er war auch kein Kaufmann, sonst hätte er eben ein Bankkonto gehabt.«

»Das klingt ja wie eine Rede von Sherlock Holmes«, brummte Elmer.

Er war schon lange im Dienst und fast ebenso alt wie Kommissar Hagedorn, aber unglücklicherweise nie befördert worden. Zusammen haben die beiden schon einige Fälle in Bremen aufgeklärt. Hauptkommissar Hagedorn schätzte ihn und ließ ihm viel durchgehen.

»Was steckt denn sonst noch in der Brieftasche?«

»Eine Menge Visitenkarten.«

Elmer nahm sie heraus und legte sie auf den Tisch. Hagedorn prüfte sie sorgfältig. Es waren Adressen aus Birmingham, Leicester und Bremen, aber die meisten stammten von Leuten, die einen dauernden Wohnsitz in Südamerika hatten.

»Sie sind alle neu«, sagte er. »Wahrscheinlich hat sie der Mann auf einer Seereise gesammelt. Merkwürdig, wie leicht Menschen vollständig fremden Personen ihre Karte geben.«

Er drehte mehrere Karten um und entdeckte Bleistiftnotizen darauf. Auf einer stand zum Beispiel: »Zehntausend Pfund jährliches Einkommen«, auf einer andern: »Hat viel Geld durch Diamantenhandel verdient, logiert im Ritz, Bremen.«

Hagedorn lächelte.

»Sie können raten, womit der Mann sein Geld verdient hat.«

Er nahm noch eine Karte auf, die auf der Rückseite eine mit Tinte geschriebene Bemerkung trug: »Scheck gesperrt.«

»Ich will Ihnen einen Tipp geben. Er ist ein Verbrecher und ein Falschspieler. Darüber wären wir also im Bilde. Nun handelt es sich noch darum, seinen Namen ausfindig zu machen. Telefonieren Sie mit unserer Hauptverwaltung. Man soll alle großen und kleinen Hotels in Bremen und Umgebung anrufen, ob ein Mann mit dem Vornamen Adam dort abgestiegen ist. Sie werden ja noch herausbringen, woher er gekommen ist ...«

»Aus Kapstadt«, sagte Elmer.

»Das habe ich erwartet. Wie haben Sie das denn erfahren?«

»Seine Schuhe sind noch verhältnismäßig neu, und ich habe das Etikett innen gelesen: Produziert in Kapstadt.«

»Also, dann sagen Sie, er kam aus Südamerika.«

Elmer war schon einige Schritte zur Tür gegangen, als Hagedorn ihn noch einmal zurückrief.

»Lassen Sie sich auch Namen, Privatadresse und Telefonnummer des Vorstandes der Bankfiliale geben. Warten Sie doch noch eine Minute und seien Sie nicht so nervös. Sagen Sie auch, dass sie den Mann anrufen und fragen sollen, ob er sich erinnern kann, von welchem Konto zwei Fünfhunderteuronoten abgehoben wurden.«

Er schrieb die Nummern der Scheine auf ein Stück Papier und reichte es Elmer. »Wenn möglich, soll er auch angeben, an wen sie gezahlt wurden. Ich glaube allerdings kaum, dass wir das erfahren werden.«

Als Elmer seinen Auftrag erledigt hatte und zurückkam, hatte Hagedorn das Kinn in die Hand gestützt und schaute nachdenklich vor sich hin.

»Ich will jetzt den Dieb Lammers verhören«, sagte er.

Der Mann wurde aus der Zelle geholt. Er sprach sehr viel und konnte sich gar nicht beruhigen.

»Wenn es noch ein Gesetz in diesem Lande gibt«, begann er.

»Gibt es nicht«, erwiderte **Hagedorn** vergnügt. »Sie haben alle Gesetze gebrochen. Setzen Sie sich, Harry.«

Lammers warf ihm einen misstrauischen Blick zu.

»Wollen Sie mich vielleicht wieder durch Ihre Freundlichkeit fangen?«

Hagedorn stand in dem Ruf, alle Leute sehr sanft zu behandeln. Deshalb hatte schon mancher Übeltäter Vertrauen zu ihm gefasst und mehr erzählt, als er eigentlich wollte. Später hatte er es dann bitter zu bereuen, wenn er vor Gericht stand.

Hagedorn sah Lammers freundlich lächelnd an.

»Ich kann nun einmal nicht böse mit euch sein«, sagte er gefühlvoll. »Das Leben ist für uns alle schwer, und ich weiß, wie ihr kämpfen müsst, um euch ehrlich durchzubringen.«

»Das stimmt«, erwiderte Lammers eisig.

»Sie tun nie etwas Unrechtes, Harry.« Hagedorn klopfte sanft auf das Knie des Mannes, »wenn Sie der Polizei alles sagen, was Sie wissen. Es ist nicht viel, denn wenn Sie mehr wissen würden, dann brauchten Sie nicht zu stehlen. Aber hier handelt es sich um einen Mord.«

»Es kann doch niemand behaupten, dass ich das getan habe«, sagte Lammers schnell.

»Das behauptet auch niemand, im Augenblick wenigstens«, stimmte Hagedorn freundlich zu. »Aber man kann niemals sagen, wie sich die Sache nachher entwickelt. Sie kennen doch die Leute im Steintor Viertel. Die schwören das Blaue vom Himmel herunter für jede Kleinigkeit. »Nicht alle, das will ich nicht damit sagen, denn es gibt auch sehr viele ehrbare Bürger und Studenten in diesem Viertel.«

»Nun wollen wir beide einmal ganz frei und offen miteinander reden.«

Er lehnte sich in seinen Stuhl zurück und betrachtete Lammers mit väterlichem Wohlwollen. »Herold sah, dass Sie auf den Mann zugingen, Ihre Hand in seine Tasche steckten und seine Brieftasche, vielleicht auch eine Uhr, herauszogen. Als Sie sich entdeckt fühlten, warfen Sie beides über die Mauer. Kommissar Elmer hat die Gegenstände gefunden.«

»Ich weiß gar nicht, wovon Sie reden«, erklärte Lammers.

Hagedorn schüttelte den Kopf und lächelte traurig.

»Sie haben gesehen, wie der Mann umfiel, und ihn für betrunken gehalten. Dann sind Sie zu ihm gegangen und haben ihm Brieftasche und Uhr abgenommen.«

»Ich verstehe wirklich nicht, was Sie wollen«, entgegnete Lammers schnell. »Ich bin vollkommen unschuldig.«

»Nun, dann muss ich einmal deutlicher mit Ihnen sprechen. Sie haben seine Brieftasche und seine Uhr gestohlen.«

»Das ist eine verdammt gemeine Lüge.«, rief Lammers heftig.

Hagedorn seufzte und warf Elmer einen verzweifelten Blick zu.

»Was soll man nun mit einem solchen Mann anfangen?«, fragte er.

»Ich brauche Ihre Teilnahme und Ihr Mitgefühl nicht«, erwiderte Harry Lammers undankbar. »Es sind schon so viele ins Gefängnis gekommen, weil sie sich von Ihnen auf diese Weise haben ausfragen lassen. Ich sah, wie der Mann umfiel, und ich sprang hin, um ihm zu helfen.«

»Aha, Erste Hilfe bei Unglücksfällen. Sie haben ja im Gefängnis gelernt, wie man sich dabei benehmen muss, also, nun kommen Sie zur Sache, Harry. Sie können mir und sich selbst eine Menge Ärger ersparen, wenn Sie mir die Wahrheit sagen.«

»Ich«, begann Harry..

»Warten Sie einen Augenblick.«

Hauptkommissar Hagedorns Geduld war erschöpft, und er sprach etwas schärfer. »Wenn Sie mir die Wahrheit sagen, werde ich keine Anklage gegen Sie erheben. Sie gehen als Kronzeuge straflos aus ...«

»Hören Sie einmal, Herr Hagedorn, für was für einen Kerl halten Sie mich denn eigentlich?«, rief Lammers hitzig. »Man hat mich einfach skandalös behandelt, seitdem ich hier auf die Wache gebracht worden bin. Sie haben mich ganz nackt ausgezogen und mir meine Kleider weggenommen. Die Leute hier benehmen sich wie die wilden Waldaffen und haben keinen Funken von Anstand. Diese alten Fetzen haben Sie mir gegeben. Und warum haben sie mir meine Kleider weggenommen? Damit sie mir etwas in die Tasche stecken können, was ich nachher gestohlen haben soll. Oh, ich kenne diese schuftigen Polizeibeamten.«

Hagedorn seufzte.

»Wenn Sie etwas mehr Verstand hätten, würden Sie nicht solchen Unsinn reden«, sagte er dann ärgerlich.

»Sie armseliger Lügner, begreifen Sie denn nicht, dass man Ihre Kleider auf Blutspuren prüft, und dass man auch Ihre schmutzigen Hände aus demselben Grund untersucht hat? Sie sind verhaftet worden unter dem Verdacht, einen Mord begangen zu haben. Glauben Sie vielleicht, ein Mann von meinem Rang würde hier sitzen, wenn er nicht guten Grund dazu hätte? Sagen Sie jetzt die Wahrheit: Haben Sie den Mann bestohlen, als er am Boden lag oder nicht? Ich betone noch einmal, dass Sie nicht weiter verfolgt werden, wenn Sie die

Wahrheit sagen. Sie begreifen es zwar nicht, aber es ist meine Pflicht, es Ihnen mitzuteilen. Die schnelle Aufklärung des Falles kann davon abhängen, dass Sie freiwillig zugeben, die Brieftasche aus seiner Jacke genommen zu haben, während er auf dem Boden lag. Auf die Uhr kommt es weniger an.«

»Ich habe es nicht getan.«, sagte Lammers laut. »Das müssen Sie mir erst beweisen.«

Der Kommissar gab es auf.

»Führen Sie ihn ab, bevor ich mich selber vergesse.«

Elmer nahm Harry Lammers am Arm und brachte ihn fort.

»Sie Dummkopf.«, sagte er zu Lammers, »Warum haben Sie es denn nicht eingestanden.«

»Warum ich es nicht eingestanden habe?«, ereiferte sich Lammers. »Ich möchte wissen, wie viel sie mir dafür wieder aufpacken würden.«

Gleich darauf erhob man die Anklage gegen ihn, stellte die üblichen Fragen und brachte ihn in seine Zelle zurück. Elmer ging wieder zum Kommissar und meldete ihm, welche Auskunft inzwischen aus der Hauptverwaltung gekommen war.

»Die beiden Banknoten wurden von dem Konto eines Ludwig Lange gezogen. Er wohnt in Bremen. Lange ist Amerikaner oder hat jedenfalls lange in Amerika gelebt. Er ist Ingenieur und ziemlich reich. Heute Morgen hat er noch dreitausend Euro abgehoben, weil er ins Ausland gehen will.«

»Glückliche Reise«, meinte Hagedorn ironisch.

Er schaute auf die Dolchscheide, die vor ihm lag, und zeigte mit dem kleinen Finger auf das Monogramm, das auf einer kleinen goldenen Platte eingraviert war.

»L.L. -- das kann Leonie Loch heißen. Andererseits spricht nichts dagegen, dass es Ludwig Lange bedeutet.«

»Wer ist denn Leonie Loch?«, fragte Elmer verständnislos.

»Die gibt es nicht«, erklärte sein Vorgesetzter geduldig. »Hören Sie, Elmer, der Aufenthalt im Steintor Viertel scheint Ihren Verstand nicht gerade geschärft zu haben. Ich werde Sie in der nächsten Zeit wieder nach Hamburg versetzen lassen.«

Er stand auf und ging mit schweren Schritten durch das Amtszimmer zu dem kleinen Raum, in dem Lina Wessel auf einem Feldbett lag. Ihr Gesicht war bleich, und auch ihre Lippen zeigten keine Farbe.

»Sie sieht aus, als ob sie tot wäre«, meinte Hagedorn.

Doktor Martens seufzte und schaute auf seine Uhr.

»Vielleicht geht es meinen anderen Patientinnen ebenso«, sagte er müde. »Ich weiß nicht, ob Sie sich für den Unterschied zwischen Leben und Tod interessieren, Herr Hagedorn, aber in diesem Augenblick wartet eine Frau auf mich ...«

»Ja, ja«, unterbrach ihn der Kommissar in guter Laune. »Wir haben nichts vergessen. Sie haben mir das ja schon vorher gesagt, und ich habe angeordnet, dass die Hebamme Sie hier benachrichtigt. Im Moment sind Sie hier wichtiger.«

Er schaute besorgt auf die reglose Gestalt, hob die Decke ein wenig und griff nach ihrer Hand.

»Nimmt sie Morphium?«, fragte Hagedorn.

Doktor Martens nickte.

»Ich fand eine Spritze in ihrer Handtasche. Doktor Rudolf hält es für besser, dass sie in ein Krankenhaus oder zu einer Unfallstation gebracht wird.«

Hagedorn gab seine Zustimmung nur widerwillig. Diese Frau war die Hauptzeugin, und er ließ sie nur ungern aus den Augen.

Der Polizeiarzt trat mit wichtiger Miene zu ihnen.

»Ich habe ein Bett im Zentralkrankenhaus bestellt. Natürlich sagten sie mir zuerst, sie könnten niemand mehr aufnehmen, aber als ich dann meinen Namen nannte ...« Er lächelte und schaute Martens gönnerhaft an. »Wenn Sie gekommen wären, mein lieber Junge, wäre der Bescheid sicher anders ausgefallen.«

»Ich hätte gar nicht lange gefragt, sondern wäre einfach mit der Kranken hingefahren. Dann wäre ihnen nichts anderes übrig geblieben, als ein Bett für sie bereitzustellen.«

Doktor Rudolf war ärgerlich.

»Ja, ja, aber so macht man das nicht. Es gibt doch auch in unserem Beruf gewisse Höflichkeitsformen, an die man sich halten muss. Und der Chefarzt ist ein Freund von mir.« Der Polizeiarzt beschäftigte sich nicht mehr mit Martens und wandte sich an Hagedorn. »Ich habe auch einen Krankenwagen bestellt, er wird gleich kommen.«

»Haben Sie den Mann noch einmal untersucht?«, fragte der Kommissar.

»Welchen Mann?« Doktor Rudolf runzelte die Stirn. »Ach so, Sie meinen den Toten? Ja. Sergeant Elmer war dabei und hat ihn durchsucht. Ich habe ein oder zwei

Entdeckungen gemacht, die Ihnen vielleicht nützlich sein werden. Zum Beispiel hat er eine Beule an der linken Kinnseite.«

Hagedorn nickte.

»Er hat sich doch an einer Schlägerei beteiligt. Doktor Martens hat das beobachtet.«

Rudolf wurde in diesem Augenblick fortgerufen und entfernte sich mit einer Entschuldigung.

Die Frau auf dem Bett gab noch immer kein Lebenszeichen von sich, und Doktor Martens zeigte Hagedorn zwei kleine Einstiche am linken Unterarm.

»Sie sind erst vor Kurzem gemacht worden. Aber sonst habe ich keine Anzeichen dafür gefunden, dass sie Morphium nimmt. Ich kann keine anderen Einstiche finden, und die Tatsache, dass das Morphium eine fast tödliche Wirkung auf sie hat, weist eigentlich darauf hin, dass sie das Betäubungsmittel, erst seit kurzer Zeit nimmt.«

»Wann wird sie wohl wieder zum Bewusstsein kommen?«

»Das kann ich nicht sagen. Augenblicklich ist sie nicht in der Verfassung, dass man ihr Belebungsmittel geben könnte. Aber vielleicht wissen die Leute im Krankenhaus besser Bescheid.«

»Waren Sie schon einmal in eine Mordaffäre verwickelt?«

»Nein, es ist das erste Mal.«, Martens lächelte.

»Warum üben Sie eigentlich Ihre Praxis in einer so traurigen Gegend aus, Doktor? Können Sie Ihre Klinik nicht in einer schöneren Umgebung aufmachen, wo es nicht so armselig ist?«

Martens zuckte die Schultern.

»Das ist mir gleich. Ich brauche für mich persönlich sehr wenig, und hier ist meine Tätigkeit am nötigsten. Ein Krankenhaus muss da stehen, wo es gebraucht wird. Und ich habe keine Sehnsucht nach vornehmen Leuten, die langweilen mich nur.«

»Haben Sie sich eine Theorie über diesen Mord zurechtgelegt?«

Hagedorn sah den Arzt freundlich an, aber Martens antwortete nicht sofort.

»Ja«, sagte er nach einer Pause. »Meiner Meinung nach ist das Ganze ein Racheakt. Der Mann wurde nicht aus Habgier ermordet, sein Tod sollte wahrscheinlich ein Unrecht ausgleichen, das er einmal begangen hat. Die Tat war auch nicht von langer Hand vorbereitet, sie wurde in dem Augenblick verübt, in dem sich eine günstige Gelegenheit bot.«

Hagedorn schaute ihn verwundert an.

»Wie kommen Sie denn darauf?«

»Ich denke es mir nur«, erwiderte Martens lächelnd. »Sonst müsste man annehmen, dass jemand diesen Mann in der bestimmten Absicht hergelockt hatte, ihn zu töten. Es hätte aber ein groß angelegter Plan dazu gehört, ihn ausgerechnet in diese Gegend, zu bringen.«

Hagedorn stand mit gespreizten Beinen vor ihm und hatte die Hände in die Hüften gestemmt.

»Sie sind doch nicht etwa einer der Amateurdetektive, von denen man so viel liest? Ein Mann, der die Polizei im achtundzwanzigsten Kapitel beschämt, weil er allein die richtige Spur verfolgt hat?« Er klopfte Martens unerwartet auf die Schulter. »Aber was Sie gesagt haben, klingt sehr vernünftig. Nicht jeder Arzt denkt so sachlich und ruhig wie Sie. Sie haben ganz recht. Ihre Theorie stimmt mit der meinen vollkommen überein. Schalten Sie eigentlich die Möglichkeit, dass Lammers den Mann ermordet haben könnte, vollständig aus?«

»Ja. Das kommt gar nicht in Frage«, erklärte Martens mit Nachdruck.

Hagedorn nickte.

»Im Vertrauen kann ich es Ihnen ja sagen, nach Doktor Rudolfs Ansicht ist Lammers der Mörder.«

»Er hat noch eine andere Theorie, ich wundere mich, dass er noch nicht mit Ihnen darüber gesprochen hat.«

***

9

Hauptkommissar Hagedorn schaute wieder nachdenklich auf die bewusstlose Frau. Sie hatte sich noch immer nicht bewegt, und man konnte nicht einmal sehen, dass sie atmete.

»Es ist ein ganz gewöhnlicher Fall, Doktor, wie ihn die Polizei oft genug erlebt. Alles sieht geheimnisvoll aus, bis irgendein Zeuge auftaucht und redet. Und dann ist plötzlich alles so leicht, dass selbst die netten, alten Herren vom Kommissariat den Mord aufklären können. Also, wenn keine Aussicht vorhanden ist, dass sie zu Besinnung kommt, schicken Sie sie in Gottes Namen ins Krankenhaus«, sagte er beinahe schroff und ging in sein Amtszimmer zurück.

Seine Gedanken beschäftigten sich unaufhörlich mit dem Mord, den er aufzuklären hatte. Aber auch an die traurige Umgebung von Steintor Viertel dachte er, an die vielen ärmlichen Gassen, das holperige Pflaster, die schlechtgebauten Häuser. Welches Elend oder Armut beleuchteten doch die großen Straßenlaternen. Wie viele Menschen lebten und starben hier in Not und Armut. Jeder Tote mehr oder weniger ist einer zu viel. Aber weil ein Falschspieler, vielleicht sogar ein Erpresser, in dieser Gegend sein Ende gefunden hatte, war die Kriminaldirektion in Bremen nun fieberhaft tätig. Akten wurden gewälzt, Computer und Drucker arbeiteten mit rasender Geschwindigkeit, Polizisten brachten auf Motorrädern die noch feuchten Blätter mit der Beschreibung des Toten zu ihren Kameraden, die auf Streife waren, und auf zig Straßen und Plätzen lasen die Beamten im Schein ihrer Taschenlampen die Personenbeschreibung des Unbekannten, der von einem anderen noch weniger bekannten Mann ermordet worden war.

Hagedorn erhob sich und ging zum Hauseingang. Das blaue Licht vor der Tür fiel auf sein Gesicht und verlieh ihm ein grausiges Aussehen. Die Straße lag tot und verlassen da, und immer noch fiel der feine Regen.

Der Hauptkommissar wusste nicht, warum er plötzlich schauderte. Niemals ließ er sich von einer Umgebung beeinflussen, aber der Wirkung dieser teilweise unfreundlichen, ja unheimlichen Gegend konnte auch er sich nicht entziehen.

Es kam ihm ein Gedanke, und er ging ins Haus zurück. Im Amtszimmer warteten drei Kriminalbeamte, und er gab ihnen neue Instruktionen.

»Nehmen Sie Ihre Pistolen mit«, sagte er. »Es ist möglich, dass Sie sie brauchen.«

Nachdem sie sich entfernt hatten, telefonierte er mit der Hauptverwaltung. Dann ging er wieder zu Doktor Martens hinüber.

»Sie wissen doch alles, was hier in der Gegend passiert. Haben Sie schon von dem Mann mit der goldenen Maske gehört? ist das nur eine Legende, oder existiert er wirklich? Ich weiß, dass hier in der Gegend ein Mann wohnte, der eine goldene Gummimaske trug, weil sein Gesicht bei einem Unfall entstellt worden war.«

Der Arzt nickte bedächtig.

»Ich glaube, diesen Mann habe ich öfters gesehen.«

»Das ist aber hochinteressant«, erwiderte Hagedorn sehr überrascht.

»Warum er die Maske trug, habe ich allerdings nicht verstanden, denn sein Gesicht sah wirklich nicht so schlimm aus. Er hatte nur eine große rote Narbe.«

Hagedorn biss sich auf die Lippen.

»Ich kann mich auf den Mann sehr genau besinnen. Ein paar Zeitungsleute haben seine Geschichte in letzter Zeit wieder aufgewärmt. Er wohnte vor Jahren am Ostertorsteinweg und hatte von der Polizei die Erlaubnis, die Maske in der Öffentlichkeit zu tragen. Seit einigen Jahren habe ich ihn nicht mehr gesehen. Hieß er nicht Wessel?«

Doktor Martens zuckte die Schultern.

»Seinen Namen wusste ich niemals. Vor drei Jahren kam er zu mir, und ich behandelte ihn. Er war merkwürdig empfindlich und meldete sich vor jedem Besuch telefonisch bei mir an. Übrigens kam er stets um zwölf Uhr nachts und zahlte fünfzig Euro für jede Behandlung.«

Hauptkommissar Hagedorn dachte eine Weile nach. Je öfter er über den Mann mit der Maske nachdachte, kamen die Erinnerungen an einen Fall in Hamburg hoch. Da gab es auch jemanden der eine Maske trug und der Drahtzieher einer groß angelegten Aktion in einer Schönheitsklinik gewesen sein soll, aber bis heute noch nicht gefasst ist. Damals arbeitete Hagedorn mit dem Hamburger Hauptkommissar Thalheimer zusammen. Dann ging er wieder zum Telefon und rief die Mordkommission in Hamburg an. Der diensthabende Kommissar erinnerte sich sofort an den Mann, aber den Namen wusste auch er nicht so aus dem Stegreif, er wollte gegebenenfalls zurückrufen.

»Er ist seit Jahren nicht mehr in Hamburg gesehen worden«, sagte der Beamte aus Hamburg. »Ein anderes Revier hat auch schon verschiedene Male angerufen, weil man glaubt, dass er etwas mit Goldmaske zu tun hat, der in der letzten Zeit so viel von sich reden macht.«

Hagedorn kehrte wieder zu Doktor Martens zurück, um noch mehr von ihm zu erfahren.

»Wohnte der Mann nicht hier in der Nähe?«, fragte er.

Martens konnte ihm darauf keine Auskunft geben. Als der sonderbare Patient ihn das erste Mal besuchte, hatte er unzweifelhaft in der Gegend der Obernstraße gewohnt, und später war er immer nur in unregelmäßigen Zeitabständen wieder aufgetaucht.

»Glauben Sie, dass er mit dem sogenannten Maskenmann vom Steintor Viertel identisch sein könnte?«, fragte Hauptkommissar Hagedorn plötzlich.

Doktor Martens lachte.

»Mann oh Mann, es ist doch zu sonderbar, dass vernünftige Menschen anderen Leuten, die ein körperliches Gebrechen haben, irgendeine Feigheit anhängen müssen. Gewöhnlich müssen Behinderte, arme Leute und hinkende daran glauben.«

Martens konnte wenig Interessantes, über den Mann mit der goldenen Maske berichten, höchstens, dass er sich in der letzten Zeit nicht mehr telefonisch angemeldet hatte. Er war stets über den Hof gekommen, der hinter der Klinik lag.

»Ich verschließe die Hintertür niemals.« Martens erzählte, dass er einen sehr festen Schlaf habe und dass die Kranken, die ihn nachts aufsuchten, häufig direkt an seine Praxistür kämen und ihn aufweckten.

»Bei mir kann man nicht viel stehlen, höchstens ein paar medizinische Instrumente und ein paar Giftflaschen. Und ich muss auch gerecht gegen die Leute sein. Es ist mir nichts abhandengekommen, seit ich hier wohne und arbeite. Ich behandle sie freundlich, und solange sie sich anständig benehmen, habe ich nichts dagegen, wenn sie sich frei in meiner Praxis bewegen.«

Hagedorn verzog das Gesicht.

»Ich begreife nur nicht, dass Sie in dieser Umgebung leben können. Wie können Sie Tag für Tag mit diesen Menschen verkehren und sich mit ihrem Elend beschäftigen?«

Doktor Martens seufzte und schaute wieder zur Uhr.

»Das Kind wird jetzt schon geboren sein.«

Einen Augenblick später klingelte das Telefon, und Kommissar Elmer rief den Arzt zum Apparat. Das Kind war tatsächlich schon ohne den Beistand des Doktors auf die Welt gekommen.

Gleich darauf kam der Krankenwagen, und Lina Wessel wurde ins Krankenhaus gebracht. Elmer schickte einen Beamten mit, der die Frau im Krankenhaus beobachten sollte. Dann erschien er mit glänzenden Augen im Amtszimmer.

»Wenn der Fall aufgeklärt wird, müsste ich befördert werden«, sagte er.

»Bringen Sie Frau Albert herein«, erwiderte Hagedorn, der die Bemerkung nicht weiter übel nahm. »Sie hat lange warten müssen, aber ich habe ihr absichtlich einen Schrecken einjagen wollen, damit sie uns die Wahrheit erzählt.«

Elmer führte die Frau herein, Sie war sehr bleich und hielt immer noch ihre Tragetasche in der Hand. Ihre Hände zitterten, und sie schaute verstört um sich. Hagedorn ließ ihr Zeit, sich etwas zu sammeln.

»Es tut mir leid, dass ich Sie solange habe warten lassen müssen, Frau Albert«, begann er dann. »Ihr Mann ist doch Nachtwächter bei einer Firma hier in der Gegend.«

Sie nickte nur.

»Es ist doch verboten, dass ein Nachtwächter, während des Dienstes Bier trinkt?«

»Ja«, entgegnete sie mit schwacher Stimme. »Der vorige Nachtwächter ist deshalb auch entlassen worden.«

»Aha.«, erwiderte Hagedorn scharf. »Aber Ihr Mann trinkt gerne Bier, und es ist auch verhältnismäßig leicht, eine Tragetasche durch die kleine Tür in der Mauer zu schmuggeln?«

Sie konnte ihm nicht in die Augen sehen und schaute auf den Boden.

»Und er hat die Angewohnheit, die kleine Tür jede Nacht bis ungefähr um elf aufzulassen, damit Sie die Tragetasche Bier hineinstellen können, oder?«

Die Frau blickte verzweifelt um sich. Sie konnte nur vermuten, dass sie verraten worden war. Welcher ihrer Nachbarn mochte wohl den Angeber gespielt haben?

Eine verhältnismäßig hübsche Frau, dachte Hagedorn, trotz der drei Kinder und der vielen Arbeit.

»Sehen Sie, da haben wir den Zusammenhang«, wandte er sich an Elmer. »Durch diese Tür ist auch Herr Ludwig Lange entkommen. Aber machen Sie sich keine Sorgen, ich habe schon drei Leute losgeschickt, die das ganze Grundstück absuchen sollen. Herr Lange wird allerdings längst das Weite gesucht haben. Ich habe seine Personenbeschreibung bereits bekanntmachen lassen.«

Frau Albert sank schuldbewusst in einen Stuhl und sah Kommissar Hagedorn furchtsam an. Es war ihr, als ob die ganze Welt zusammenstürzen würde. Ihr eigenes Unglück interessierte sie weit mehr als der Tod des Unbekannten. Ihr Mann würde seine Stelle verlieren. Und die Arbeitslosigkeit war doch so groß, dass er kaum einen neuen Posten finden würde. Mit Entsetzen dachte sie an die endlosen Wege, die ihm bevorstanden. Die paar Euro, die sie als Putzfrau verdienen konnte, zählten kaum.

»Er wird entlassen«, sagte sie tonlos.

Hagedorn schaute sie an und schüttelte den Kopf.

»Ich werde die Sache der Firma nicht melden. Sie hätten mir allerdings mehr geholfen, wenn Sie die Wahrheit gleich gesagt hätten, als ich Sie nach dem Bier fragte.«

»Sie wollen es nicht melden?«, fragte sie mit zitternder Stimme. Sie war dem Weinen nahe. »Ach, ich habe schon so schwere Zeiten durchgemacht. Die arme Frau hätte Ihnen auch bestätigen können, wie schlecht es uns ging. Sie hat nämlich früher bei mir gewohnt.«

»Von welcher armen Frau sprechen Sie denn?«, fragte Hagedorn schnell und aufgeregt.

»Von Frau Wessel.«

Sie wurde jetzt etwas sicherer und verlor ihre Furcht vor dem Polizeibeamten.

»Ach, sie hat bei Ihnen gewohnt?«

Elmer hatte inzwischen den Raum verlassen, und Hauptkommissar Hagedorn winkte der Frau, mit ihrem Stuhl etwas näher zu rücken.

»Erzählen Sie mir alles«, sagte er freundlich.

Sein liebenswürdiges Wesen beruhigte sie.

»Ja, sie hat bei mir gewohnt, bis sie reich wurde.«

»Woher hat sie denn das Geld bekommen?«

»Das weiß ich nicht. Ich habe sie nie danach gefragt. Sie hat mir immer regelmäßig die Miete bezahlt. Ich möchte nur gern wissen, ob es ihr Mann oder ihr Freund war, der ermordet wurde.« Sie neigte sich etwas vor.

»Es war ihr Freund«, erklärte Hagedorn ohne Zögern.

»Kannten Sie ihn?«

Sie schüttelte den Kopf.

»Aber ihren Mann kannten Sie doch?«

»Ich habe seine Fotografie einmal in ihrem Zimmer gesehen, Sie selbst und zwei Herren waren auf dem Bild, und es war in Australien gemacht worden. Das heißt, ganz richtig habe ich es nicht betrachten können. Ich wollte es gerade einmal genau ansehen, als sie ins Zimmer kam und mir den Rahmen aus der Hand riss. Ich habe mich damals sehr gewundert, denn das Bild stand schon lange vorher auf dem Kamin. Ich hatte mich nur nie darum gekümmert, bis sie mir eines Tages erzählte, dass es ihr Mann und ein Freund seien. Und am nächsten Tag kam sie dann dazu, wie ich es von Staub befreien und betrachten wollte.«

»Wann war denn das?«

Frau Albert dachte nach.

»Letzten Juli sind es zwei Jahre her.«

Hagedorn nickte.

»Und kurz darauf bekam sie viel Geld?«

»Ja, schon am nächsten oder übernächsten Tag zog sie aus. Und seitdem habe ich nicht mehr mit ihr gesprochen. Sie wohnt jetzt in einem vornehmen Viertel. Ich sage ja immer, wenn die Leute zu Geld kommen ...«

»Ich kann mir schon denken, was Sie immer sagen«, erwiderte Hagedorn nicht unfreundlich, aber bestimmt.

»In was für einem Rahmen steckte denn das Bild?

»War er aus Leder?«

Sie hielt es für Leder, es konnte aber auch Holz gewesen sein, das mit Leder bezogen war.

»Sie hat das Bild dann in ihren Kasten getan -- ich habe es gesehen. Es war ein kleiner, schwarzer Kasten, der unter ihrem Bett stand.«

Hagedorn unterwarf sie noch einem Kreuzverhör, um sicherzugehen, dass sie einfache Tatsachen nicht mit irgendwelchen Erfindungen ihrer Fantasie ausschmückte. Sie verstand nicht, warum er immer wieder mehr oder weniger dasselbe fragte. Aber plötzlich erwachte ihr Interesse, als er sie fragte, ob sie einmal einen Mann mit einer goldenen Maske vor dem Gesicht gesehen habe. Sie schauderte.

»Meinen Sie den Maskenmann vom Steintor Viertel? Ja, ich habe von ihm gehört, aber Gott sei Dank habe ich ihn noch nie gesehen. Der hat sicher auch den Mord begangen, alle Leute haben es gesagt, als wir dabeistanden.«

»Sie haben ihn also nicht gesehen?«

Sie schüttelte heftig den Kopf.

»Nein. Und ich will ihn auch nicht sehen. Aber ich kenne Leute, die ihn bestimmt gesehen haben, in der Nacht.«

»Wenn sie geträumt haben«, meinte Hagedorn. Aber sie bestritt es.

Der Maskenmann gehörte nun einmal zum Steintor Viertel, und die Leute wollten sich das Recht auf ihn nicht nehmen lassen.

Hauptkommissar Hagedorn entließ die Frau, die ihm unter Tränen dankte. Auch Doktor Martens verabschiedete sich von dem Kommissar. Doktor Rudolf, der Polizeiarzt, war schon vorher gegangen.

Hagedorn hatte jetzt viel zu tun. An drei Stellen hätte er zu gleicher Zeit sein sollen. Es handelte sich um drei wichtige Dinge, die er selbst machen musste und die er keinem anderen überlassen konnte. Er beschloss, die erste Aufgabe allein zu lösen. Bei der Zweiten konnte ihm Kommissar Elmer helfen.

***

10

Erwin Müller eilte die Treppe zur Polizeiwache hinauf und begegnete Hauptkommissar Hagedorn, der gerade aus der Tür kam.

»Langsam, langsam«, sagte der Kommissar freundlich. »Der Tote ist schon fortgeschafft.«

»Wer ist es denn?«

»Es war einmal ein Medizinstudent, der wurde gefragt, mit wie viel Zähnen dieser Adam geboren wurde. Und er erwiderte sehr richtig: Gott weiß es.«

»Also unbekannt? Aber ein vornehmer Herr, wie ich gehört habe?«

»Er war gut gekleidet. Gehen Sie doch hin und sehen Sie sich den Mann an. Sie kennen ja alle Leute im Leichenschauhaus in Bremen.«

Erwin schüttelte den Kopf.

»Das hat noch Zeit. War dieser Mord auch wieder ein kleiner Scherz von Goldmaske?«

»Was reden Sie schon wieder von Goldmaske. Hören Sie, Müller, in Ihrem Kopf ist es auch nicht mehr ganz richtig. Sie haben tatsächlich eine fixe Idee. Goldmaske gehört ebenso wenig ins Steintor Viertel wie der Maskenmann, den Sie für diese Gegend erfunden haben. Ich habe das Gefühl, Müller, Sie beschäftigen sich mehr in der Funktion eines Zeitungsreporters als der eines Versicherungsdetektivs.«

»Goldmaske ist aber hier in der Gegend gesehen worden«, erklärte Erwin hartnäckig.

Hagedorn seufzte.

»Ein Mann mit einem goldenen Tuch vor dem Gesicht ist allerdings hier gesehen worden. Doktor Martens hat Ihnen das in einem schwachen Augenblick selbst erzählt. Aber Sie können das häufiger in der Nähe einer Klinik beobachten, nicht wahr.«

Erwin Müller schwieg eine Weile.

»Oh ... wohin wollen Sie gehen?«, fragte er dann plötzlich den Hauptkommissar.

Kein anderer Zeitungsreporter oder Versicherungsdetektiv hätte das wagen dürfen, aber Hagedorn hatte eine Schwäche für den jungen Mann.

»Es ist eigentlich streng verboten, aber ich will Ihnen erlauben mitzugehen. Ich möchte ein paar eigene Nachforschungen anstellen, und Sie können mir dabei helfen. Wie geht es denn Frau McCartney?«

Erwin lachte bitter.

»Frau McCartney ist eine gute Freundin von mir, die einen anderen Mann heiraten will.«

»Nun, dann gratuliere ich ihr«, meinte Hagedorn, als sie sich auf den Weg in Richtung Lagerhaus AG machten. »Man muss ein schrecklich langweiliges Leben führen, wenn man einen Zeitungsreporter heiratet.«

»Es fällt mir ja gar nicht ein, jemand zu heiraten«, sagte Erwin wild. »Lassen Sie doch bitte Ihre blöden Späße, Herr Hauptkommissar.«

»Großartig, dass ich auch einmal Ihr dickes Fell getroffen habe. Ich bilde mich direkt zum Elefantenjäger aus.«

Sie gingen nebeneinander her. Hagedorn wusste, dass er Erwin tief gekränkt hatte. Er pfiff leise vor sich hin, bis sie zu der Mauer kamen, die das Grundstück der Lagerhaus AG umgab.

»Können Sie wirklich nichts anderes pfeifen als den Hochzeitsmarsch?«, fragte Erwin böse.

Die Nacht war dunkel, und es wehte ein kalter Wind.

»Polizeibeamte und Zeitungsreporter verdienen ihren Lebensunterhalt durch das Unglück anderer Leute«, meinte Hagedorn. »Ist Ihnen das schon einmal zum Bewusstsein gekommen? Aber hier sind wir am Tatort angelangt.«

Drei Beamte kamen ihnen entgegen und blieben stehen, als sie Hagedorn erkannten.

»Wir haben niemanden finden können«, sagte der Rangälteste. »Das ganze Gelände ist abgesucht, aber wir haben kein Lebewesen entdeckt, obwohl genug Plätze da sind, wo sich jemand verstecken könnte.«

»Und die kleine Tür dort?«, er zeigte in Richtung Lagerhalle.

»Die war nicht verschlossen, nur angelehnt. Der Nachtwächter schwur Stein und Bein, dass er sie nicht geöffnet habe. Er sagte, dass sie nur im Falle von Feuersgefahr benutzt werden dürfte.«

»Schon gut. Kommen Sie jetzt mit«, erwiderte Hagedorn.

Mit wenigen Schritten waren sie an der Stelle, wo man den Toten gefunden hatte.

Hagedorn pfiff immer noch leise vor sich hin, als er zu der grüngestrichenen kleinen Tür ging und sie zu öffnen versuchte. Aber sie war jetzt verschlossen. Hätte er nur daran gedacht, als er das erste Mal an den Tatort gekommen war. Wenn Frau Albert doch nur gleich die Wahrheit gesagt hätte.

Hagedorn sprach darüber zu Erwin. Das konnte er ruhig tun, denn der junge Mann war vertrauenswürdig und schrieb nur das, was erlaubt war und keinen Schaden anrichten konnte.

»Das erleben wir doch immer wieder«, meinte Erwin. »Niemand sagt die Wahrheit, weil jeder etwas zu verheimlichen hat, das unangenehm für ihn ist. Ich begreife das eigentlich nicht.«

Er schaute sich auf dem Pflaster um.

»Haben Sie auch den Rinnstein dort untersucht? Die Straße senkt sich hier leicht.«

Hagedorn sah sich fragend nach den drei Beamten um. Die Schmutzfänger der Abflüsse waren untersucht worden, aber man hatte nichts von Bedeutung gefunden.

Erwin rollte den rechten Ärmel seines Sakkos auf. Es war verhältnismäßig klares Regenwasser, das die Rinne entlanglief.

»Sehen Sie, da haben wir schon etwas«, rief er triumphierend. »Was ist das?«

Hagedorn nahm den kleinen Gegenstand in die Hand, und einer der Beamten beleuchtete ihn mit seiner Taschenlampe.

»Sieht wie eine Medizinampulle aus«, sagte Erwin und betrachtete neugierig die kleine Glasröhre, die eine Flüssigkeit enthielt. »Die Sache kommt mir irgendwie bekannt vor. Wo habe ich nur solche Ampullen zuletzt gesehen?«

»Ich werde sie von der Spurensicherung untersuchen lassen«, erwiderte Hagedorn und steckte das Ding in einen kleinen Plastikbeutel und dann in seine Sakkotasche. »Sie haben entschieden Glück, Erwin. Versuchen Sie es noch einmal.«

Erwins geschickte Finger glitten wieder durch das Wasser, aber er fand nichts mehr.

Plötzlich sah er jedoch etwas, das alle anderen übersehen hatten. Es lag an der Ecke des Gehsteiges, als ob es jemand sorgfältig dorthin gelegt hätte. Aber der Ring konnte natürlich nur zufällig dort hingefallen sein. Das Platin war angelaufen und feucht vom Regen, sodass man es vom Straßenpflaster kaum unterscheiden konnte.

Erwin nahm das Schmuckstück auf, sein Herz klopfte heftig. Den Ring kenne ich doch, dachte er.

»Was haben Sie denn da?«

Hagedorn nahm es ihm aus der Hand.

»Ein Ring. Es ist doch unglaublich, dass meine Leute das übersehen haben«, sagte er. »Der Rubin scheint echt zu sein, aber jedenfalls ist es eine tadellose Imitation.«

Erwin schwieg. Die Gestalten schwammen plötzlich vor seinen Augen, und er atmete schwer. Das sonderbare Benehmen Erwins fiel Hagedorn auf.

»Was ist denn mit Ihnen los? Sie sind ja kreidebleich, haben Sie sich zu lange gebückt?«

Erwin wusste, dass der Kommissar ihn mit dieser Bemerkung nur vor den anwesenden Beamten entschuldigen wollte, und seine Vermutung bestätigte sich, als der Kommissar sie anwies weiterzusuchen. Dann nahm Hagedorn ihn am Arm.

»Mein Junge, Sie haben diesen Ring schon mal gesehen.«

Erwin schüttelte den Kopf.

»Welchen Zweck hat es denn, mir etwas vorzulügen?«, fragte Hagedorn vorwurfsvoll.

»Ich kann mich nicht besinnen, ihn schon gesehen zu haben«, entgegnete Erwin hart. Seine Stimme klang unnatürlich.

»Sie verheimlichen mir etwas. Aber wozu? Kurz vorher haben Sie noch selbst gesagt, dass es töricht ist, der Polizei nicht alles mitzuteilen. Es kommt doch wahrhaftig auf diese Kleinigkeiten nicht an.«

»Ich habe den Ring noch nie gesehen.«

Es fiel Erwin sehr schwer zu sprechen, und Hauptkommissar Hagedorn, der von Natur aus skeptisch veranlagt war, ließ sich nicht leicht überzeugen.

»Ich weiß genau, dass Sie ihn schon gesehen haben und dass Sie sehr wohl wissen, wem er gehört. Hören Sie, Erwin, ich will Ihnen gegenüber nicht die Tricks anwenden, mit denen ich bei Verbrechern arbeiten muss. Sie ersparen sich und mir aber viele Unannehmlichkeiten, wenn Sie mich ins Vertrauen ziehen. Die Person, der der Ring gehört, wird doch nicht verhaftet, und wir können die Sache auch geheim halten. Sie kennen mich doch wirklich gut genug. Wie soll die Polizei denn vorwärtskommen, wenn sich alle mit ihren Angaben zurückhalten?«

Erwin hatte sich wieder etwas erholt.

»Wenn das so weitergeht, beschuldigen Sie mich in ein paar Minuten noch, dass ich den Mord begangen habe. Nein, ich kenne diesen Ring wirklich nicht. Ich war nur etwas benommen, weil ich mich so lange gebückt hatte. Probieren Sie doch selbst einmal aus, welche Wirkung das auf Sie hat.«

Hagedorn schaute Erwin lange an, dann betrachtete er den Ring.

»Es ist ein Damenring.« Er versuchte, ihn auf den kleinen Finger zu streifen. »Sehen Sie, er geht nicht einmal über das erste Gelenk. Nun gut, dann bleibt mir eben nichts anderes übrig, als die Sache in die Zeitungen zu bringen«, sagte er leichthin. »Ich will nicht über euch Zeitungsleute schimpfen, aber Sie selbst können ja über die kleinste Kleinigkeit eine große Geschichte schreiben, und ich wäre nicht erstaunt, wenn ich morgen das Porträt einer jungen Dame ...« -- Er brach plötzlich ab. »Gehört der Ring am Ende Frieda McCartney?«

»Nein«, erwiderte Erwin laut.

»Sie Lügner. Natürlich gehört er Frau McCartney. Und Sie haben es sofort gewusst, als Sie ihn sahen.«

Hagedorn warf noch einen Blick auf den Ring und steckte ihn dann ein.

»Kam der Mann, der ermordet wurde, aus Südamerika?«, fragte Erwin.

Hagedorn nickte.

»Ist er erst kürzlich von dort hierhergekommen?«

»Das wissen wir nicht. Aber wahrscheinlich kam er vor ein oder zwei Wochen an.«

»Wie heißt er denn?«

»Sein Vorname ist Adam. Mehr ist uns nicht bekannt.«

Hagedorn sah Erwin scharf an.

»Wen heiratet Frau McCartney?«

»Einen Iren, einen gewissen Friedrich«, log Erwin. »Aber sie hat diesen Plan schon wieder aufgegeben. Ich war nur ein wenig verärgert mit ihr. Aber jetzt möchte ich mir doch einmal den Toten ansehen.«

»Wir wollen zusammen gehen«, entgegnete Hagedorn und fasste Müllers Arm.

Sie blieben nur wenige Minuten dort stehen, und Erwins Verwirrung stieg aufs Höchste. Zweifellos war Friedas Verlobter entweder der Tote oder der Mörder. Unter allen Umständen musste er die Wahrheit herausbringen.

Er verabschiedet sich von Hagedorn und eilte auf die Straße. Am Fuß der Treppe wäre er beinahe mit Frieda zusammengestoßen.

»Erwin ... Erwin«, rief sie atemlos. »Man hat mir erzählt, dass Du hier bist. Ich muss sofort mit Dir sprechen ... »Ach, Erwin, ich war ja so töricht. Du musst mir helfen.«

Erwin sah sie argwöhnisch an.

»Wie lange bist Du denn schon hier?«

»Ich bin eben gekommen. Dort drüben steht mein Wagen.« Sie zeigte auf die abgeblendeten Scheinwerfer. »Können wir nicht irgendwohin fahren? Ich muss Dich unbedingt sprechen. Es ist jemand ermordet worden, nicht wahr?«

Erwin nickte.

»Wie schrecklich. Aber ich bin froh, dass ich Dich hier getroffen habe. In dieser Gegend scheinen viele Morde vorzukommen«, sagte sie schaudernd. »Ich bin sehr aufgeregt. Und Du bist der Einzige, der mir helfen und raten kann. Wohin können wir fahren?«

Erwin zögerte. Für die nächste Ausgabe hatte er alle Berichte geliefert und brauchte vorläufig nichts mehr zu schreiben. Auch für die Versicherungsdirektion hatte er keine Neuigkeiten.

Erwin brachte sie zum Wagen, setzte sich ans Steuer und fuhr zu ihrer Wohnung. Er war noch nie dort gewesen, und das Dienstmädchen, das ihnen öffnete, kannte ihn nicht. Frieda führte ihn in das kleine, hübsch eingerichtete Wohnzimmer.

»Hier ist die Nachricht, die ich heute Abend erhielt.«

Sie reichte ihm einen gefalteten Briefbogen, ohne ihn anzusehen.

»Aber warte bitte noch einen Augenblick, bevor Du es liest. Ich muss Dir erst Verschiedenes erklären. Er sagte, dass er eine Farm in Afrika habe und eine andere kaufen wollte, die an die seine grenzt. Ich hatte nun die Absicht, diese zweite Farm für ihn zu kaufen, und kontaktierte zu diesem Zweck einen Kontaktmann von früher. Ich habe Dir ja schon öfter von diesem netten Herrn erzählt. Er sollte die Farm für mich erwerben, und das ist seine Antwort.«

Erwin faltete das Formular auseinander und las die Nachricht sehr aufmerksam.

Unter anderem war zu lesen:

Die fragliche Farm liegt nicht in Afrika, sondern in Australien, und zwar in der Nähe eines Gefängnisses. Sie ist nicht und sie war auch niemals zum Verkauf angeboten. Adam Bellmann ist weder hier noch in Amerika als Landbesitzer bekannt. Mein Freund, der Staatsanwalt, fürchtet, dass es sich um einen gewissen Adam Bellmann handelt, der wegen Betrugs neun Monate lang im Gefängnis saß. Er ist groß, sieht sehr gut aus, hat eine Narbe unter dem Kinn und graue Augen. Er fuhr mit einem Kreuzfahrtschiff vor fünf Wochen ab und hatte eine Fahrt nach Deutschland gebucht. Seine Betrügereien bestehen hauptsächlich darin, von Leuten Geld für Landankauf zu leihen und damit zu verschwinden. Stets zu Ihren Diensten. Karl.

Erwin legte die Nachricht langsam auf den Tisch.

»Die Narbe unter dem Kinn«, sagte Erwin mit einer ihm selbst fremden Stimme. »Merkwürdig, das war das Erste, was mir auffiel.«

Frieda sah ihn bestürzt an.

»Du hast ihn doch nicht gesehen? Wann bist Du ihm denn begegnet?«

Erwin biss sich auf die Lippen. Adam Bellmann war der Tote. Er trat zu Frieda und legte die Hand freundlich auf ihre Schulter.

»Es ist wirklich traurig für Dich Frieda«, sagte er heiser.

»Glaubst Du, dass das stimmt, was in der Nachricht steht?«, reagierte Frieda.

»Ja, ich habe es geahnt, dass mit dem Mann etwas nicht in Ordnung ist.« Du hast ihm doch auch den Rubinring gegeben?«

Sie machte eine ungeduldige Handbewegung.

»Das war nichts, er hatte höchstens den Wert eines Andenkens für mich.«

Erwin hatte eine ernste Frage an sie, aber es fiel ihm schwer, die richtigen Worte zu finden.

»Frieda, liebtest Du ihn sehr?«

»Nein. Es war ein schrecklicher Irrtum von mir. Es ist mir jetzt erst zum Bewusstsein gekommen. Ich weiß bestimmt, dass ich ihn nicht liebe. Sonderbar, dass ich mich so täuschen konnte. Ich habe ihn nicht einmal geküsst, geschweige denn irgendeine Intimität zugelassen«.

Erwin klopfte ihr zärtlich auf die Schulter.

»Mein Stolz ist natürlich sehr gedemütigt. Aber verspreche mir, Erwin, dass Du mich nicht auslachst.«

Sie umklammerte seine Hand.

»Ja, das verspreche ich.«

»Warum hast Du wieder nach dem Ring gefragt?«

»Weil ich Kommissar Hagedorn angelogen habe.«

Sie sprang auf und sah ihn betroffen an.

»Was? Haben denn die Beamten den Ring? Ist der Mörder schon verhaftet? Erwin, sage mir, was geschehen ist.« Sie packte seinen Arm. »Du verheimlichst mir doch etwas.«

»Ja, ich habe etwas verschwiegen. Ich habe Hagedorn nicht gesagt, dass der Ring Dir gehörte. Er wurde vor einer Lagerhalle am Tatort gefunden. Ich selbst habe ihn aufgehoben. Er lag nicht weit von der Stelle entfernt, wo man den Ermordeten fand.«

»Vor einer Lagerhalle?«, sagte sie langsam. »Und Du warst dabei, als der Fall untersucht wurde ...? Wer war es denn ... Adam Bellmann?«

Erwin nickte.

»Ach, wie entsetzlich«, erwiderte Frieda und war den Tränen nah.

Erwin glaubte, sie würde ohnmächtig, aber als er sie stützen wollte, schob sie ihn beiseite.

»Er wurde von einem Unbekannten erstochen. Ich habe ihn gesehen. Daher wusste ich auch von der Narbe.«, sagte Erwin gefühllos.

Frieda war sehr still und bleich, aber sie bewahrte ihre Fassung.

»Was hat er denn dort gemacht?«, fragte sie nach einer Weile. »Er kannte doch die Gegend gar nicht? Weiß man denn wirklich nicht, wer es getan hat?«

»Nein, das ist noch nicht herausgekommen. Als ich den Ring sah, erkannte ich ihn sofort und war so bestürzt, dass ich mich verriet. Hagedorn wusste genau, dass ich ihn belog, als ich sagte, der Ring sei mir nicht bekannt. Er bringt vielleicht morgen einen Aufruf in die Zeitung, wenn ich ihn nicht aufkläre.«

»Dann sage es ihm doch«, entgegnete sie schnell. »Adam Bellmann ist tot. Ich kann es kaum glauben.«

Sie setzte sich wieder und stützte den Kopf in die Hände. Erwin glaubte, sie werde jetzt zusammenbrechen, aber als sie das Gesicht wieder hob, standen keine Tränen in ihren Augen.

»Erwin, es ist besser, dass Du jetzt gehst. Ich bin vollkommen gefasst, aber auch von mir selbst enttäuscht, dass ich mit meinen Gefühlen auf diesen Betrüger reingefallen bin. Schlafen werde ich allerdings nicht können. Vielleicht besuchst Du mich morgen früh wieder und erzählst mir, was inzwischen herausgekommen ist. Ich werde Doktor Martens bitten, dass ich meine Arbeit in der Klinik fortsetzen darf. Aber ein paar Tage muss ich wohl aussetzen.«

»Ich möchte Dich nicht gern allein lassen.«

Sie lächelte schwach.

»Du brauchst keine Angst zu haben. Geh nur. Es ist gut, wenn ich eine Weile mit meinen Gedanken allein bin.«

»Hätte ich bloß schon früher auf Dich gehört.«, fügte sie noch hinzu.

»Hätte, hätte«, erwiderte Erwin mit einem leichten Grinsen und gab ihr einen zärtlichen Kuss auf die linke Wange, bevor er ging.

***

11

Eine eingerahmte Fotografie ist nicht schwer zu finden, und schwarze Kästen, in denen Damen ihre Schmuckstücke aufbewahren, sind keine Stecknadeln, die man übersehen könnte. Hauptkommissar Hagedorn hätte gern den Kommissar Elmer mitgenommen, aber der war schon mit Inspektor Brand weggegangen.

Wachtposten waren aufgestellt, um den Häuserblock zu beobachten, in dem Ludwig Langes Wohnung lag.

Brand hatte telefonisch gemeldet, dass bis jetzt weder Herr noch Frau Lange nach Hause gekommen waren. Etwas musste dort nicht stimmen, denn das Dienstmädchen war zurückgekehrt, und hatte an der Wohnungstür geklingelt. Sie erzählte dem Beamten Brand, dass sie schon frühzeitig fortgeschickt worden wäre, und dass es zwischen den beiden Gatten, die bis dahin in glücklicher Ehe gelebt hätten, eine Auseinandersetzung gegeben habe. Man hatte ihr gesagt, dass sie erst spät zurückkommen sollte. Brand überredete sie, die Nacht bei ihrer Schwester zu verbringen, die in der Nähe wohnte.

»Etwas Wichtiges hat sie mir mitgeteilt«, sagte der Inspektor am Telefon. »Die Wohnung steckt voller Raritäten aus Südamerika. Und wenn ihre Erzählung wahr ist, sind auch zwei Messer dabei, die genau dem Mordmesser gleichen. Sie sollen in der Diele hängen. Sie beschrieb die Scheide genau und sagte, dass beide die Initialen Langes tragen. Es seien Preise, die er sich in Südamerika geholt habe. Er soll längere Zeit dort gelebt haben.«

»Legen Sie jetzt auf«, erwiderte Hagedorn. »Berichten Sie mir später weiter. Ich stelle jetzt Nachforschungen auf eigene Faust an.«

Auf dem Tisch lag der Inhalt von Lina Wessels Handtasche. Auch die Injektionsspritze lag dabei, die Doktor Martens gefunden hatte. Sie war alt und sah sehr abgenutzt aus, und doch hatte Martens ausdrücklich festgestellt, dass die Frau noch nicht lange morphiumsüchtig sein konnte. Er hatte nur zwei Einstiche an ihrem Unterarm gefunden.

Außerdem lagen noch ein paar Briefe und Rechnungen eines Modegeschäftes daneben. Offenbar kleidete sich Lina Wessel sehr gut und verwandte viel Geld für ihre persönlichen Bedürfnisse. Ein paar Banknoten, etwas Silbergeld und ein Schlüsselbund vervollständigten den Inhalt.

Den Schlüsselbund steckte Hagedorn in die Tasche und machte sich mit einem Kollegen auf, um die Wohnung Lina Wessels zu durchsuchen.

Sie wohnte in einer kleinen Villenstraße in der besten Gegend vom Steintor Viertel. Hagedorn fiel der Luxus auf, mit dem die Räume ausgestattet waren. Die Wände waren mit kostbaren Stoffen bespannt, und überall hingen schwere Kristallkronleuchter. Der Kommissar konnte sich ausrechnen, dass eine derartige Einrichtung nicht von einer normal berufstätigen Frau bestritten werden konnte.

Frau Albert hatte gesagt, dass Lina Wessel vor einiger Zeit zu Geld gekommen sei. Das mochte ja eine genügende Erklärung für die Ausstattung der Wohnung sein. Aber es blieb dann immer noch die Frage zu beantworten, warum sie überhaupt in dieser traurigen Gegend wohnte.

Hagedorn öffnete die Schublade des kleinen Damenschreibtisches, fand jedoch nichts, was der Mühe wert gewesen wäre es zu untersuchen. Aber im Schlafzimmer erwartete ihn eine große Überraschung. Die Fächer des Frisiertisches waren herausgezogen, und die Spiegeltür des Kleiderschrankes stand weit offen. Auf dem Flur lagen Kleider verstreut, und zwischen all der Unordnung stand ein schwarzer Kasten. Hagedorn eilte auf ihn zu. Der Deckel war aufgebrochen, und der Inhalt durchwühlt worden. Von einer eingerahmten Fotografie war nichts zu sehen. Eine Papprolle fiel Hagedorn auf. Er schaute hindurch, aber sie war leer. Er vermutete, dass eine Heiratsurkunde darin aufbewahrt worden war. Und so unglücklich eine Ehe auch sein mochte, keine Frau trennt sich freiwillig von diesem Dokument.

Er sah sich gerade nach Fingerabdrucken um, als er ein Paar weiße Baumwollhandschuhe auf dem Bett entdeckte. Der Einbrecher hatte sich also gegen jedes Risiko geschützt. Wann mochte er gekommen sein, und wie war er in die Wohnung gelangt? Weder die Wohnungstür noch die Haustür war aufgebrochen, nur der schwarze Kasten wurde gewaltsam geöffnet.

»Unten klopft jemand«, sagte sein Kollege. »Soll ich einmal nachsehen, wer es ist?«

»Nein, warten Sie. Ich will selbst gehen.«

Hagedorn eilte die Treppe hinunter und öffnete. Draußen stand eine Frau, die einen Schal um den Kopf gebunden hatte, um sich gegen den Regen zu schützen. Sie schaute Hagedorn ängstlich an und trat einen Schritt zurück.

»Ist hier alles in Ordnung?«, fragte sie nervös.

»Keineswegs. Aber beunruhigen Sie sich nicht, ich bin Polizeibeamter.«

Sie atmete erleichtert auf.

»Ich bin die Verwalterin des Hauses gegenüber. Die Dame ist aufs Land gereist, und ich habe mir schon überlegt, ob ich nicht die Polizei rufen solle.«

»Haben Sie denn gesehen, dass jemand in die Wohnung eingebrochen ist?«, fragte Hagedorn schnell.

»Ich habe gesehen, wie ein Mann herauskam. Ich hätte mich allerdings nicht weiter um ihn gekümmert, wenn er nicht dieses goldene Ding um den Kopf gehabt hätte.«

»Was für ein goldenes Ding? Eine goldene Maske?«

»Das kann ich nicht gerade beschwören, aber jedenfalls hatte er etwas Goldenes vor seinem Gesicht. Das habe ich deutlich gesehen, als er an der Straßenlaterne vorbeiging. Ich habe nämlich schon den ganzen Abend Zahnschmerzen und mich deshalb wieder ins Wohnzimmer gesetzt ...«

Er unterbrach sie kurz.

»Wann haben Sie denn den Fremden herauskommen sehen, wie spät war es zu diesem Zeitpunkt?«

Sie sagte, dass es vor kaum einer Viertelstunde gewesen sei. Später hatte sie auch Hagedorn und den Kollegen beobachtet und war deshalb herübergekommen.

Hagedorn fragte noch, wie der Mann gekleidet war, und ihre Beschreibung klang ihm sehr vertraut, ein langer Mantel, der fast bis zur Erde reichte, ein schwarzer Hut und eine goldene Maske. Nur ein Kennzeichen war ihm neu: Der Mann hinkte stark. Er war nicht in einem Auto gekommen und entfernte sich auch zu Fuß. Die Richtung, in der er verschwunden war, lag entgegengesetzt zu dem Weg, den die beiden Beamten eingeschlagen hatten.

Der Kollege von Hagedorn war die Treppe heruntergekommen und hatte die Angaben der Frau mitgeschrieben. Dann gingen die beiden Beamten in die Wohnung zurück und durchsuchten alles noch einmal eingehend in der Hoffnung, dass Goldmaske noch etwas anderes, als seine Handschuhe zurückgelassen hätte. Hagedorn legte sie vorsichtig in einen kleinen Plastikbeutel und steckte ihn ein.

»Eins ist jetzt klar«, meinte er. »Goldmaske ist tatsächlich im Steintor Viertel zu Hause.«

»Die Bewohner der Gegend sind fest davon überzeugt«, erwiderte sein Kollege. »Die kleinen Diebe und Einbrecher hier verehren ihn geradezu.«

Hagedorn kehrte etwas verwirrt zur Polizeiwache zurück. Die beiden Gegenstände, die zur weiteren Aufklärung des Verbrechens dienen konnten, hatte er in dem Safe eingeschlossen, und als er zurückkam, nahm er den Ring und die Glasröhre heraus. Doktor Rudolf, der

Polizeiarzt, konnte ihm vielleicht etwas über den Inhalt der Ampulle sagen. Er öffnete die Tür und rief den diensthabenden Beamten.

»Doktor Rudolf hat sich wohl schon schlafen gelegt?«, fragte er.

»Nein. Vor einer Viertelstunde hat er angerufen und gesagt, dass er noch einmal auf die Wache kommen werde. Er habe eine Theorie, wer der Täter sei.«

Hagedorn seufzte.

»Die wird ja wieder aufregend genug sein. Rufen Sie ihn an und bitten Sie ihn, gleich herzukommen. Erwähnen Sie aber nichts von der Theorie. Er soll feststellen, was für eine Medizin dieses hier ist.«

Dann betrachtete er den Rubinring durch ein Vergrößerungsglas, aber dadurch wurde er auch nicht klüger. Erwin Müller wusste etwas von dem Ring, daran zweifelte Hagedorn nicht im Geringsten.

Der Kommissar vom Dienst öffnete die Tür wieder und schaute herein.

»Doktor Rudolf ist schon vor fünf Minuten von seinem Haus fortgegangen. Außerdem ist eine Nachricht für Sie da.«

Es war eine Mitteilung vom Ermittlungsbüro. Man hatte den geheimnisvollen Adam identifiziert.

»Er heißt Adam Bellmann«, berichtete ein Detektiv.

»Vor drei Wochen ist er aus Südamerika angekommen. Er logiert im Hilton Hotel. Die Personenbeschreibung stimmt genau mit der überein, die Sie uns gegeben haben, Herr Hagedorn.«

»Er ist nicht zufällig gerade im Hotel?«

»Nein, wir haben uns erkundigt. Er ist heute Abend im Gesellschaftsanzug ausgegangen und hat hinterlassen, dass er nicht vor Mitternacht zurückkommen werde. Seitdem ist er nicht wieder dort erschienen.«

»Geben Sie die Nachricht zum Erkennungsdienst durch«, sagte Hagedorn. »Vielleicht haben wir eine Akte über ihn. Vor allem schicken Sie einen Beamten ins Hotel. Wenn Bellmann bis morgen früh um sieben nicht zurückkommt, sollen seine Koffer zum Revier gebracht werden. Ich komme dann hin und sehe sie mir an.«

Damit legte er auf.

»Nun wissen wir wenigstens den Namen. Hat Brand sich schon gemeldet?«, fragte Hagedorn den Beamten.

»Nein.«

Hagedorn ging in das Büro des Inspektors zurück und betrachtete wieder den Ring und die Glasröhre.

»Dieser Erwin Müller weiß alles über den Ring. Er ist ja fast umgefallen, als er ihn gefunden hat.«

»Woher mögen nur der Ring und die Ampulle gekommen sein?«, fragte Hagedorns Kollege.

»Wahrscheinlich hatte Bellmann beide Gegenstände in der Hand, als er hinstürzte, und sie rollten dann in den Rinnstein. Sie wären auch nicht entdeckt worden, wenn Erwin Müller sie nicht gefunden hätte. Der Junge hat wirklich einen fabelhaften Instinkt für solche Dinge.«

Er schaute auf seine Uhr.

»Liegt die Wohnung Doktor Rudolfs eigentlich weit entfernt von hier?«

»Kaum vier Minuten zu gehen«, erwiderte der Kollege, »so ungefähr zweihundert Meter von hier.«

»Dann müsste er doch längst hier sein. Klingeln Sie noch einmal bei ihm an.«

Aber Doktor Rudolfs Haushälterin bestand darauf, dass er vor zehn Minuten gegangen sei.

»Dann halten Sie einmal auf der Straße Umschau, ob Sie ihn dort sehen«, beauftragte Hagedorn den Kollegen.

Er wurde plötzlich sehr ernst, denn er misstraute den Theorien dieses Polizeiarztes, aber noch mehr misstraute er dessen Geschwätzigkeit. Ein Mann, der dauernd sprach und dabei nur einen begrenzten Horizont hatte, weil er zu viel Alkohol konsumierte, musste unweigerlich irgendwelche Geheimnisse ausplaudern, die die Polizei nicht bekannt werden lassen wollte. Hagedorn hoffte nur, dass Doktor Rudolf nicht unterwegs einen Freund getroffen hatte. Ungefähr zehn Minuten später kam der beauftragte Beamte zurück. Er war bis zum Haus des Doktors gegangen, hatte aber nichts von ihm sehen können, obwohl der Weg verhältnismäßig kurz und übersichtlich war.

»Vielleicht ist er bei Doktor Martens. Rufen Sie einmal dort an.«

Aber auch Martens konnte keine Erklärung geben. Er sagte, er sei in seinem Arbeitszimmer gewesen und Doktor Rudolf habe im Vorbeigehen an sein Fenster geklopft und ihm Gute Nacht gewünscht.

»Er hat mich ordentlich erschreckt«, beschwerte sich Doktor Martens. »Ich hatte nicht die geringste Ahnung, wer es sein könnte, bis ich aufstand und die Vorhänge sorgfältig zurückzog.«

Doktor Martens Klinik lag kaum dreihundert Meter von der Polizeiwache entfernt, aber man konnte den Weg noch um fünfzig Meter abkürzen, wenn man durch eine Nebenstraße ging. Da aber nur die heruntergekommenen Leute, die dort wohnten, diese schmutzige, verrufene Gasse benutzten, war anzunehmen, dass Doktor Rudolf den längeren Weg gewählt hatte.

In dieser Nebenstraße besaß ein Chinese ein kleines Haus, in dem er unglaublich viele Landsleute einquartiert hatte. In einem anderen Haus lebten vier bis fünf italienische Familien zusammen, und auch in den übrigen Wohnungen hausten Menschen der verschiedensten Nationalität. Man sagte, dass die Polizisten diese Gasse nur zu zweit abpatrouillierten. Aber das stimmte nicht. Sie gingen überhaupt nicht hin, oder höchstens dann, wenn ein Mord aufzuklären war.

Doktor Martens war einer der wenigen Leute, die tagsüber und nachts die Straße unangefochten passieren durften. Er hätte allerdings haarsträubende Dinge erzählen können, die er in dem engen Durchgang gesehen und gehört hatte. Aber er schwieg darüber.

»Ich glaube nicht, dass er diesen Weg benutzt hat«, erwiderte Martens auf Hagedorns Frage. »Aber wenn Sie einen Zweifel haben, will ich auf jeden Fall einmal selbst nachsehen.«

Wieder verging eine halbe Stunde, ohne dass eine Nachricht kam. Viertel vor zwei schickte Kommissar Hagedorn alle Reserven aus, um nach dem Polizeiarzt zu suchen. Auf telefonischen Anruf kamen Polizeimotorboote, die, die in der Nähe gelegenen Weser abpatrouillierten. Aber es war nichts von Doktor Rudolf zu entdecken. Er war verschwunden, als ob ihn die Erde verschluckt hätte.

Diese Situation fand Erwin Müller vor, als er auf der Wache erschien. Er ging sofort zu Hagedorn und erzählte ihm offen, was er von dem Ring wusste. Der Kommissar hörte ihm resigniert zu.

»Warum haben Sie mir das nun verheimlicht? Das konnten Sie doch wirklich gleich sagen. Dass der Mann Adam Bellmann heißt, habe ich allerdings inzwischen auch selbst herausgefunden. Allmählich kommt schon etwas Licht in die Sache.« »Hallo, Doktor.«

Es war Doktor Martens, der sich nach seinem Kollegen erkundigen wollte.

»Wir haben immer noch nichts gehört«, sagte Hagedorn. »Wahrscheinlich hat er entdeckt, dass der Mörder ein Ire war, und mit einem Nachtflug nach Irland geflogen ist, um den Mann dort aufzutreiben. Nehmen Sie Platz und trinken Sie Kaffee mit uns.«

Hagedorn schob ihm eine dampfende Tasse hin. »Mir ist es jetzt auch gleich, wohin er gegangen ist. Ich bin müde. Wenn nur wenigstens dieser Herr Lange beizeiten nach Hause käme und die Wahrheit erzählen würde. Dann hätten wir am Morgen alle Fäden in der Hand. Aber wenn er seinen Pass und seine dreitausend Euro in einem Privatflugzeug in einen Kontinent geschafft hat, bleibt dieser Mord wohl unaufgeklärt. Dann können die Zeitungsreporter wieder ihre Federn wetzen.«

Doktor Martens trank seinen Kaffee aus und ging bald darauf wieder, denn die zweite Geburt war fällig.

Hagedorn begleitete ihn zur Tür.

»Haben Sie sich noch weiter mit dem Fall beschäftigt?«, fragte er.

»Ja und nein. Ich habe jetzt nicht nur eine Theorie, sondern eine feste Überzeugung. Ich kann den Beweis nicht erbringen, aber ich glaube, ich kann sagen, wer der Mörder ist.«

»Ich möchte nur wissen, ob Sie an dieselbe Person denken wie ich.«

Martens lächelte.

»Um seinetwillen hoffe ich das nicht.«

»Das heißt also, dass Sie uns das Resultat Ihrer Schlussfolgerungen nicht mitteilen wollen?«

»Ich bin Arzt und kein Detektiv«, antwortete Doktor Martens und ging.

Hauptkommissar Hagedorn kam ins Büro zurück und wärmte seine Hände am Kamin.

»Noch keine Nachricht von Doktor Brand oder Kommissar Elmer gekommen?«

Er schaute auf seine Uhr, die halb drei zeigte. Fast begann er daran zu zweifeln, dass dieser Herr. Lange jemals in seine Wohnung zurückkehren würde.

Schließlich machte er sich in Erwin Müllers Begleitung auf den Weg zur Schildstraße. Es regnete nicht mehr, aber die Stärke des Windes hatte nicht abgenommen.

Der Eingang in die enge Straße sah düster und abstoßend aus, und das kalte Licht einer einsamen Straßenlaterne verstärkte nur den unheimlichen Eindruck. Als die beiden weitergingen, hörten sie plötzlich die heisere Stimme einer Frau, die ein Spottlied auf die Polizei sang.

Hagedorn hatte sich schon immer gewundert, wie gut diese Leute im Dunkeln sehen konnten.

»Manche sind wie die Ratten«, sagte Erwin, der seine Gedanken erraten hatte.

Sie hörten wieder Kichern und höhnisches Lachen.

»Sie scheinen überhaupt nicht zu schlafen«, erwiderte Hagedorn verzweifelt. »Es war zu meiner Zeit dasselbe. Man konnte am Tage oder nachts durch die Gasse gehen, man wurde immer von irgendjemand beobachtet.«

Plötzlich drehte er sich um und rief einen Namen. Eine verschwommene Gestalt löste sich aus dem Dunkel.

»Ich dachte mir doch, dass Sie es sind«, sagte Hagedorn. »Wie geht es denn?«

»Schlecht, Mr. Hagedorn, sehr schlecht«, erwiderte eine weinerliche Stimme.

»Haben Sie Doktor Rudolf heute Nacht gesehen?«

»Den Polizeidoktor? Nein, Herr Hagedorn, wir haben ihn nicht gesehen. Niemand kommt die Gasse entlang. Alle fürchten sich, die Leute hier aufzuwecken.«

Wieder Kichern und höhnisches Lachen.

Vor einem weiß gestrichenen Haus machte Hagedorn halt. Ein Mann lehnte mit dem Rücken an der Haustür und schnarchte. Er hatte eine alte Decke über seine Knie gelegt, und irgendein Spaßvogel hatte eine leere Blechbüchse über seinem Kopf aufgehängt.

»Wenn sie nicht herunterfällt und ihn aufweckt, wird ihm der alte Gregor Wichert einen gehörigen Denkzettel geben, wenn er ihn hier findet.«, meinte Hagedorn. »Da reden die Leute immer über die Chinesen im Osten.

Aber sie sind wirklich die einzigen anständigen Leute in der Schildstraße, mit Ausnahme des alten Gregor.«

Beide gingen den Weg zurück, den sie gekommen waren, und stießen wieder auf den Mann, mit dem Hagedorn vorher gesprochen hatte.

»Goldmaske ist heute Abend wieder unterwegs, Herr Hagedorn«, sagte er.

»So?«, entgegnete der Hauptkommissar höflich.

»Sie behandeln uns nicht richtig, Herr Hagedorn. Sie kommen immer hierher und erwarten, dass wir alles für Sie auskundschaften sollen. Und wenn Sie uns besser behandelten, würden Sie auch etwas hören. Was ist denn mit dem alten Gregor los? Das wissen Sie nicht, wie? Und sonst weiß es auch niemand.«

Mit dieser geheimnisvollen Bemerkung verschwand der Mann.

»Der Mann ist verrückt. Nein, ich kenne seinen Namen nicht. Aber er ist wirklich verrückt. Was soll denn mit dem alten Gregor los sein?«

Erwin wusste es auch nicht. Er kannte den Taxifahrer natürlich, denn Gregor Wichert war eine stadtbekannte Persönlichkeit.

Hagedorn wurde nervös. Ein Detektiv hat ein instinktives Empfinden dafür, ob das, was er hört, wahr ist. Auch bestimmte Vermutungen sind für einen Detektiv wie Erwin Müller an der Tagesordnung und haben schon so manches Mal einen Fall zur Aufklärung gebracht. Das bringt die tagtägliche und jahrelange Arbeit so mit sich.

Hagedorn hatte das Gefühl, dass hinter der Andeutung des Mannes etwas steckte. Denn von Gregor Wichert schlecht zu sprechen oder ihn gar zu verdächtigen, war in gewissem Sinne Verrat.

***

12

Das Telefon hatte häufig in Ludwig Langes Wohnung geläutet, die wartenden Beamten konnten es auf der Straße hören. Sicher stand irgendwo ein Fenster offen.

»Hagedorn ist nervös geworden«, sagte Elmer, »sonst würde er nicht so oft anrufen. Ich weiß überhaupt nicht, warum ich hier herumstehe. Es ist doch alles Unsinn. Manchmal bekommt man wirklich verrückte Aufträge.«

»Sie sollen hier beobachten, weil Sie von Ihrem Vorgesetzten den Befehl dazu bekommen haben«, erwiderte Kommissar Brand gewichtig.

Elmer stöhnte.

»Es ist zu schade, dass Sie keinen Sinn für das Wesentliche haben.«

»Das klingt nicht sehr respektvoll«, entgegnete Kommissar Brand ernst. »Wie viele Beamte bewachen das Haus eigentlich? Die beiden Langes dürfen uns nicht entkommen.«

»Ich habe niemand aufgestellt, aber mein Vorgesetzter hat drei Leute abkommandiert und also auch die Verantwortung übernommen. Wenn ich was zu sagen hätte, wären die Leute natürlich anders verteilt worden. Aber man hat mir ja erklärt, dass ich mich um meine eigenen Angelegenheiten kümmern sollte.«

»Ich habe nichts dergleichen geäußert, sagte Kommissar Brand heftig.

»Aber Sie haben es so gemeint«, sagte Elmer.

Kommissar Brand sah die Straße ängstlich auf und ab. Er war selbst nicht in der besten Stimmung, da Hagedorn den Fall übernommen hatte. Kein Beamter der Kriminalpolizei arbeitete gern mit dem Hauptkommissar Hagedorn, denn er war ein strenger Vorgesetzter und verzieh seinen Untergebenen keinen Fehler. Und bei der Aufklärung dieses Mordes würde er überhaupt keine Entschuldigung gelten lassen. Es war also besser, Elmer zu beruhigen, der bei Hagedorn einen Stein im Brett hatte.

»Wenn ich Sie heute etwas angefahren habe, Elmer, so tut mir das leid«, sagte Brand freundlich. »Aber dieser Mord hat mich furchtbar aufgeregt. Wie hätten Sie denn die Posten verteilt?«

»Ich hätte vor allem hinten im Hof einen Mann aufgestellt«, entgegnete Elmer prompt. »Dort ist eine Feuerleiter, auf der man leicht in die Wohnung gelangen kann.«

Der Kommissar wollte gerade einen vollständig nutzlosen Posten am Ende der Straße einziehen, als plötzlich ein Taxi um die Ecke bog und vor der Haustür hielt. Von dem Vorgarten des gegenüberliegenden Hauses aus beobachteten die Beamten, dass eine Dame ausstieg.

»Sieht so aus, als ob es Frau Lange wäre, meinen Sie nicht auch, Elmer?«

»Ja, das ist sie. Ich habe sie schon irgendwo gesehen.«

Die Dame bezahlte den Taxifahrer, der langsam wieder davonfuhr. Dann schaute sie sich ängstlich, nach allen Seiten um, und als sie niemand entdecken konnte, steckte sie rasch den Schlüssel in die Haustür. Sie hatte eigentlich geglaubt, dass die Straße von Polizisten wimmeln würde. Eilig stieg sie die Treppe zum ersten Stock hinauf, schloss die Tür und ging in ihre Wohnung.

Zuerst sah sie sich im Schlafzimmer um, und ihr Herz wurde schwer, als sie bemerkte, dass ihr Mann noch nicht zurückgekommen war. Was sollte sie nun tun? Was konnte sie tun? Mit einem tiefen Seufzer legte sie ihren Ledermantel und ihren Hut ab.

In einem Stadtteil Bremens war ein Mord passiert. Sie hatte die letzte Nachtausgabe gelesen und hatte auch beim Abendessen im Restaurant gehört, dass sich die Leute an den Nebentischen darüber unterhielten. Wenn sie beide ausgegangen waren, trafen sie sich gewöhnlich abends in diesem Restaurant. Aber heute war er nicht gekommen. Sie hatte gewartet, bis das Lokal geschlossen wurde. Dann war sie noch in ein elegantes Nachtcafé gegangen, das sie manchmal besuchten, wenn er sehr spät kam. Aber auch dort war er nicht zu finden. Schließlich war sie verzweifelt nach Hause gefahren. Sie hatte nicht gewagt, die letzten Zeitungen zu kaufen, die um Mitternacht herauskamen, denn sie fürchtete ...

Sie fuhr schaudernd zusammen. Ob Doktor Martens etwas verraten hatte? Der Mann war so freundlich und mitfühlend gewesen. Wie hatte sie nur so töricht sein können, einen Streit zwischen zwei Dockarbeitern so ernst zu nehmen. Vielleicht war das auch der Mord, von dem die Zeitungen berichteten.

Sie hatte Doktor Martens zu viel erzählt, Dinge, die sie ihrer eigenen Mutter nicht gesagt hätte. Und dann bereute sie bitter, was sie getan hatte. Es war Wahnsinn, auf die Straße zu laufen und nach ihrem Mann zu suchen. Wenn tatsächlich etwas geschehen sollte, durfte sie nicht gleich an das Schlimmste denken. Sie selbst hatte ihn durch ihr Verhalten in Verdacht gebracht.

Sie zog ihren Morgenrock an und ging in dem dunklen Wohnzimmer auf und ab, um ruhiger zu werden. Vier Jahre war sie nun glücklich mit ihrem Mann verheiratet, und jetzt drohte alles zusammenzubrechen.

Sie glaubte Schritte in der Diele zu hören, öffnete die Tür und lauschte. Wieder vernahm sie ein leises Krachen und Knacken. Eine Fußbodendiele war lose. Sie hatte sie schon lange reparieren lassen wollen.

»Bist du es, Ludwig?«, flüsterte sie.

Aber sie erhielt keine Antwort. Sie hörte nur das Ticken der Uhr in der Diele und das ferne Surren eines Motors.

»Ludwig, bist du es?«, fragte sie noch einmal lauter.

Aber sie musste sich getäuscht haben, denn es rührte sich nichts. Sie ließ die Tür angelehnt, trat ans Fenster und zog die Vorhänge vorsichtig beiseite, um hinauszuschauen. Aber sie konnte nichts erkennen, denn das Fenster ging auf den Hof.

Nach einer Weile hörte sie ein schwaches Klopfen. Die Stille in der Wohnung war so tief, dass es unheimlich durch die Zimmer klang. Auf Zehenspitzen schlich sie sich in die Diele und horchte. Es klopfte wieder.

»Wer ist da?«, fragte sie leise.

»Ludwig«, kam als Antwort.

Ihr Herz schlug zum Zerspringen. Sie ließ ihn vorsichtig herein und schloss die Tür hinter ihm.

»Mach doch Licht, Liebling.«

Seine Stimme klang gequält und matt. Es war ihr, als ob er eine lange Strecke gelaufen und noch nicht wieder zu Atem gekommen wäre.

»Warum sitzt Du im Dunkeln?«

»Warte einen Augenblick.«

Sie zog erst die Plüschvorhänge vor und schloss dann die Tür.

Ludwig Lange sah bleich aus, und unter dem einen Auge hatte er einen blauen Flecken. Sie starrte ihn entsetzt an.

»Was ist geschehen?«

Er schüttelte ungeduldig den Kopf.

»Nicht viel. Ich habe nur ein paar furchtbare Stunden hinter mir. Bitte, bringe mir doch ein Glas Wasser.«

»Soll ich Dir nicht lieber etwas Wein geben?«

»Nein, Wasser.«

Sie ging rasch aus dem Zimmer, und als sie wiederkam, sah er auf einen Gürtel, in dem noch ein Messer in einer ziselierten Scheide steckte.

»Wir müssen sehen, dass wir das Ding irgendwie loswerden«, sagte er.

»Das Messer?«

»Ja.«

Er zeigte auf die Steile, wo der zweite Dolch gesteckt hatte.

Sie fragte ihn nicht nach den Gründen, aber ihre letzte Hoffnung schwand bei seinen Worten. Sie wollte so viel von ihm wissen, aber sie wagte nicht, ihre Befürchtungen in Worte zu kleiden. Nur über nebensächliche Dinge konnte sie sprechen.

»Ich dachte, ich hätte Dich schon vor ein paar Minuten gehört. Warst du nicht vorher schon einmal da?«

»Nein.«

»Warum hast du denn geklopft?«

Er biss sich auf die Unterlippe.

»Ich habe meinen Schlüssel verloren. Ich weiß nicht, wo er geblieben ist, irgendwo.«

Er trank den Rest des Wassers aus und stellte das Glas auf den kleinen Schreibtisch.

»Ich konnte aber darauf schwören, dass vor ein paar Minuten jemand die Tür geschlossen hat. Ich ging in die Diele und rief Dich beim Namen«, sagte Inga.

Er lächelte und legte seinen Arm um ihre Schulter.

»Du wirst nervös, Inga. Hast Du hier im Dunkeln auf mich gewartet?«

Sollte sie ihm alles sagen? Es war jetzt nicht die Zeit, sich gegenseitig kein Vertrauen entgegenzubringen.

»Ich habe nach Dir Ausschau gehalten.« Sie ergriff seinen Arm. »Ludwig, Du hast dich doch nicht in einen Kampf eingelassen? Du hast doch nicht ...«

Er antwortete nicht sofort.

»Ich weiß es nicht«, sagte er dann unsicher.

»Bevor ich das Restaurant verließ, habe ich hier angerufen, weil ich hoffte, dass Du heimgekommen bist. Es meldete sich aber niemand, und dann fiel mir ein, dass das Mädchen ja nicht ins Haus kommen konnte. Ich vermutete, dass sie zu ihrer Schwester gegangen war, und rief sie dort an.«

Ihre Lippen zitterten. »Ludwig, die Polizei war hier.«

Er schwieg, und ihre Angst steigerte sich.

»Ludwig, ist etwas passiert?«

Er strich die langen, schwarzen Haare zurück.

»Ich weiß nicht, ja, ich weiß es, aber ich bin mir nicht darüber klar, wie weit ich daran schuld bin. Als ich ihm nachging, verlor ich ihn aus den Augen, aber ich hatte eine Ahnung, dass ich ihn irgendwo treffen würde, und ich hatte recht.«

»Hast Du mit ihm gesprochen?«

Er schüttelte den Kopf.

»Nein. Er saß mit einer jungen Dame im Auto. Sie sah sehr hübsch aus. Ein armes, dummes Ding, das sich von ihm den Kopf hat verdrehen lassen. Sie arbeitet als Krankenschwester bei Martens.«

Sie schaute ihn erstaunt an.

»Martens, doch nicht Doktor Martens im Steintor Viertel?«

»Woher weißt Du denn das?«, fragte er verblüfft. »Ja, er hat eine Klinik dort. Morgen suche ich das Mädchen auf und sage ihr die Wahrheit über Adam Bellmann. Ich folgte den beiden in einem Auto bis zur Beethovenstraße und dann zu seinem Hotel. Ich wollte ihn allein sprechen, ohne einen Skandal hervorzurufen, aber ich fand keine Gelegenheit dazu. Natürlich wollte ich meine Karte nicht durch einen Kellner in sein Zimmer schicken, und ich wartete deshalb, bis er wieder herauskam.

Er ging dann in ein kleines, dicht besetztes Restaurant, und dort traf er sich mit einer anderen Frau. Sie sah auch hübsch aus, aber ihre Stimme klang ziemlich gewöhnlich. Ich glaube, er hat mich heute Nachmittag erkannt. Nun musste ich wieder warten, bis er sich von seiner neuen Begleiterin getrennt hatte. Nach dem Essen fuhren sie in einem Auto weg, und ich folgte ihnen ins Steintor Viertel. Dort ging sie mit ihm in ein Haus, und ich rief Dich an. Du bist mir doch nicht etwa nachgegangen, Liebling?«

Sie nickte niedergeschlagen.

»Ich hatte das unangenehme Gefühl, dass Du das tun würdest. Aber das war doch heller Wahnsinn.«

»Ich weiß es. Aber erzähle weiter. Was ist dann passiert?«

Ludwig bat Inga, ihm noch ein Glas Wasser zu bringen, und sie erfüllte seinen Wunsch.

»Er kam allein aus dem Haus, und ich folgte ihm in eine Straße, die auf der einen Seite von einer langen Mauer begrenzt wird. Ich wollte gerade auf ihn zugehen, als ich sah, dass die Frau ihm nachlief. Sie sprach noch kurze Zeit mit ihm, dann trennten sie sich. Jetzt war der günstige Augenblick gekommen. Niemand war in Sicht, und ich näherte mich ihm.«

»Er hatte das Messer?«, unterbrach Inga ihn.

Er lächelte müde.

»Ich gab ihm keine Gelegenheit, es zu benutzen.«

Inga hatte die Beule in seinem Gesicht wohl gesehen, aber sie hatte nicht gewagt, ihn zu fragen, wie er dazu gekommen war. Es war auch so unwichtig im Vergleich zu der anderen entsetzlichen Möglichkeit.

»Ich versetzte ihm einen Kinnhaken, und er stürzte wie ein Holzklotz zu Boden. Aber als ich ihn vor mir liegen sah, packte mich eine furchtbare Angst. Auf der andern Seite der Straße sah ich ein rotes Licht, es muss Martens Haus gewesen sein, und ich glaube, er stand selbst vor der Tür. Ich lief davon, aber es kam gerade ein Polizist auf mich zu. Da entdeckte ich plötzlich neben mir ein großes Tor mit einer kleinen Tür. Durch einen glücklichen Zufall war sie nicht verschlossen. Ich schlüpfte durch und kam in den Hof eines Warenlagers. Die Polizei durchsuchte später das Grundstück, aber es gelang mir, mich hinter ein paar großen Kisten zu verstecken.«

»Die Polizei?«, fragte sie atemlos. »Warum haben die Leute denn das Grundstück durchsucht? Ist Adam ...«

Er nickte.

»Tot?«

Er nickte wieder.

»Die Polizeibeamten waren auch hier?«, fragte er seine Frau.

»Ja. Sie haben das Mädchen ausgefragt. Ich weiß nicht, was sie ihnen gesagt hat.«

Ludwig stand auf, ging zu dem kleinen Schreibtisch und fasste in die Tasche.

»Ich habe meine Schlüssel verloren.«

Sie nahm ein kleines Lederetui aus ihrer Handtasche und reichte es ihm. Er öffnete eine der Schubladen und zog ein dickes Päckchen heraus.

»Ich glaube, es verwahren nur wenig Leute dreitausend Euro in ihrer Wohnung.« Er sprach jetzt vollkommen ruhig. »Was auch immer geschehen mag, morgen wollen wir über die Grenze. Wenn mir etwas zustoßen sollte, nimmst Du das Geld an Dich und fährst fort.«

Inga klammerte sich entsetzt an seinen Arm.

»Was könnte Dir denn zustoßen, Ludwig? Du hast ihn doch nicht getötet … das Messer ...«

Er machte sich unwillig von ihr frei.

»Ich weiß nicht, ob ich ihn getötet habe. Nun höre aber gut zu. Du musst jetzt Deinen Verstand zusammennehmen. Selbst wenn dieser Erpresser alles gesagt haben sollte, kann man Dir nichts tun. Aber ich möchte Dir alle Unannehmlichkeiten der Verhöre vor dem Polizeigericht und so weiter ersparen.«

Ihre Sinne waren unnatürlich geschärft, und sie vernahm ein Geräusch.

»Es kommt jemand die Treppe herauf«, flüsterte sie. »Geh schnell ins Schlafzimmer, schnell.«

Als er zögerte, schob sie ihn in den anderen Raum, eilte dann zur Tür und lauschte. Sie konnte, flüsternde Stimmen hören. Rasch ging sie ins Wohnzimmer zurück, schaltete die Leselampe ein und öffnete mit zitternden Händen ein Buch. Sie zog gerade noch einen kleinen Nähtisch an das Sofa, als es laut klopfte. Einen Augenblick betrachtete sie sich in dem großen Spiegel, der in der Diele stand, puderte sich schnell und öffnete dann die Tür.

Draußen standen zwei große Herren, die sie mit düsteren Blicken betrachteten. Das Schicksal erfüllte sich.

»Wer sind Sie?«, fragte Inga beherrscht.

»Kommissar Brand von der Kriminalpolizei«, sagte er förmlich. »Und dies ist Kommissar Elmer.«

»Guten Abend, Frau Lange.«

Es war charakteristisch für Elmer, dass er sofort die Führung des Gesprächs übernahm. Er besaß die Liebenswürdigkeit eines Mannes, der großes Selbstvertrau-en hat.

»Bitte, kommen Sie herein«, sagte sie.

Sie traten in die Diele, und es fiel ihr auf, dass keiner seine Mütze abnahm.

Sie gab sich die größte Mühe, gleichgültig zu erscheinen und einen fröhlichen Ton in ihre Stimme zu legen.

»Ich hätte eigentlich gleich erkennen sollen, dass ich Polizisten vor mir habe«, meinte Inga. »Ich habe schon so viele auf der Leinwand gesehen, und daher weiß ich, dass sie nie die Mütze oder den Hut abnehmen.« Inga lächelte.

Kommissar Brand fasste diese Worte als Vorwurf auf, Elmer war dagegen offensichtlich belustigt.

»Ein Polizist, der seinen Hut abnimmt, Frau Lange, ist nur ein Polizist mit einer Hand, mit anderen Worten, eine seiner Hände ist gerade in dem Augenblick be-schäftigt, indem er sie beide braucht.«

»Ich hoffe, dass Sie keine Hand brauchen«, erwiderte sie. »Wollen Sie nicht Platz nehmen? Kommen Sie we-gen dem Dienstmädchen?«

Es war hässlich von ihr, das ehrliche und anständige Dienstmädchen zu verdächtigen, aber im Moment fiel ihr nichts anderes ein.

»Aber wir wollen leise sein. Mein Mann schläft näm-lich schon.«

»Dann ist er aber sehr schnell eingeschlafen, Frau Lange«, sagte Brand. »Er ist doch erst vor ein paar Mi-nuten gekommen.«

Sie zwang sich zu einem Lächeln.

»Vor ein paar Minuten? Das ist ganz ausgeschlossen. Er ist schon um zehn ins Bett gegangen.«

»Verzeihen Sie, ist dann noch ein anderer Herr in die Wohnung gekommen?«

Sie schüttelte den Kopf.

»Kommen nicht manchmal Einbrecher die Feuerleiter herauf?«

Sie lachte über diese Frage.

»Ich weiß wirklich nicht, welchen Weg die Einbrecher nehmen. Aber ich selbst benutze die Feuerleiter niemals, und ich hoffe auch nicht, dass ich sie jemals benutzen muss«, antwortete Inga ironisch.

Elmer lächelte.

»Wir möchten Ihren Mann sprechen«, sagte er nach einer kurzen Pause. »Ist das sein Zimmer?« Er zeigte auf eine Tür.

Sie hatte sich an den Tisch gesetzt, auf dem das offene Buch lag, und die Hände im Schoß gefaltet, um ihre Erregung nicht zu verraten. Aber jetzt erhob sie sich rasch.

»Nein, das ist das Mädchenzimmer, das Schlafzimmer liegt hier. Aber ich möchte ihn nicht gern stören, er fühlt sich nicht wohl, weil er auf der Straße gestürzt ist.«

»Das tut mir leid«, entgegnete Elmer. »Also hier ist das Zimmer?«

Sie antwortete nicht, sondern ging zur Schlafzimmertür und klopfte an.

»Ludwig, es sind ein paar Herren da, die Dich unbedingt sprechen wollen.«

Er kam sofort heraus, und zwar ohne Sakko, aber es war ohne Weiteres zu erkennen, dass er sich nicht angezogen hatte, sondern im Ausziehen begriffen war.

»Ach, bist du gerade aufgestanden?«, fragte sie schnell.

Elmer schüttelte vorwurfsvoll den Kopf.

»Es wäre mir lieber, Sie würden nicht allerhand andeuten, um Ihrem Mann etwas mitzuteilen, was nicht mit den Tatsachen übereinstimmt, Frau Lange. Nehmen Sie das als freundschaftlichen Rat.«

Ludwig Lange schaute von einem zum andern. Inga hatte ihm das Wort »Polizei« zugeflüstert, aber er brauchte diese Erklärung nicht. Inspektor Brand machte wieder eine Anstrengung, das Verhör zu führen.

»Ich habe Grund zu der Annahme, dass Sie einen Herrn kennen, der augenblicklich in einem Hotel in der Innenstadt logiert. Er heißt Adam Bellmann.«

»Nein«, sagte Inga schnell.

»Ich frage Ihren Mann«, wies Brand sie scharf zurecht.

»Nun, was haben Sie darauf zu erwidern, Herr Lange?«

Er zuckte die Schultern.

»Ich habe keinen persönlichen Bekannten, der Adam Bellmann heißt.«

Elmer erklärte dann:

»Wir wollen ja auch gar nicht wissen, ob Sie persönlich mit dem Mann bekannt sind, Herr Lange. Das ist ganz belanglos. Aber haben Sie jemals von einem Adam Bellmann gehört oder mit ihm in Verbindung gestanden? Er kam in den letzten Wochen aus Südamerika hierher. Bevor Sie antworten, möchte ich Ihnen sagen, dass Kommissar Brand und ich die näheren Umstände aufklären wollen, unter denen dieser Mann hier im Steintor Viertel heute Abend um zehn seinen Tod fand.«

»Ist er tot?«, fragte Ludwig. »Wie starb er?«

»Er wurde erstochen«, entgegnete Brand.

Er sah, dass die Frau leicht schwankte.

»Davon weiß ich nichts«, erklärte Ludwig. »Ich habe niemals ein Messer gegen einen Menschen erhoben.«

Elmer betrachtete die Wände eingehend und trat einen Schritt näher. Dann nahm er den Ledergürtel herunter und legte ihn auf den Tisch.

»Was ist denn das hier?«, fragte er und zeigte auf das Messer.

»Ein Dolch, den ich aus Südamerika mitgebracht habe«, sagte Ludwig sofort. »Ich hatte eine Farm dort.«

»Gehört er Ihnen?«

Ludwig nickte.

»Früher steckten zwei Dolche in dem Gürtel«, meinte Elmer. »Wo ist der andere geblieben?«

»Wir haben ihn verloren«, antwortete Inga schnell. »Ludwig hat ihn verloren. Wir haben ihn schon seit langer Zeit nicht mehr, er ist gar nicht in diese Wohnung mitgekommen.«

Elmer fuhr mit dem Finger über den Gürtel.

»Er ist ziemlich verstaubt. Es müsste also auch Staub in dem leeren Halter sein, wenn Ihre Angaben stimmen. Wenn sie aber nicht stimmen, dann war noch heute ein zweites Messer in dem Gürtel ...«

Er steckte den Finger in die Öffnung und zog ihn vollkommen sauber wieder heraus.

»Ich habe heute Morgen erst alles abgestaubt«, entgegnete Inga verzweifelt.

Elmer lächelte. Er konnte ihr seine Bewunderung nicht versagen.

»Aber Frau Lange«, meinte er vorwurfsvoll.

»Nun, Sie wollen doch die Wahrheit hören.«

Sie war dem Zusammenbruch nahe.

»Sie dürfen keine Schlussfolgerungen ziehen, ohne dass ich Ihnen eine Erklärung gegeben habe. Großer Gott, habe ich nicht schon genug durch diesen Mann gelitten.«

»Durch welchen Mann?«, fragte Brand scharf.

Sie schwieg.

»Durch welchen Mann, Herr Lange?«

Ludwig Lange hatte inzwischen sein Selbstvertrauen wiedergefunden.

»Meine Frau fühlt sich nicht ganz wohl«, sagte er. »Ich bin lange ausgeblieben, und darüber hat sie sich große Sorgen gemacht.«

»Welchen Zweck hat es denn, etwas zu verheimlichen, was vollkommen klar ist?«, fragte Elmer. »Ihre Frau hat doch Adam Bellmann gekannt?«

Ludwig antwortete nicht.

»Ich will einmal ganz offen mit Ihnen sprechen«, fuhr Elmer fort. »Ich sagte Ihnen schon, dass wir den Mord an diesem Mann aufklären wollen. Das ist unsere Pflicht. Wir fragen weder Sie noch Ihre Frau noch sonst jemand, warum Adam Bellmann ermordet worden ist. Verstehen Sie das recht, Herr Lange. Der einzige Mensch, den wir fassen wollen ist der Mörder. Alle anderen Leute, die den Mord nicht begangen haben, brauchen wir nicht, selbst wenn sie etwas von ihm wissen. Wenn Sie oder Ihre Frau oder Sie beide schuldig sind, werden Kommissar Brand und ich und sämtliche Beamten nicht eher ruhen, als bis Sie vor Gericht stehen. Und dann würde Ihnen nur recht geschehen. Wenn Sie aber nicht schuldig sind, wollen wir alles tun, um Sie von dem Verdacht zu entlasten. Sie können uns nur dadurch helfen, wenn Sie die Wahrheit sagen.«

»Wir haben doch die Wahrheit gesagt«, erwiderte Inga atemlos.

»Nein, das haben Sie nicht getan.« Elmer schüttelte den Kopf. »Ich habe es auch gar nicht erwartet. Die Wahrheit verbirgt sich in solchen Fällen gewöhnlich unter einer Menge von Lügen. Was wollen Sie uns denn verheimlichen, Frau Lange? Darauf läuft doch alles hinaus. Sie verbergen etwas, und Ihr Mann auch, und wahrscheinlich ist es etwas ganz Nebensächliches.«

»Ich verberge doch nichts«, sagte sie.

»Sie haben Adam Bellmann also gekannt?«

»Ich kann mich nicht auf ihn besinnen«, entgegnete Inga.

»Sie kannten ihn.«

Elmer war unendlich geduldig, und als sie den Kopf schüttelte, steckte er die Hand langsam in seine Brusttasche. »Ich möchte Ihnen keine unangenehme Überraschung bereiten, Frau Lange, aber ich habe hier ein Foto, eine Aufnahme des Mannes, die nach seinem Tode gemacht wurde.«

Sie schrak zurück und streckte abwehrend die zitternden Hände aus.

»Ich will sie nicht sehen. Nein. Es ist entsetzlich ... Sie haben nicht die Erlaubnis, mir derartige Dinge zu zeigen ... ich will sie nicht sehen.«

Ludwig Lange legte den Arm um seine Frau, drückte ihr Gesicht an seine Wange und flüsterte ihr etwas zu, das sie sofort beruhigte. Dann streckte er die Hand aus.

»Vielleicht könnte ich den Mann identifizieren«, sagte er. »Ich kenne die meisten Bekannten meiner Frau.«

Elmer nahm einen Briefumschlag aus der Tasche und zog ein Bild heraus. Es war ein fürchterlicher Anblick, aber Ludwig Langes Hand zitterte nicht, als er das Foto in der Hand hielt.

»Ja, meine Frau hat diesen Mann vor langen Jahren einmal gekannt. Sie war damals noch ein junges Mädchen.«

»Wann haben Sie ihn zuletzt gesehen?«, fragte Kommissar Brand.

Ludwig Lange dachte nach.

»Vor ein paar Jahren.«

»Er ist erst vor kurzer Zeit in Bremen angekommen«, entgegnete Brand eisig.

»Er mag jedes Jahr nach Deutschland gekommen sein«, erwiderte Ludwig mit einem leichten Lächeln.

»Wie nannte er sich früher, Frau Lange?«

Sie hatte sich jetzt wieder gefasst, und ihre Stimme klang ruhiger.

»Ich kannte ihn nur unter dem Namen Adam. Er war eben ein Bekannter.«

»Aber Frau Lange, Sie sagen uns doch auch die reine Wahrheit, oder?«, fragte Elmer. »Kurz vorher haben Sie noch geklagt, dass Sie so viel durch diesen Mann gelitten hätten. Das kann doch nicht stimmen, wenn er nur ein Bekannter war und Sie ihn nur als Adam kannten.«

Sie schwieg.

»Er war doch sicher sehr eng mit Ihnen befreundet?«

Sie holte tief Atem.

»Ja, ich glaube. Aber ich möchte nicht darüber sprechen.«

»Inga. Diese Leute sollen nicht denken ...«, begann Ludwig Lange.

Elmer unterbrach ihn.

»Es ist ganz gleich, was wir denken, Herr Lange. Wir fassen solche Dinge sehr objektiv auf, wenigstens ich. Sie kannten Adam Bellmann schon, bevor Sie Ihren Mann kennenlernten, oder sind Sie erst später mit ihm zusammengekommen, Frau Lange?«

»Nein, es war schon vorher«, erwiderte Inga.

»Bedeutete er Ihnen, sehr viel?«

Es fiel Elmer schwer, diese heikle Frage in die richtigen Worte zu kleiden, und er sah, dass Ludwig Lange die Farbe wechselte.

»Sie sind sehr beleidigend«, sagte Ludwig und warf Kommissar Elmer einen finsteren Blick zu.

Elmer schüttelte müde den Kopf.

»Nein, das bin ich wirklich nicht. Heute Abend ist ein Mann ermordet worden, und ich habe das Bestreben, den Täter hinter Schloss und Riegel zu bringen. Das ist nur dadurch zu erreichen, dass ich alle möglichen unschuldigen Leute intensiv ausfrage. Diese empfinden das natürlich als beleidigend. Aber bedenken Sie doch, dem Mann wurde mitten durchs Herz gestochen, und der Mörder hat ihn steif und leblos auf einer Straße im

Steintor Viertel liegenlassen. Ist das nicht entsetzlich? Wie soll ich denn einen Mord aufklären, wenn ich keine Fragen stellen darf? Wussten Sie, dass Adam Bellmann in Bremen war?«, wandte er sich wieder an Inga.

»Nein.«

»Sie behaupten also, nicht zu wissen, dass er seit einigen Tagen in Bremen war?«, unterbrach Kommissar Brand das Verhör ungeduldig.

»Ja.« Ihre Stimme klang trotzig.

»Frau Lange, Sie sind in den letzten Tagen sehr unglücklich gewesen«, sagte Elmer. »Ihr Dienstmädchen hat uns alles erzählt. Dienstboten sind immer mitteilsam, besonders wenn es sich um eheliche Differenzen handelt.«

»Ich habe mich nicht wohlgefühlt«, erwiderte sie.

»Hängt das damit zusammen, dass Sie Adam Bellmann gesehen hatten, den Mann, durch den Sie schon so viel gelitten haben?«

»Nein«, antwortete sie und fummelte nervös an den Knöpfen ihrer, mit bunten Farben bedruckten Bluse.

»Oder Sie?«, wandte sich Brand an Ludwig.

»Nein«, antwortete Ludwig Lange.

»Heute abend zum Beispiel?«, fragte Elmer weiter. »Haben Sie nicht Adam Bellmann oder einen Mann gesehen, der der Beschreibung entspricht?«

»Nein.«

»Waren Sie heute Abend in der Nähe vom Steintor Viertel? Bevor Sie antworten, möchte ich Sie zur Vorsicht mahnen. Überlegen Sie es sich genau, was Sie sagen.«

»Nein.«

Kommissar Elmer zog einen kleinen Zettel aus der Tasche.

»Ich stelle jetzt noch eine Frage an Sie, Herr Lange, auf die Sie sich die Antwort genau überlegen müssen. Bei dem Ermordeten, den wir als Adam Bellmann identifiziert haben, wurden zwei Fünfhunderteuro Banknoten gefunden. Sie tragen die Nummern RA 23014 39721 und RA 23014 39722. Es handelt sich um neue Scheine, die erst kürzlich von der Volksbank ausgezahlt wurden. Können Sie mir über diese Banknoten etwas mitteilen?«

Ludwig schwieg.

»Vielleicht wissen Sie etwas, Frau Lange?«

»Ich weiß nichts von Banknotennummern --«, begann Inga verzweifelt.

»Danach ist auch nicht gefragt worden«, erwiderte Brand streng. »Haben Sie irgendeiner Person während der letzten Woche zwei Banknoten von je fünfhundert Euro übergeben oder zugeschickt?«

»Sie sind von meinem Depot gezahlt worden«, erklärte Ludwig jetzt ruhig. »Es ist besser, wenn ich die Wahrheit sage. Wir wussten, dass Adam Bellmann nach Bremen zurückgekommen war. Er schrieb uns, dass er sich in großen Schwierigkeiten befinde. Ich sollte ihm tausend Euro leihen.«

»Ich verstehe.« Brand nickte. »Sie sandten ihm die beiden Banknoten per Post an seine Adresse, richtig?«

Ludwig Lange bejahte.

»Hat er den Empfang des Geldes bestätigt?«

»Nein.«

»Er hat Sie auch nicht aufgesucht, um Ihnen zu danken, oder erkenntlich zu zeigen?«

»Nein«, entgegnete Inga. Aber ihre Antwort kam ein wenig zu schnell.

»Sie sagen uns wieder beide nicht die Wahrheit.«

Elmer machte ein bekümmertes Gesicht. »Weder über den Mann noch über das Geld, noch über Ihren Besuch im Steintor Viertel. Sie haben eine Beule im Gesicht, haben Sie irgendeine Prügelei gehabt?«

»Nein. Ich habe mich an der Schranktür gestoßen«, erwiderte Ludwig Lange

»Ihre Frau erzählte uns, Sie seien auf der Straße hingefallen«, sagte Elmer traurig. »Aber es kommt ja schließlich nicht darauf an. Warum haben Sie denn diese Messer in der Wohnung?« Elmer nahm den Ledergürtel auf und ließ ihn in der Hand pendeln.

»Warum hat mein Mann denn die Sättel und das Lasso und die anderen Dinge, meinen Sie vielleicht zum Kuchen backen?«, fragte Inga ungeduldig. »Nehmen Sie doch, bitte, Vernunft an. Es sind Preise, die mein Mann bei einem Wettkampf in Amerika gewonnen hat.«

»Wofür bekam er denn die Preise?«, fragte Kommissar Brand, und sah Inga mit einem energischen Blick direkt in die Augen.

»Es war ein Wettbewerb im Messerwerfen«, begann Ludwig, hielt aber sofort inne.

»Sie verschweigen uns schon wieder etwas«, stöhnte Elmer. »Ziehen Sie sich etwas an, Lange.«

Inga stürzte nach diesen Worten auf ihn zu und packte erregt seinen Arm.

»Sie wollen ihn doch nicht abführen?«

»Sie kommen beide mit«, erklärte Kommissar Elmer liebenswürdig, »und wenn Sie weiterhin lügen, kommen

Sie beide in Untersuchungshaft. Von Ihren Ausflüchten habe ich jetzt die Nase voll. Sie verstricken sich immer mehr in irgendwelche Fantasien und machen sich nur noch verdächtiger. Sie werden sich einmal ein wenig mit Hauptkommissar Hagedorn, meinem Vorgesetzten unterhalten. Sie brauchen keine Angst zu haben. Er ist ein sehr netter Mann.«

Inga ging nicht mit ihrem Mann ins Schlafzimmer, denn ihr Mantel lag noch über einer Stuhllehne. Das hatte sie vollständig vergessen. Nun sah sie die Nutzlosigkeit all ihrer Anstrengungen ein. Welchen Zweck hatte es, die Leselampe auf den Tisch zu stellen, ein Buch zu öffnen und den Nähtisch ans Sofa zu rücken, wenn ihr nasser Mantel offen bezeugte, dass sie noch vor Kurzem auf der Straße gewesen war.

Ludwig kam zurück und half Inga in den Mantel.

»Es ist alles in Ordnung, wir haben einen Streifenwagen unten, direkt vor Ihrer Haustür«, fügte der Kommissar noch hinzu.

Kommissar Brand war ein wenig verstimmt, denn es kam ihm zum Bewusstsein, dass er eigentlich wenig dazu beigetragen hatte, etwas aus den Leuten herauszubringen.

»Sie brauchen nicht mitzukommen, Elmer«, sagte er kurz, »Bringen Sie die beiden zum Wagen und durchsuchen Sie dann die Wohnung. Wollen Sie den Durchsuchungsbefehl sehen?«, wandte er sich an Ludwig Lange.

Ludwig schüttelte den Kopf.

»Es ist nichts in der Wohnung, was Sie nicht sehen könnten. In der Schreibtischschublade liegen etwa dreitausend Euro und Eisenbahntickets. Ich wollte morgen mit meiner Frau Deutschland verlassen. Gib doch dem Kommissar ...«

»Elmer ist mein Name.«

»Gib doch Herrn Elmer die Schlüssel, Inga.«

Ohne ein Wort reichte sie dem Kommissar das Lederetui. Als sie aus der Wohnung gingen, machte Brand das Licht aus. Er war verheiratet und infolgedessen sparsam.

Die Tür wurde zugemacht, und der Mann, der hinter einer verschlossenen Tür wartete, hörte, dass die Schritte immer schwächer wurden.

Geräuschlos kam dieser Mann aus seinem Versteck. Er hatte die schwarze Mütze ins Gesicht gezogen, seine Gesichtszüge waren durch eine goldene Maske verborgen.

Schnell ging er zum Schreibtisch und nahm ein Instrument aus der Manteltasche, das wie ein Schraubenzieher aussah. Gleich darauf splitterte das Holz, und die Schublade öffnete sich. Seine kleine Taschenlampe zeigte ihm, was er suchte. Er steckte gerade Geld, Pässe und Fahrkarten ein, als er hörte, dass Kommissar Elmer zurückkam. Rasch eilte der Mann mit der Maske zur Tür, und stellte sich hinter sie, als sie geöffnet wurde. Elmer wandte ihm den Rücken zu, drehte sich aber schnell um, als er ein leichtes Geräusch hörte. Aber er war nicht schnell genug. Für den Bruchteil einer Sekunde sah er die goldene Maske, dann erhielt Elmer einen Schlag auf den Kopf, dass er bewusstlos umkippte.

Goldmaske schob ihn ein wenig von der Tür fort, sodass sie sich öffnen konnte, und schlich sich aus der

Wohnung. Die Tür ließ er angelehnt. Dann eilte er die Treppe hinauf, stieg durch ein offenes Fenster und kletterte die Feuerleiter hinunter, die auf den Hof führte. Wie er wusste, war dort kein Beamter anwesend.

Zehn Minuten später stieg einer der Beamten, die vor dem Hause warteten, nach oben, um Kommissar Elmer bei der Durchsuchung zu helfen. Er hörte ein Stöhnen, als er in die Wohnung trat, und fand den Kommissar in wütender Stimmung auf dem Boden sitzend vor.

***

13

Hauptkommissar Hagedorn rühmte sich, überall und zu jeder Zeit schlafen zu können. Und es dauerte auch ziemlich lange, bis man ihn wach hatte, als der Streifenwagen ankam. Erwin Müller dagegen war noch nie in seinem Leben so wach gewesen wie in dieser Nacht, und er brauchte den Kaffee nicht, der in das Büro des Kommissars gebracht wurde. Aber Hagedorn wurde durch das Getränk wieder hellwach.

Er beschwerte sich immer darüber, dass ständig Schriftstücke auf ihn warteten, zu welcher Tages- oder Nachtzeit er auch in sein Büro kommen mochte. Auch jetzt lag wieder ein halbes Dutzend Protokolle auf dem Schreibtisch.

»Die können bis morgen warten«, meinte er geringschätzig.

Er sah die Notizen über die Telefongespräche durch, erfuhr aber nichts Neues. Von Brand war noch keine Meldung angekommen. Das Verhör in der Wohnung von Herrn und Frau Lange fand erst eine Viertelstunde später statt.

Erwin schaute auf seine Uhr. Es war zu spät, um noch ins Bett zu gehen, denn er wollte Frieda in aller Frühe aufsuchen, um mit ihr zu reden.

»Sie können später anrufen«, sagte Hagedorn zu Erwin. »Ich sage Ihnen dann, was sich inzwischen ereignet hat. Übrigens muss ich wegen des Ringes wohl doch noch eine persönliche Rücksprache mit der jungen Dame haben. Aber ich will es ihr so leicht wie möglich machen. Vielleicht arrangieren Sie eine Zusammenkunft in der Stadt. Ich möchte sie nicht hier ins Büro bringen, weil sie sich sicher zu sehr darüber aufregen würde.«

Erwin war ihm für dieses Zugeständnis dankbar, damit war ihm eine Sorge genommen, die ihn gequält hatte, seit er die Wahrheit über den Ring gesagt hatte.

»Für einen Polizeibeamten sind Sie wirklich äußerst höflich, Herr Hauptkommissar.«

»Ich bin in jeder Beziehung ein höflicher Mensch«, erwiderte Hagedorn.

Erwin schlenderte zur Straße hinaus und dann den Ostertorsteinweg entlang. Er erreichte die Kreuzung zum Sielwall und überlegte sich dort, ob er nicht doch nach Hause gehen und ein paar Stunden schlafen sollte. Oder sollte er noch das Tivoli aufsuchen, welches bis vier Uhr geöffnet war und sein Magen knurrte?

Plötzlich fuhr ein Taxi in der gleichen Richtung mit rasender Geschwindigkeit an ihm vorbei. Erwin erkannte aber trotzdem den Taxifahrer, wenn der Wagen langsamer gefahren wäre, hätte er den alten Gregor Wichert angerufen.

»Wünschen Sie ein Taxi, Herr Müller?«

Ein Polizist war an seine Seite getreten. Erwin kannte die Beamten in diesem Bezirk ziemlich gut.

»Nein, danke«, antwortete Erwin freundlich.

»Ich dachte, Sie wollten eben das Taxi anhalten. Diese Leute nehmen sich in der letzten Zeit allerhand Freiheiten heraus.«

Erwin lachte.

»Das war aber ein alter Bekannter von mir. Ich glaube, Sie kennen Gregor Wichert auch?«

»O ja. Der Alte fährt wieder. Ich hatte ihn seit Monaten nicht gesehen, bis ich ihn endlich an einer Ecke in der Innenstadt beobachtete. Er war auf seinem Fahrersitz eingeschlafen. Damals hat er eine gute Fahrt versäumt. Er sollte nämlich Carlo, den Wirt vom Tivoli ins Polizeirevier bringen, der dort eine Aussage zu Protokoll geben wollte.«

Wenn man einen Polizisten zufällig mitten in der Nacht trifft, dann ist er meistens sehr gesprächig. Aber Erwin war nicht in der Stimmung, sich auf endlose Unterhaltungen einzulassen. Plötzlich fiel ihm jedoch die geheimnisvolle Andeutung des verrückten Mannes in der Schildstraße ein.

»Der alte Gregor war also in jener Nacht hier in der Gegend?«, fragte Erwin.

»Ja, Er hielt ungefähr fünfzig Meter vom Tivoli entfernt. Er fährt ja nie zu einer richtigen Haltestelle. Aber wir kennen den Alten und sehen ihm das nach. Wenn er irgendwo an einer Ecke hält und schläft, stören wir ihn nicht.«

Erwin fasste einen schnellen Entschluss, rief das nächste Taxi an und fuhr direkt ins Steintor Viertel zurück. Da die Schildstraße niemals schlief, konnte man dort vielleicht zur Nachtzeit mehr erfahren als im hellen Tageslicht bei Sonnenschein.

Der Beamte Schulz kam im gleichen Augenblick im Revier an, als telefonisch durchgegeben wurde, dass Kommissar Brand mit den beiden Langes unterwegs sei.

Hagedorn lehnte sich in seinen Sessel zurück und rieb sich befriedigt die Hände. Dann schickte er Schulz fort, um Herrn Lindholm vom Erkennungsdienst zu holen.

Der Beamte Lindholm war ein kleiner, etwas untersetzter Herr mit einem dünnen, dunklen Schnäuzer und einer großen Brille. Er trug noch seinen Smoking, denn er war direkt aus dem Theater ins Amt gerufen worden, um persönlich die Anhaltspunkte zu prüfen, die sich bis jetzt ergeben hatten.

»Kommen Sie nur herein, Charlie«, sagte Hagedorn. »Aber bevor wir uns über die Eigenschaften bei Fingerabdrücken unterhalten, sollen Sie mir einmal verraten, was das ist.«

Hagedorn nahm die kleine Glasröhre aus der Tasche und legte sie auf das Löschblatt der Schreibunterlage.

Charlie Lindholm nahm sie in die Hand und betrachtete sie.

»Ich weiß es nicht genau, vielleicht ein explosiver Stoff. Ich habe schon öfter gesehen, dass es in solchen Packungen in den Handel kommt. Wo haben Sie das Ding her?«

Hagedorn erzählte es ihm.

»Ich bin natürlich meiner Sache nicht sicher«, erwiderte Lindholm. »Vor allem müsste man den Geruch prüfen. Die Farbe stimmt. Was wollen Sie denn sonst noch wissen?«

»Haben wir irgendeine Akte über die Langes?«

Lindholm schüttelte den Kopf.

»Nein, höchstens unter einem anderen Namen. Diese Herrschaften wechseln ihre Namen ja nur zu gern. Hier sind die Resultate meiner Untersuchungen.«

Er legte verschiedene Schriftstücke auf den Tisch.

»Haben Sie die Fingerabdrücke des Ermordeten?«

Charly Lindholm suchte sie aus dem Stoß von Papieren heraus.

»Wer hat sie genommen?«, fragte Hagedorn.

»Ich«, gestand der Beamte Schulz ein.

»Ich habe sie nicht brauchen können. Ich meine die Ersten. Ich musste noch einen Mann ins Labor schicken, um neue zu machen. Ihr jungen Leute seid doch viel zu gleichgültig und oberflächlich. Nicht einmal ordentliche Fingerabdrücke könnt ihr nehmen.«

Hagedorn betrachtete die Karten mit den schwarzen Flecken, die ihm nichts sagten.

»Ist der Mann bekannt?«, fragte er weiter.

»Bekannt«, wiederholte Lindholm spöttisch. »Adam Arthur Bellmann, alias Adam Arthur, und verschiedene mehr. Er hat mehr Pseudonyme und Künstlernamen als ein bekannter Filmstar.«

Hauptkommissar Hagedorn runzelte die Stirn.

»Adam Arthur Bellmann? Den Namen sollte ich doch kennen. Ich habe ihn doch wegen Einbruchs vor Gericht gebracht.«

»Wegen Betrugs«, verbesserte Lindholm. »Zwölf Monate Haft hat er bekommen.«

Hagedorn nickte.

»Stimmt, es war Betrug. Er hatte jemand um dreitausend Euro beschwindelt, und es handelte sich angeblich um den Ankauf von Land. Das war ja seine Spezialität.

Wegen Erpressung wurde er auch einmal verurteilt. Später ging er ins Ausland.«

»Und starb dort, wenigstens nach einer halboffiziellen Meldung. Hier, bitte.«

Hagedorn las die Notiz vor:

»Als verstorben gemeldet in Westamerika. Zweifelhaft. Man glaubt vielmehr, dass er nach Südamerika ging. Hm. Jetzt ist er aber wirklich tot.«

Hagedorn saß tief in Gedanken versunken auf seinem Schreibtischstuhl mit einer halb vollen Tasse Kaffee in der Hand, während er auf ein Schriftstück schaute.

»Erpressung und Betrug, der Mann wusste sich zu helfen. Verheiratet war er natürlich auch, wahrscheinlich zigmal. Er ging nach Australien und arbeitete dort mit zwei Brüdern Werner und Tom Förster zusammen, die eine Bank in New York ausplünderten. Er selbst war in dem Prozess Kronzeuge und wurde außer Anklage gestellt. Werner Förster bekam acht, Tom drei Jahre Haft. Werner war ein Gewohnheitsverbrecher, Tom war erst einen Monat vor seiner Verurteilung nach Australien gekommen und wurde nach zwei Jahren auf Bewährung entlassen.«

Hagedorn hatte alles laut vorgelesen.

»Das ist unser Mann«, sagte Schulz und bohrte dabei schon wieder in der Nase.

»Lassen Sie das, Schulz, das ist ja widerlich.

Hagedorn wartete nicht auf eine Antwort, sondern las noch die vertrauliche Mitteilung, die in kleiner Schrift zugefügt war.

»Während die Brüder Förster im Gefängnis saßen, verschwand Bellmann mit der jungen Frau von Tom.«

Hagedorn sah von der Notiz auf. »Das ist Lina Wessel. Werner Förster starb im Gefängnis. Tom ist der Mörder, Lina seine Frau, Bellmann der Ermordete. Mir ist jetzt alles klar. Nur gut, dass wir das Motiv entdeckt haben. Was wissen wir nun von Tom? Haben wir irgendwelche Akten aus Australien beziehungsweise aus Amerika?«

Charlie Lindholm legte drei kartonierte Bücher auf den Tisch, von denen er eins wieder aufnahm.

»Wir haben alle möglichen Nachrichten«, sagte er selbstzufrieden. »Sehen Sie, hier: »Streng vertraulich«, Personalakten der Leute, die dort drüben wegen schwerer Verbrechen verurteilt wurden. Herausgegeben von einer Behörde.«

Charlie Lindholm blätterte schnell die Seiten um und glitt mit dem Zeigefinger von oben nach unten.

»Förster -- hier haben wir's: »Tom Förster.«

Er schob Hagedorn das Buch hin. Diese Zusammenfassung war viel interessanter als die meisten Bücher der Regierung, denn die Akten jedes einzelnen Mannes oder Frau waren in Form einer kurzen und lesbaren Biografie abgefasst.

Tom Förster wurde in England von seinem Bruder erzogen. Er wusste wahrscheinlich nichts von der ungesetzlichen Tätigkeit desselben, als er nach Australien kam. Förster war sicher ein angenommener Name, und es ist möglich, dass er unter seinem eigenen Namen von seinem Bruder auf dessen Kosten erzogen wurde, obwohl er den Namen Förster annahm, als er nach Australien ging. Er heiratete Lina Wessel, die er auf der Ausreise kennenlernte. Nach seiner Verurteilung verschwand sie. Tom wurde freigelassen.

Hagedorn las schweigend weiter und schloss dann plötzlich das Buch.

»Die Identität dieser Leute ist nun zweifelsfrei festgestellt auch das Motiv genügt für jeden, der nicht vollständig auf den Kopf gefallen ist. Tom geht nach Australien, einen Monat später wird er wegen Bankeinbruchs verhaftet und bekommt drei Jahre Gefängnis, Adam Arthur Bellmann geht als Kronzeuge frei aus und verschwindet mit Lina. Tom kommt nach Deutschland zurück und trifft auf irgendeine Weise gestern Abend mit Adam zusammen. Nun müssen wir vor allem prüfen, ob Tom Förster ein anderer Name für Ludwig Lange ist. Sollte das der Fall sein, dann ist das Problem gelöst.«

»Wir haben aber immer noch kein richtiges Motiv für den Mord hier im Viertel«, fügte Hagedorn hinzu. Er hatte immer noch die halb volle Kaffeetasse in der Hand, es lagen auch noch ein paar andere Papiere auf dem Tisch, die er aufnahm.

»Was ist das?«, fragte er.

Es war ein großes Foto eines Daumenabdruckes.

»Den haben wir auf der Rückseite der Uhr gefunden«, sagte Lindholm. »Harry Lammers natürlich. So klar wie eine Visitenkarte. Er ist schon fünfmal verurteilt worden.«

»Ich kenne seine Akten ganz genau«, unterbrach ihn Hagedorn.

»Ein wunderbarer Abdruck«, erwiderte Lindholm.

»Sie sollten ihn einrahmen lassen, Charlie«, meinte Hagedorn freundlich. »Ich danke Ihnen übrigens. Heute Nacht brauche ich Sie nicht mehr.«

»Dann will ich nach Hause gehen und mich ins Bett legen.« Charlie Lindholm gähnte. »Wenn ich nicht jemand in Verdacht gebracht habe, war die Zeit verschwendet.«

»Sie bekommen eine Auszeichnung«, sagte Hagedorn lächelnd.

»Ich weiß«, entgegnete Lindholm ironisch. »Und wenn ich meine Auslagen für ein Taxi vom Theater nach hier ins Revier aufschreibe, wird mir bei der Abrechnung erklärt, ich hätte mit der Straßenbahn fahren sollen, mitten in der Nacht.«

Charlie Lindholm war schon gegangen, als Kommissar Brand siegesbewusst eintrat.

»Ich habe Herrn und Frau Lange mitgebracht«, meldete er.

Hagedorn schaute auf. Er hatte noch einmal die Biografie von Tom Förster gelesen. Es war kein Alter angegeben, was er sehr bedauerte. Aber wenn er per Email beim zuständigen Amt anfragt, würde die Antwort am nächsten Morgen da sein.

»Haben Sie auch die Wohnung durchsuchen lassen?«

»Ich habe Kommissar Elmer damit beauftragt.«

Hagedorn nickte.

»Nun, wie verhalten sich denn die beiden?«

»Ich weiß es nicht genau. Sicher hätte ich alles herausgefunden, aber unglücklicherweise ist Sergeant Elmer ein wenig umständlich. Ich möchte mich ja nicht über ihn beschweren, aber man ist in einer peinlichen Lage, wenn ein Untergebener einem das Verhör gewissermaßen aus der Hand nimmt und einen als Luft behandelt.«

»Das macht er mit mir auch so«, Hagedorn lachte behaglich. »Warum sollte er es also nicht mit Ihnen tun? Sie brauchen sich wahrhaftig nicht über ihn zu beklagen. Diese verdammten Vorschriften über die Führung von Verhören lassen einem so wenig Spielraum, dass es ganz gut ist, wenn man einen anderen Beamten hat, der sich nicht um sie kümmert. Man kann ihm dann später immer die Schuld in die Schuhe schieben. Bringen Sie bitte das Ehepaar herein.«

Hagedorn lachte noch vor sich hin, als Brand gegangen war. Elmer war einfach unverbesserlich, aber in seiner Art unbezahlbar. Er hatte unsagbares Pech, dass er niemals das Examen bestand, das ihn zum Inspektor befördert hätte. Zum vierten Mal fasste Hagedorn den Entschluss, den Polizeipräsidenten dringend um eine Beförderung seines Mitarbeiters zu bitten.

Er erhob sich, als sich die Tür öffnete und Inga vor ihrem Mann das Zimmer betrat. Sie war gefasster, als er erwartet hatte. Freundlich ging er ihr entgegen und gab ihr die Hand. Diese unerwartete und ungewöhnliche Begrüßung überraschte sie sehr.

»Es tut mir außerordentlich leid, dass Sie mitten in der Nacht hierherkommen mussten, Frau Lange«, sagte er liebenswürdig. »Ich hätte weder Sie noch Ihren Mann herbemüht, wenn es sich nicht um einen so ernsten Fall wie Mord handelte. Auch die Beamten sind alle aufgeblieben und arbeiten fieberhaft, um der Gerechtigkeit Genüge zu tun.«

Er rückte persönlich einen Stuhl für sie zurecht, und der Beamte Schulz holte einen anderen für Herrn Lange und stellte diesen direkt daneben.

»Ich hoffe, dass wir Sie nicht zu sehr beunruhigt haben. Aber bei solchen Fällen kommt es häufig vor, dass unschuldige Staatsbürger zu leiden haben«, möchten Sie denn einen schönen heißen Kaffee?«, fragte er und sah beide mit einem Lächeln an. Das Ehepaar beantwortete diese Frage fast gleichzeitig mit, »Ja, schwarz bitte, mit viel Zucker.«

»Für mich ist es ja nicht so schlimm«, erwiderte Ludwig Lange, »aber meine Frau regt sich über die Sache natürlich sehr auf.«

»Selbstverständlich. Das verstehe ich vollkommen«, erwiderte Hagedorn zuvorkommend, setzte sich gleichfalls und sah Kommissar Brand an. »Was hat Ihnen denn nun Herr Lange erzählt?«

Brand zog ein Notizbuch heraus. In der letzten Viertelstunde, während die beiden Langes warteten, hatte er mit größter Genauigkeit den Inhalt der Zeugenaussagen aufgeschrieben.

»Inga Lange kannte den Ermordeten, und Ludwig Lange hat ihn ebenfalls oberflächlich gekannt. Die beiden Banknoten zu je fünfhundert Euro, die in der Tasche des Ermordeten gefunden wurden, hatte Herr Lange in Form einer Anleihe Herrn Adam Bellmann zur Verfügung gestellt. Diese Feststellung wurde allerdings erst gemacht, nachdem Herr Lange ausdrücklich betont hatte, dass er Adam Bellmann nicht kannte.«

Hagedorn nickte. »Aber nachher hat er zugegeben, dass er ihn kannte?«

»Ja. Er sagte auch, dass er niemals im Steintor Viertel gewesen sei. Frau Lange erklärte, der Ermordete sei vor Jahren eng mit ihr befreundet gewesen, doch habe sie ihn seit dieser Zeit nicht mehr gesehen. In der Wohnung fand ich einen Gürtel mit zwei Messern. Eins der Messer war noch vorhanden.« Er legte es auf den Tisch. »Das andere fehlt.«

Hagedorn nahm es aus der Scheide und betrachtete die kleine Goldplatte mit dem Monogramm.

»L. L. -- das sind Ihre Anfangsbuchstaben?«

Lange nickte.

»Wo ist denn das andere Messer?«

Kommissar Brand sah wieder in sein Notizbuch.

»Frau Lange gab an, es verloren zu haben. Beide Dolche erhielt ihr Mann als Preis bei einem Wettbewerb im Messerwerfen.« Er klappte das Buch geräuschvoll zu. »Das sind alle Aussagen.«

Hauptkommissar Hagedorn machte ein sehr ernstes Gesicht.

»Geben Sie zu, dass Sie diese Aussagen heute Abend Kommissar Brand gemacht haben?«

Die beiden bejahten die Frage.

»Wollen Sie diese Aussagen noch irgendwie erweitern oder korrigieren?«

»Nein«, erklärte Ludwig Lange.

»Ich möchte noch darauf hinweisen«, bemerkte Brand, »dass er eine Beule im Gesicht hat. Er sagte, er habe sich an der Schranktür gestoßen, während Frau Lange erklärte, er sei auf der Straße gefallen.«

»Wollen Sie nicht eine Erklärung hierzu abgeben?«, fragte Hagedorn.

Herr Lange atmete schnell.

»Nein, das möchte ich nicht tun.«

»Haben Sie etwas dagegen, dass ich noch einige Fragen an Sie stelle, oder wollen Sie einen Anwalt?«

Ludwig Lange zögerte einen Augenblick.

»Nein«, erwiderte er dann mit gepresster Stimme, »Ich brauche keinen Anwalt.«

»Oder hat Ihre Frau etwas dagegen?«

Inga schüttelte verneinend den Kopf.

»Ich will es Ihnen so leicht wie möglich machen, denn ich begreife, dass es sehr aufregend für Sie ist. Waren Sie schon einmal in Australien, oder überhaupt in Amerika?«

Zu seinem Erstaunen erhielt er sofort Antwort.

»Ja, vor vielen Jahren, als ich eine Weltreise mit meinem Vater machte. Ich war aber noch sehr jung.«

»Haben Sie damals oder an irgendeinem anderen Ort einen gewissen Adam Arthur Bellmann getroffen, der ein früherer Häftling war, wie ich zufällig weiß?«

Ludwig schüttelte verneinend den Kopf.

»Sie sagten, dass Sie niemals im Steintor Viertel waren. Wenn ich Ihnen aber sage, dass Sie erkannt worden sind, als Sie in der Nähe der Schildstraße mit Bellmann aneinandergerieten, wollen Sie es dann auch noch leugnen?«

Hagedorn bluffte ihn mit dieser Frage nur, aber er hatte Erfolg.

»Nein, ich würde es nicht leugnen.«

Hagedorn strahlte.

»Das ist sehr vernünftig von Ihnen. Es liegt keine Notwendigkeit vor, etwas zu verheimlichen. Nun vergessen Sie einmal, was Sie zu Herrn Brand gesagt haben, und wir wollen es auch vergessen«, sagte Hagedorn lächelnd. »Sie verbergen etwas, um sich oder Ihre Frau vor einer eingebildeten Gefahr zu schützen. Aber dadurch verwickeln Sie sich immer mehr in Widersprüche und ein perfektes Alibi gibt es nicht«, Hagedorn kratzte sich an der Stirn.«

»Sie machen sich nur des Mordes verdächtig. Also, wovor fürchten Sie sich denn eigentlich?«

Ludwig Lange vermied den Blick des Kommissars.

»Wahrscheinlich halten Sie etwas zurück, was gar keine Bedeutung hat. Es ist aber für uns vielleicht sehr wichtig und bedeutungsvoll«

Hagedorn betonte jedes Wort und klopfte mit dem Finger auf den Tisch, »dass ich genügend Material habe, um Sie des Mordes anzuklagen, können Sie mir glauben. Sie waren im Steintor Viertel. Ein Messer wie dieses hier war die Mordwaffe. Die Scheide habe ich hier. Sie haben dem Ermordeten Geld gezahlt. Warum haben Sie das getan?«

»Sie wollen uns doch wohl nicht erzählen, dass Sie es aus reiner Menschenfreundlichkeit getan haben!«, mischte sich Kommissar Brand plötzlich ein, aber ein Blick Hagedorns ließ ihn sofort wieder verstummen.

»Sie sind einem Erpresser in die Hände gefallen, stimmt das?«, fragte der Kommissar.

»Ja, das stimmt«, erwiderte Inga. »Das ist die reine Wahrheit. Ich kann es beschwören.«

»Das habe ich mir gedacht. Bellmann wusste etwas von Ihnen oder von Ihrer Frau. Vielleicht haben Sie irgendwie gegen das Gesetz verstoßen.« Er machte eine Pause, als ob er eine Antwort erwartete.

»Ich bin nicht bereit, eine Erklärung abzugeben«, sagte Ludwig Lange schnell.

»Aber Sie sind bereit, auf der Anklagebank Platz zu nehmen und sich des vorsätzlichen Mordes beschuldigen zu lassen? Und Ihre Frau ist damit einverstanden?«

Sie schüttelte den Kopf, konnte aber kein Wort hervorbringen.

»Nun gut, Sie wurden also das Opfer eines Erpressers.«

»Ja«, hauchte Inga mit schwacher Stimme.

»Was hatten Sie denn getan? Haben Sie jemand ermordet oder beraubt?«

Plötzlich änderten sich Hagedorns Gesichtszüge, und er lächelte, was gar nicht zu dieser Situation passte. »Ach, jetzt weiß ich es – Bigamie, eine doppelte Ehe.«

»Nein«, sagte Ludwig Lange.

»Dieser Bellmann war Ihr Mann«, fuhr Hagedorn fort und zeigte auf Inga. »Und er lebte noch, als Sie Ihren jetzigen Gatten heirateten. Ist das nicht richtig?«

»Ich dachte, er sei tot«, erwiderte sie leise, aber er hörte trotzdem jedes Wort. »Ich war meiner Sache ganz sicher, denn ich hatte es in der Zeitung gelesen und mir den Ausschnitt aufgehoben. Als ich ihn später wiedersah, erzählte er mir, er habe die Geschichte nur in die Welt gesetzt, um die Polizei von seiner Spur abzubringen. Ich schwöre, dass ich nichts davon wusste.«

Hagedorn lehnte sich in seinen Stuhl zurück und steckte die Daumen in die Ärmellöcher seiner Weste.

»Auch die Polizeidirektion wusste es nicht, Frau Lange. Ich habe die Akten hier.«

Hagedorn zeigte auf verschiedene Dokumente, die neben ihm lagen. »Wir haben einen Bericht aus Australien, dass er tot ist. Großer Gott, aber warum ängstigen Sie sich denn? Bigamie ist doch unter diesen Umständen kaum ein Vergehen. Sie werden irgendeine Geldstrafe bekommen und die Summe an eine Sozialkasse abführen müssen. Wann haben Sie ihn denn zuletzt gesehen?«

Die Blicke der beiden Gatten trafen sich, und Ludwig nickte.

»Gestern«, sagte Inga.

»Sie hörten schon vor vier Tagen, dass er in Bremen war«, bemerkte Brand. »Ihr Dienstmädchen sagte, dass Sie seit vier Tagen in gedrückter Stimmung gewesen seien.«

Sie zögerte.

»Sie können die Frage ruhig beantworten«, meinte Hagedorn.

»Er schrieb, ich konnte nicht glauben, dass er wirklich noch am Leben war.«

Und nun erzählte sie Einzelheiten. Bellmann wusste, dass sie in guten Verhältnissen lebten, und verlangte Geld unter der Drohung, sie öffentlich der Bigamie zu beschuldigen. Er war ohne einen Cent in Deutschland angekommen. Andere Verbrecher hatten ihn an Bord um sein letztes Geld betrogen. Aber er hatte glänzende Aussichten wieder Geld zu verdienen.

»Ja«, sagte Hagedorn trocken, »ich kenne den Namen der Dame.« Er setzte sich tiefer in seinen Stuhl und legte die Fingerspitzen zusammen, denn er kam jetzt zu dem schwierigsten Punkt des Verhörs.

»Er hat Sie also in Ihrer Wohnung aufgesucht, wann war das denn?«

»Gestern.«

»Hat er Sie besucht, um das Geld zu holen?«

Sie schüttelte den Kopf.

»Nein, das hatten wir ihm mit der Post geschickt.«

»Warum kam er dann? Um Ihnen zu danken?«

Sie antwortete nicht.

»War Ihr Mann nicht zu Hause?«

Inga schaute starr auf die gegenüberliegende Wand, und Hagedorn sah, dass ihre Lippen zitterten.

»Wurde er zudringlich?«, fragte Hagedorn.

Brand stand dicht neben ihr und fing sie auf, bevor sie umsank.

»Schon gut, geben Sie ihr etwas Wasser zu trinken.«

Auf dem Kamin stand eine Karaffe, und der Beamte Schulz goss ein Glas ein. Inga öffnete die Augen bald wieder, und ihr Mann hob sie in den Armsessel, den Brand für sie hinschob.

»Sie dürfen sie nichts mehr fragen«, sagte Lange. »Sie können alles von mir erfahren.«

»Ja, das glaube ich auch. Wann kamen Sie gestern in Ihre Wohnung? Nachdem Bellmann mit Ihrer Frau gesprochen hatte?«

»Ich kam gleich darauf und begegnete ihm noch auf der Treppe. Aber ich wusste nicht, wer er war.«

»Fanden Sie Ihre Frau sehr aufgeregt? Hat sie Ihnen gesagt, was geschehen war?«

Er nickte.

»Und dann sind Sie ihm nachgegangen?«

»Ja«, entgegnete er trotzig.

»Mit einem Messer, das so aussieht wie dieses hier?«

Inga Lange sprang auf und stützte sich auf den Tisch.

»Das ist eine Lüge. Er ist ihm nicht mit einem Messer nachgeschlichen«, rief sie leidenschaftlich. »Adam hat es genommen, er hat es mir abgenommen. Ich will Ihnen die Wahrheit sagen. Ich versuchte, ihn zu töten, und riss das Messer von der Wand, weil ich ihn hasste wegen all der Jahre, die er mich gequält hat, wegen all des Elends, das ich erdulden musste, seit er aus dem Gefängnis kam. Um meines kleinen Kindes willen, das durch seine Gemeinheit zugrunde ging.«

Ein tiefes Schweigen folgte. Hagedorn konnte hören, wie schnell ihr Atem ging.

»Er hat Ihnen das Messer abgenommen?«, sagte er schließlich.

»Ja, er sagte, er wolle es als Andenken aufbewahren. Er steckte es in die Scheide und nahm es mit. Wissen Sie, was er von mir verlangte? Ich sollte wieder mit ihm zusammenleben.« Ihre Stimme versagte.

Hagedorn trat zu ihr, nahm Sie am Arm und drückte sie freundlich in den Sessel zurück.

»Nur ruhig, Frau Lange. Regen Sie sich nicht auf. Aber es ist sehr gut, dass Sie das alles gesagt haben.«

Dann wandte er sich an Ludwig Lange. »Sie folgten diesem Mann also ins Steintor Viertel und hatten dort einen Zusammenstoß mit ihm. Wussten Sie, dass er das Messer in der Tasche hatte?«

»Ich hatte keine Ahnung davon, bis meine Frau es mir am Telefon mitteilte. Ich habe das Messer weder gesehen noch gebraucht.«

»Warum sind Sie denn davongelaufen?«

Ludwig machte eine Pause, bevor er antwortete.

»Ich dachte, ich hätte ihn getötet, und meine Frau hatte mich dringend gebeten, ihn nicht anzurühren. Er war herzleidend.«

Hagedorn nickte.

»Und trug deshalb ein kleines Fläschchen mit Gift bei sich?«

»Ja«, entgegnete Inga eifrig. »Eine kleine Ampulle, die er im Taschentuch zerdrücken konnte, um dann die Dämpfe einzuatmen. Er hatte es immer bei sich.«

Hagedorn ging langsam im Zimmer auf und ab.

»Sie liefen davon und fanden eine offene Tür, die zu dem Gelände der Lagerhaus GmbH führte. Und das ist alles, was Sie von der Sache wissen?«

»Ja, das ist alles«, erklärte Ludwig Lange mit fester Stimme.

»Sie haben kein Messer gezogen und kein Messer gebraucht?«

»Nein, ich schwöre es.«

»Haben Sie denn nicht den Lärm und den Auflauf gehört, als wir draußen vor dem Tor waren?«

»Nein. Ich suchte einen Ausweg auf dem Grundstück und habe es in der nächsten Stunde nicht wieder verlassen. Eine Zeit lang habe ich mich versteckt und ...«

In diesem Augenblick wurde die Tür heftig aufgerissen. Erstaunt starrte Hagedorn auf den Mann, der im Eingang stand. Es war Kommissar Elmer. Ein Teil seines Gesichtes war von weißen Bandagen bedeckt. Er stützte sich an der Wand und schaute den Kollegen Brand böse an.

»Was ist denn passiert?«, fragte Hagedorn bestürzt.

»Rühren Sie mich nicht an«, sagte Elmer wütend, als Brand auf ihn zuging, um ihm zu helfen. Dann starrte er Inga an. »Haben Sie gehört, dass vor Ihrem Mann jemand in die Wohnung kam?«

»Ich glaube, ja.«

»Ganz richtig. Er hatte sich in der Wohnung versteckt, und als ich zurückkam, schlug er mich nieder. Aber er kann doch nicht ohne Schlüssel hineinkommen sein.«

»Wo sind denn Ihre Schlüssel?«, fragte Hagedorn.

»Ich habe sie verloren«, erwiderte Ludwig, »bei dem Streit mit Bellmann. Ich habe sie erst vermisst, als ich in meine Wohnung zurückwollte. Erst da entdeckte ich, dass die Kette gerissen war, an der ich sie trage. Sehen Sie hier.«

Er zeigte die goldene Kette, die seitlich aus seiner Hosentasche hing.

Elmer ging schwankend durchs Zimmer zu Ludwig Lange und legte die Hand auf seine Schulter.

»Hatten Sie Wertsachen in der obersten Schublade Ihres Schreibtisches, etwa Geld?«

Lange starrte ihn an.

»Verschweigen Sie doch jetzt nichts mehr.«, fuhr ihn Hagedorn an. »Was war in der Schublade?«

»Geld, Pässe und Fahrkarten«, sagte Ludwig heiser. »Ich wollte morgen mit meiner Frau Deutschland verlassen.«

»Wie viel Geld war es denn?«, fragte Elmer.

»Ungefähr dreitausend Euro.«

Der Kommissar lachte laut auf.

»Und jetzt ist nichts mehr da. Alles verschwunden. Die Schublade ist aufgebrochen und das Geld herausgenommen worden. Und ich will Ihnen noch etwas erzählen, Herr Hagedorn«, sprudelte es aus Elmer heraus: Die vertrauliche Anrede ging unbeanstandet durch. »Der Kerl, der mich niedergeschlagen hat, war Goldmaske. Bilden Sie sich ja nicht ein, dass ich fantasiere ...«

Hagedorn unterbrach ihn mit einer ungeduldigen Handbewegung.

»Natürlich war es Goldmaske. Es kann niemand anders gewesen sein. Das habe ich schon längst gewusst«, antwortete der Hauptkommissar.

***

14

Erwin Müller war bisher weder bei Tag noch bei Nacht allein durch die Schildstraße gegangen, und er stand zögernd am Anfang der Straße. Er hatte ein sonderbar unheimliches Gefühl, das er sonst nicht kannte. Vergeblich sah er sich nach einem Polizisten um, dem er sich hätte anschließen können. Er wünschte sich jetzt, dass er wenigstens den Chauffeur seines Taxis zurückgehalten hätte.

Und doch unterschied sich die Straße kaum von anderen. Es gab Tausende solcher Straßen in jeder großen Stadt. Schließlich beruhigte sich Erwin bei dem Gedanken, dass die Bewohner jetzt wohl doch schlafen mussten, wenn es auch eine feststehende Redensart von Hauptkommissar Hagedorn war, dass sie niemals schliefen. Aber Hauptkommissar Hagedorn neigte manchmal zu Übertreibungen.

Erwin schaute an der Fassade der Klinik von Doktor Martens empor. Im oberen Stockwerk standen die Fenster auf, wahrscheinlich lag das Schlafzimmer des Arztes dort. Erwin hatte eigentlich die schwache Hoffnung, dass der Doktor noch wach sein würde.

Schließlich nahm er alle Energie zusammen und trat in die dunkle Gasse. Es war totenstill, und aus keinem

Fenster schimmerte Licht. Der Wind oder ein Mensch mit bösen Absichten hatte die Straßenlaterne am hinteren Ende der Straße, wahrscheinlich mit einem Steinwurf, ausgelöscht. Erwin musste sich fast an den Wänden der Häuser entlangtasten, wenn der Mond nicht wäre und alles ein bisschen beleuchten würde. Nach kurzer Zeit blieb Erwin plötzlich stehen, und ein panischer Schrecken packte ihn. Er hörte ein qualvolles Stöhnen, das in einem langen Schmerzenslaut endete.

Woher kam dieser Ton? Er sah sich um, konnte aber nichts erkennen. Noch einmal klang das Stöhnen unheimlich durch die Stille der Nacht, es schien aus der Nähe zu kommen. Erwin wartete und war fest entschlossen, die Sache aufzuklären, aber es wiederholte sich nicht mehr. Stattdessen hörte er ein leises Gekicher, das ihm den Angstschweiß auf die Stirn trieb.

»Gehen Sie weiter, Sie Detektiv und Zeitungsreporter«, sagte eine heisere Stimme. »Es tut Ihnen niemand etwas.«

Erwin erkannte den Mann jetzt an der Stimme, obwohl er ihn nicht sehen konnte. Es war der angeblich Verrückte, mit dem Hagedorn vor ein paar Stunden gesprochen hatte.

»Ratten sind wir? Augen wie Ratten sollen wir haben? Ich habe es schon gehört, ich höre alles.«

Erwin ging in die Richtung, aus der die Stimme kam, und bemerkte verschwommen eine dunkle Gestalt, die an einer Mauer lehnte.

»Ich weiß, wohin Sie gehen«, flüsterte der Fremde, »Sie wollen sehen, was bei dem alten Gregor nicht stimmt, das ist sehr schlau von Ihnen, sehr schlau. Sie sind noch gescheiter als Kommissar Hagedorn.«

Plötzlich fasste er Erwin am Mantel, und Erwin musste alle Selbstbeherrschung zusammennehmen, um sich nicht loszureißen.

»Ich will Ihnen etwas sagen.«

Das Flüstern wurde vertraulicher.

»Den Polizeidoktor haben sie nicht gefunden. Sie sind schon die ganze Nacht mit ihren Booten auf der Weser und haben den ganzen Schlamm und das Ufer abgesucht, aber sie haben ihn nicht gefunden.«

Der Alte lachte wieder, bis er einen Hustenanfall bekam, »Alle Polizisten und Wachleute im Steintor Viertel suchen nach dem Polizeiarzt, dem alten Doktor Rudolf. Halten Sie ihn für einen guten Arzt? Ich nicht. Ich würde ihn niemals um Rat fragen. Machen Sie sich doch einen Scherz mit den Leuten auf der Wache und erzählen Sie ihnen, dass er in einem ausrangiertem Straßenbahnwaggon liegt und seinen Rausch ausschläft.«

Er ließ Erwins Mantel los. Wieder hörte Erwin Müller das lange, gurgelnde Lachen, das durch Husten erstickt wurde. Angewidert ging er weiter, bis er zum letzten Haus dieser Straße kam. Der Schläfer, den er vorher gesehen hatte, saß tatsächlich noch auf den Stufen vor Gregor Wicherts Wohnung. Er kauerte noch in derselben Stellung und schnarchte regelmäßig.

Erwin wagte nicht, den gleichen Weg zurückzugehen, den er gekommen war. Er ging auf die andere Seite, fand aber trotzdem den Fremden am Anfang der Straße wieder. Er lächelte immer noch.

»Der alte Gregor ist zurück, schon seit einer Viertelstunde. Ein alter Mann wie er, sollte eigentlich nicht mehr Taxifahrer spielen. Und ich bin der Einzige, der weiß, warum er das nicht tun sollte. Doktor Martens weiß es allerdings auch, aber der verrät seine Patienten nicht.«

Doktor Martens stand in dem Ruf, Geheimnisse zu kennen, die anderen Leuten die Haare hätten zu Berge stehen lassen, wenn sie nur davon gehört hätten.

»Was stimmt nicht, bei dem alten Gregor Wichert? Das frage ich Sie.«

Mit diesen Worten verschwand der alte Mann geräuschlos in der Dunkelheit. Entweder ging er auf Strümpfen, oder seine Füße waren nackt, denn man hörte keinen Laut, als er sich bewegte. Er wirkte so gespenstisch und unheimlich, als ob er der böse Geist dieser verrufenen Straße wäre.

Erwin hatte wenigstens etwas durch ihn erfahren, was er gern wissen wollte: Gregor war zurückgekommen, und zwar vor einer Viertelstunde. Langsam ging Erwin zur Polizeiwache und sprach dort mit dem diensthabenden Beamten.

»Nein, Doktor Rudolf haben wir noch nicht gefunden. Die Wasserschutzpolizei ist eifrig auf der Suche. Es besteht ja immer noch die Möglichkeit, dass er vielleicht in die Neustadt gefahren ist. Er hat eine Wohnung in der Nähe vom Leipnitzplatz, und dort taucht er am Ende wahrscheinlich noch auf. Hauptkommissar Hagedorn ist übrigens auf dem Weg hierher, wenn Sie ihn sprechen wollen.«

»Warum kommt er denn zurück?«, fragte Erwin überrascht. Aber der Beamte konnte oder wollte ihm keine Antwort geben.

Erwin fühlte sich erleichtert, denn er brannte darauf, mit dem Hauptkommissar zu sprechen.

»Persönlich mache ich mir keine Sorgen um Doktor Rudolf«, meinte der Beamte. »Er ist ein merkwürdiger alter Kauz. Wie alt er eigentlich ist, weiß ich gar nicht. Aber wenn einer Geld hat, sollte er sich nicht in dieser Gegend herumtreiben und zu viel saufen.«

»Hat er denn Geld?«, fragte Erwin.

»Eine Unmenge. Eine seiner Patientinnen ist gestorben und hat ihm ihr ganzes Vermögen vermacht. Wenn er ein besserer Arzt wäre, würde sie wahrscheinlich noch leben«, fügte er sarkastisch hinzu. Er hielt die Hand vor den Mund und gähnte. »Ja, Säcke voll Geld hat der Mensch. Treibt sich die ganze Nacht in den Klubs herum. Ich weiß es von meinen Kollegen, die immer dorthin geschickt werden. Da sieht man wieder einmal: Alter und Geld schützt vor Torheit nicht, soll er doch rumvögeln und saufen, bis er umfällt, ich gönne es ihm.«

Nach einiger Zeit erschien Hagedorn mit den Beamten Brand und Schulz. Er war in der besten Stimmung und sah so frisch aus, als ob er eben nach einem erquickenden Schlaf aufgestanden wäre. Erwin Müller begrüßte er in seiner jovialen Art. Aber als er die Meldung des diensthabenden Beamten erhielt, verschwand das Lächeln aus seinem Gesicht.

»Was, Doktor Rudolf ist immer noch nicht aufgetaucht?«, fragte Hagedorn bestürzt.

Den Polizeiarzt Doktor Rudolf hatte er ganz und gar vergessen. Lange Zeit sprach er nicht, sondern stand vor dem Kamin und wärmte sich die Hände.

»Übrigens regt mich das nicht so auf, wie es eigentlich sollte«, sagte er schließlich. »Doktor Rudolf ist ein komischer Mensch, und ich ärgere mich mehr über ihn als über alle andern, obwohl ich es mir hoffentlich nicht anmerken lasse. Aber ich glaube wirklich nicht, dass man sich über sein Verschwinden beunruhigen sollte.«

»Ich habe Ihnen aber eine Mitteilung zu machen, die Sie beunruhigen wird«, sagte Erwin Müller.

Der Kommissar sah ihn scharf an.

»Das klingt ja beinahe wie eine Drohung. Nun gut. Können sie in ein anderes Zimmer gehen, Brand?«

Der Beamte sah missvergnügt drein, weil er nicht zu der Besprechung eingeladen wurde. Er konnte diese Zeitungsreporter und Detektive, die sich mit der Aufdeckung von Verbrechen beschäftigten, nicht leiden, und er machte auch keine Anstrengung, seine Abneigung zu verbergen. Die Antipathie war aber gegenseitig, denn die Reporter schrieben in ihren Artikeln seinen Namen absichtlich falsch, oder sie erwähnten ihn überhaupt nicht.

Hinter der verschlossenen Tür des Büros enthüllte Erwin dem Kommissar seine geheimsten Vermutungen.

»Ich habe auch schon daran gedacht«, entgegnete Hagedorn, der gespannt zugehört hatte. »Ich will Sie nicht schulmeistern, Erwin, oder den Versuch machen, mir Ihre Verdienste anzueignen, aber der alte Gregor Wichert ist wirklich ein ehrlicher, aufrichtiger Mensch. Ich kenne ihn seit meiner Kindheit. Ich bin nämlich in dieser Gegend geboren, aber das brauchen Sie niemandem weiterzuerzählen. Gregor hat die besten Personalakten sämtlicher Taxifahrer Bremens, er hat alle Fundsachen ehrlich abgeliefert wie kein anderer.«

»Hinkt er nicht?«, fragte Erwin.

Hagedorn runzelte die Stirn.

»Ja«, sagte er langsam. »Er wurde einmal von seinem Fahrersitz auf die Straße geschleudert. Natürlich hinkt er. Merkwürdig, dass ich das vergessen hatte«, meinte er.

»Sie sagten mir, dass der Mann, der Frau Wessels Wohnung durchsuchte, ebenfalls hinkte.«

»Ja, ich hatte die beiden allerdings noch nicht in Verbindung gebracht. Aber Gregor Wichert kommt doch überhaupt nicht in Frage.«

Hagedorn lachte. »Der Gedanke ist wirklich absurd. Der Mann ist sechsundsiebzig Jahre alt und hat sich nie etwas zuschulden kommen lassen, er dürfte eigentlich gar nicht mehr Taxi fahren.«

»Aber der Fremde, ich sage mal der Obdachlose, in der Schildstraße hat doch gesagt, dass etwas nicht stimmt bei ihm?«

Hagedorn rieb sein Kinn.

»Es gibt viele verrückte Leute, die Theorien aufstellen«, sagte er etwas anzüglich. »Nein, Sie meine ich nicht damit, Erwin.«

»Wie wäre es denn, wenn wir einmal Doktor Martens fragen?«

»Martens? Den kann ich doch nicht mitten in der Nacht aus dem Bett holen, damit er mir die zusammenhanglosen Angaben eines Obdachlosen bestätigt? Und glauben Sie vielleicht, dass er mir Auskunft über seinen Patienten geben würde? Dazu können Sie einen Arzt niemals zwingen, höchstens wenn er als Zeuge vor Gericht vereidigt wird. Aber auch dann muss man noch sehr vorsichtig sein, weil durch das Berufsgeheimnis gewisse Grenzen gezogen sind. Die Ärztekammer macht sofort einen Heidenspektakel, wenn man etwas zu sehr ins Detail geht.«

»Sie können ihn aber doch unter irgendeinem anderen Vorwand aufwecken«, meinte Erwin. »Vielleicht kann er uns bei der Suche nach Doktor Rudolf behilflich sein.«

Hauptkommissar Hagedorn vergrub die Hände tief in den Hosentaschen und klapperte nervös mit losem Silbergeld.

»Jetzt muss ich mir erst einmal einen Kaffee holen, funktioniert der Automat wieder?«, fragte Hagedorn und fügte hinzu: »Möchten Sie auch einen, Erwin?«

Erwin nickte.

Der Kommissar kam mit zwei Bechern Kaffee zurück und reichte Erwin einen davon. Zwei Tüten Zucker und zwei Milchkapseln hatte er in seiner Hosentasche.

»Der Mann, der in Frau Wessels Wohnung war«, folgerte Hagedorn, »hinkte tatsächlich, wohlgemerkt, wenn die Frau von gegenüber die Wahrheit gesagt hat. Und nun fällt mir auch ein, dass Goldmaske immer gehinkt hat. Das stand in den ersten Personalbeschreibungen, die über ihn ausgegeben wurden. Er benutzte ein Motorrad, Erwin, das erledigt eigentlich Ihre Theorie.«

»Motorradfahrer sind immer gesehen worden, wenn irgendwo ein Einbruch verübt wurde. Aber niemand kann einen Eid darauf leisten, dass das auch wirklich die Räuber waren. Bedenken Sie auch, dass Motorräder nach einer gewissen Stunde abends unbedingt auffallen müssen. Nur die Motorradkleidung und der Helm machen die Fahrer unkenntlich. Und wenn das Motorrad geklaut ist, können wir lange suchen. Ist es nicht viel wahrscheinlicher, dass sich Goldmaske als Fahrer eines Wagens davonmachte?«

»Aber es ist doch höchst unwahrscheinlich, dass Gregor zum Verbrecher wurde, nachdem er fünfzig Jahre lang einer der ehrlichsten Taxifahrer war. Er hat sich Geld gespart, hat keine Verwandten und Freunde, trinkt und raucht nicht. Niemals hat er etwas Unehrliches in seinem Leben getan. Nein, Erwin, ich werde Ihnen sagen, wer Goldmaske ist, Tom Förster.«

»Und wer, zum Donnerwetter, ist Tom Förster?«, fragte Erwin erstaunt.

»Das erfahren Sie, wenn die Geschichte genügend durchgekocht ist. Im Augenblick heizen wir erst den Herd an.«

Hagedorn erhob sich rasch. »Ich werde Doktor Martens anrufen und ihm sagen, dass ich ihn sprechen möchte. Ach, das kann der Beamte Brand auch erledigen.«

Er öffnete die Tür, rief nach dem Beamten und gab ihm den Auftrag.

»Sagen Sie ihm, dass ich sehr ängstlich wegen Doktor Rudolfs geworden bin und ihn deswegen aufsuchen möchte.«

Brand entfernte sich.

»Darf ich mitkommen?«, fragte Erwin.

»Ja, Sie können mich begleiten. Aber Sie warten besser draußen. Bei einem offiziellen Besuch kann ich Sie nicht gut mitnehmen.«

»Er liebt mich auch nicht besonders«, erwiderte Erwin und dachte daran, wie kühl sich Doktor Martens immer ihm gegenüber benommen hatte.

Als Hagedorn mit den Beamten Brand und Schulz in der Privatklinik ankam, fand er Doktor Martens angekleidet. Der Arzt erzählte ihm, dass er überhaupt noch nicht ins Bett gekommen und eben erst von einem Krankenbesuch zurückgekehrt sei.

»Wegen Doktor Rudolf mache ich mir keine großen Sorgen. Ich habe übrigens noch einmal im Krankenhaus vorgesprochen, um zu sehen, ob Frau Wessel wieder zu sich gekommen ist. Aber da sie schlief, hielt es der Arzt für besser, sie nicht zu stören.«

»Wann wird sie wohl in der Lage sein, eine Aussage zu machen?«

»Wahrscheinlich morgen, im Laufe des Tages.«

Der Doktor holte eine Flasche Whisky und Gläser aus einem Schrank und stellte sie auf den Tisch.

»Mehr kann ich Ihnen leider nicht anbieten. Ich habe diese Getränke nur für meine Gäste im Haus. Persönlich trinke ich nach zehn nichts mehr.«

Über den Verbleib Doktor Rudolfs wusste er auch nichts.

»Haben Sie schon mal in der Helenenstraße nachgesehen, ob Doktor Rudolf sich dort vielleicht bei einer Prostituierten einquartiert hat?«, dabei grinste er.

»Er kommt bestimmt wieder zum Vorschein«, meinte er weiter. »Und ich prophezeie Ihnen, dass er dann Kopfschmerzen hat und ein paar Tage Urlaub nimmt.«

»Was hat er denn Ihrer Meinung nach gemacht?«

»Das will ich lieber nicht sagen.«

»Sie scheinen überhaupt sehr verschwiegen zu sein, Doktor.«

Hagedorn schenkte sich einen Whisky ein. »Soviel ich gehört habe, könnten Sie die Hälfte der Bewohner aus der Schildstraße ins Gefängnis bringen.«

»Wenn ich das könnte, würde ich es tun. Sie dürfen mir glauben, dass ich mich nicht zu diesen Menschen hingezogen fühle.«

»Aber Gregor Wichert haben Sie doch gern?«

Ein Schatten glitt über das Gesicht des Arztes.

»Ja, den habe ich gern«, sagte er bedächtig.

»Er ist einer der anständigsten Leute, die in dieser Gegend wohnen«, begann Brand.

»Was ist eigentlich mit ihm los? Sie behandeln ihn doch?«, fragte Hagedorn.

Doktor Martens lächelte schwach.

»Ich behandle viele Leute, aber ich sage niemals etwas über sie, selbst wenn mich Polizeibeamte ausfragen.«

»Aber es ist doch etwas Besonderes mit ihm?«, betonte Hagedorn.

Doktor Martens nickte.

»Man kann nicht sechsundsiebzig Jahre alt werden, ohne dass sich gewisse körperliche Beschwerden einstellen. Es treten Schwächen auf, für die es keine Medizin gibt. Das sind eben Alterserscheinungen. Ich bin immer erstaunt, wenn ich höre, was er in seinem Alter noch alles leistet. Und niemals habe ich ihn wirklich krank oder traurig gesehen. Er hat die lauteste Stimme im ganzen Bezirk, und ich kann bezeugen, dass er noch ein gefährlicher Gegner beim Boxen ist, denn ich habe den Mann behandelt, den er neulich knock-out geschlagen hat. Aber warum interessieren Sie sich eigentlich so sehr für ihn?«

Er warf Hagedorn einen forschenden Blick zu. »Ich glaube fast, Sie sind gar nicht hergekommen, um mit mir über Doktor Rudolf zu sprechen, sondern um etwas über Gregor Wichert zu erfahren. Es lebt hier ein Halb-verrückter, seinen Namen habe ich vergessen, aber er war früher Schuhputzer. Er hat eine fixe Idee über Gre-gor. Sooft ich durch Schildstraße gehe, hängt sich der Mensch an mich und erzählt mir, dass mit Gregor Wi-chert etwas nicht in Ordnung sei, vielleicht hat er Sie auch belästigt?«

Hagedorn war verlegen. Es behagte ihm nicht, dass er durchschaut wurde.

»Gewiss, er hat auch mit mir darüber gesprochen. Aber Sie halten mich doch hoffentlich nicht für so we-nig intelligent, dass ich Sie mitten in der Nacht störe, um Sie deshalb auszufragen? Nein, ich interessiere mich nun mal für den alten Gregor.«

Doktor Martens saß hinter seinem Schreibtisch. Er hatte die Arme verschränkt und sah sehr müde aus.

»Dann fragen Sie ihn am besten selbst. Es tut mir leid, aber ich möchte nichts über ihn sagen. Es ist nicht nur eine Frage des Berufsgeheimnisses. Wenn ein höherer Polizeibeamter ein schweres Verbrechen aufzuklären hat, nehme ich darauf keine Rücksicht. Aber ich kann mir wirklich nicht denken, dass der arme, alte Gregor etwas Unrechtes getan haben könnte. Außerdem bin ich ihm auch persönlich verpflichtet.«

»Ist mit seinem Gesicht etwas nicht in Ordnung?«

Doktor Martens zögerte.

»Ja, so könnte man es vielleicht ausdrücken.« Er hob den Blick langsam zu Hagedorn. »Sie wollen doch nicht etwa sagen« - seine Lippen zuckten -, »dass der alte Mann mit Goldmaske identisch ist?«

»Nein, das behaupte ich keineswegs«, entgegnete Hagedorn schnell und vorwurfsvoll. »Ich bin nur neugierig. Dieser verrückte Mensch ist mir auf die Nerven gefallen, ich gebe es zu. Ich werde Gregor morgen selbst fragen. Ich hätte es schon heute Nacht getan, wenn ich nicht diesen Betrunkenen hätte stören müssen, der seit Mitternacht auf seiner Treppe schläft.«

»Ist es ein Mann mit einer roten Nase?«, fragte der Beamte Brand interessiert. »Den habe ich schon öfters dort beobachtet. Ich gehe oft allein durch die Schildstraße, das heißt, mehr oder weniger allein. Es ist ein betrunkener Mann mit einer roten Nase ...«

»Ich habe mir seine Nase nicht so genau angesehen«, erwiderte Hagedorn eisig. »Wahrscheinlich ist sie davon rot geworden, dass er sich um Dinge kümmerte, die ihn nichts angingen.«

»Meinen Sie?«, fragte Brand, und der Beamte Schulz wunderte sich über den geringen Verstand seines Vorgesetzten.

»Glauben Sie, dass jeder Mann, der eine Leinenmaske vor dem Gesicht trägt, ein Verbrecher ist?«, fragte Doktor Martens ruhig. »Das tun Sie natürlich nicht, dazu sind Sie viel zu vernünftig. Ebenso wenig glauben Sie, dass alle Chinesen schlechte Menschen sind. Ich frage Sie das, weil der Mann, von dem wir früher sprachen, heute Abend hierherkommt.« Er schaute auf seine Uhr.

»Und zwar in weniger als zehn Minuten.«

»Goldmaske?«, fragte Hagedorn verblüfft.

»Er telefonierte kurz vor Ihrer Ankunft.«

»Sagen Sie, Doktor Martens«, mischte sich Brand wieder ein, »wie ist denn dieser Mann gekleidet, wenn er zu Ihnen kommt?«

Doktor Martens überlegte einen Augenblick.

»Gewöhnlich trägt er einen langen, schwarzen Mantel und einen dunklen Hut.«

»Ist der Hut schwarz?«, fragte Brand eifrig.

»Möglich. Ich habe mich niemals genau darum gekümmert.«

»Warum kommt er denn so früh am Morgen?«, fragte jetzt Hauptkommissar Hagedorn.

»Er sagte, er wäre schon früher gekommen, wenn nicht so viele Polizisten auf der Straße gewesen wären. Ich berichte Ihnen genau, was er mir erzählte. Es spricht nicht gerade für ihn, dass er sich vor der Polizei fürchtet, aber er ist überempfindlich und zeigt sich nicht gerne öffentlich.«

»Von wo aus hat er Sie denn angerufen?«

»Das weiß ich nicht.«

Der Doktor ging zu dem großen Fenster, zog den Vorhang beiseite und schaute auf die Straße hinaus.

»Dort draußen steht jemand. Ist das auch ein Polizeibeamter? Ach nein, es ist der Detektiv und Zeitungsreporter Erwin Müller, nicht wahr?«

»Ja.«

»Sagen Sie ihm doch, dass er hereinkommen soll.«

Hagedorn gab Schulz einen Wink, und dieser ging hinaus, um Erwin Müller zu holen.

»Ich muss Sie aber darauf aufmerksam machen, dass Sie nicht alles schreiben dürfen, was Sie hören«, ermahnte ihn Hagedorn. »Sie müssen diskret sein. Und in dieser Beziehung kann ich mich ja auf Sie verlassen.«

»Um was handelt es sich denn?«, fragte Erwin.

»Um Goldmaske«, erklärte der Beamte Brand und räusperte sich verlegen, als ihn Hagedorns Blick traf.

»Ja, es handelt sich um jemand, der ein goldenes Tuch vor dem Gesicht trägt, um einen Mann, der hier und sonst wo schon gesehen worden ist. Ich glaube, Sie sind ihm im Tivoli begegnet. In den nächsten Minuten wird er hier sein. Er wird allerdings nicht gern mit so vielen Leuten zusammentreffen wollen«, wandte er sich an Doktor Martens, »aber Sie sehen doch ein, dass ich ihm einige Fragen stellen muss.«

Der Doktor beschäftigte sich mit einer Lampe, die er mitten ins Zimmer rückte. Er nickte.

»Ich kann nur wiederholen, dass der Mann sehr scheu ist. Aber wenn ich schon jemand im Interesse der Justiz betrügen soll, so kann ich das ja schließlich auch mit ihm tun. Ich bin allerdings auf eine solche Handlungsweise nicht sehr stolz.«

Er rückte die Lampe näher an den Schreibtisch und schaltete sie ein. Ein heller Lichtkreis erschien auf dem Boden, in dem sich die Schatten der anderen Lampen rötlich färbten. Doktor Martens schaltete die Lampe wieder aus und erklärte, dass sie nicht an das Netz angeschlossen sei, sondern einen eigenen Akku habe.

»Ich muss Sie noch darauf aufmerksam machen«, sagte er, »dass der Mann eventuell nicht hereinkommen will. Das letzte Mal fiel es mir schon sehr schwer, ihn dazu zu überreden.«

»Welchen Weg kommt er gewöhnlich?«

»Über den Hof und durch den hinteren Gang zu dieser Tür.« Doktor Martens zeigte auf den Ausgang neben dem Medizinschrank. »Er gibt immer ein besonderes Klingelzeichen, einmal lang und einmal kurz. Das habe ich selbst so mit ihm vereinbart. Wenn er von Ihnen etwas sieht oder hört, werde ich ihn niemals hereinbringen.«

Hagedorn ging zur Tür und drückte die Klinke herunter. Sie war verschlossen. Als alle aufs Höchste gespannt waren, klingelte plötzlich das Telefon. Doktor Martens nahm den Hörer ab.

»Ja, Doktor Martens ist am Apparat ... Es geht ihr besser? Das freut mich ... Ja, er ist hier ... Na klar, einen Augenblick bitte.«

Er reichte Hagedorn den Hörer. »Frau Wessel hat ihr Bewusstsein zurückerlangt. Sie möchte zur Polizeiwache kommen, um mit Ihnen zu sprechen.«

Hagedorn lauschte einige Zeit und gab nur einsilbige Antworten. Als er den Hörer auflegte, sah er sehr nachdenklich aus.

»Ich glaube, das war Kommissar Elmer. Ich habe ihn an der Stimme erkannt. Sie will mich tatsächlich auf der Wache sprechen. Ich möchte nur wissen, ob ich Elmer noch rechtzeitig herholen könnte. Er würde sich sehr für Goldmaske interessieren, denn er ist ihm heute Abend schon einmal begegnet.«

»Vielleicht ist noch Zeit«, begann Doktor Martens, als plötzlich« eine schrille Klingel ertönte.

Einmal lang, einmal kurz.

Die Anwesenden sahen sich betroffen an.

»Jetzt kommt also Goldmaske?«, fragte Hagedorn mit heiserer Stimme. Mechanisch fasste er nach seiner Pistole, die an seinem Rücken im Gürtel steckte. Brand beobachtete es mit Genugtuung. Es war also wahr, dass der Kommissar stets eine Waffe bei sich trug. Erwin Müller überlief ein Schauer, als Hagedorn seine Anordnungen in einem energischen Ton anordnete.

»Brand und Schulz, hinter die Vorhänge. Erwin, Sie gehen besser in die Diele. Ich selbst verstecke mich hinter dem Schreibtisch, wenn Sie nichts dagegen haben, Doktor Martens.«

»Und was soll ich tun?«, fragte der Arzt.

»Lassen Sie ihn herein. Das genügt. Ich werde schon dafür sorgen, dass er nicht wieder hinauskommt. Aber Sie können uns helfen, indem Sie die Tür sofort wieder hinter ihm zuschließen.«

Doktor Martens nickte. Er schloss auf und öffnete die Tür langsam.

Hagedorn sah von seinem Versteck aus, das Doktor Martens lächelte.

»Guten Abend, wollen Sie nicht hereinkommen?«

Er trat auf den Gang hinaus, und sie konnten ihn nicht mehr sehen. Sie hörten Stimmen, vermochten aber nicht zu verstehen, was gesprochen wurde. Die eine Stimme klang so undeutlich, als ob jemand hinter einer Maske spräche.

»Aber mein Verehrter, ich habe Ihnen niemals versprochen, dass ich ganz allein sein werde«, hörten sie Doktor Martens sagen ... »Sie brauchen sich doch nicht zu fürchten, kommen Sie herein.«

Hagedorn hielt vor Spannung den Atem an. Plötzlich wurde die Türe zugeschlagen und von außen ein Riegel vorgeschoben.

»Hilfe. Hilfe«, schrie Martens im nächsten Augenblick. »Hagedorn -- Hagedorn -- um Himmels willen, helfen Sie mir.«

Dann schallte ein furchtbarer Schrei durch das Haus, der ihnen das Blut in den Adern erstarren ließ.

Hagedorn sprang sofort auf, aber als er die Tür fast erreicht hatte, ging das Licht aus. Aus dem Korridor hörten sie schwache Geräusche, als ob dort ein Handgemenge im Gange wäre.

»Brand, gehen Sie schnell zur Haustür, Schulz, begleiten Sie den Beamten Brand.«

Aber die beiden fanden die Zimmertür verschlossen und konnten sie nicht öffnen, so sehr sie sich auch abmühten.

In der Dunkelheit konnten sie sich nur schwer zurechtfinden. Hagedorn ergriff einen Stuhl und schlug damit gegen die Türfüllung. Plötzlich fiel Brand die Lampe mit dem Accu ein. Er suchte nach dem Schalter, fand ihn, und das gespensterhafte Licht erschien wieder auf dem Fußboden. Sie konnten jetzt jedenfalls genügend sehen, um die Türfüllung einzuschlagen. Brand fasste durch die Öffnung und zog den Riegel zurück, aber es zeigte sich, dass die Tür weiter unten noch einmal einen Riegel hatte. Es dauerte noch einige Minuten, bis auch die dritte Füllung eingeschlagen war.

Hagedorn eilte zuerst in den Gang hinaus, sah aber niemanden mehr. Die Tür am Ende des Ganges stand weit offen, aber auch im Hof war kein Mensch zu entdecken.

»Hier sind Blutspuren«, sagte er. »Doktor Martens ist verschwunden. Können Sie nicht die Lampe hierher holen?«

»Los, Mann, Beeilung. Eine Scheiße ist das hier, so kurz vor dem Ziel«, brüllte Hagedorn.

Der Beamte Schulz mühte sich mit der Lampe ab, und es gelang ihm unter großer Anstrengung, sie auf den Gang hinauszutragen. An den Wänden und auf dem Fußboden des Ganges zeigten sich unregelmäßige Flecken, die wie Blut aussahen. Doktor Martens und der Angreifer waren verschwunden.

***

15

Der Mann, der über den Hof eilte, hörte das Splittern der Türfüllungen. Goldmaske öffnete das Hoftor und warf einen Blick in das Innere des Wagens. Auf dem Boden lag ein bewusstloser Mann.

»Doktor Rudolf, ich fürchte, ich muss Sie auf eine weite, unangenehme Reise mitnehmen«, sagte Goldmaske.

Er hätte ihn auch zurücklassen können, aber dann hätten die Beamten ihn gefunden, und auf keinen Fall durfte der Arzt erzählen, was er wusste, denn er hatte Goldmaske ohne Maske gesehen.

Er fuhr schnell vom Hof. Als er vorne am Wohnhaus vorbeikam, hörte er, dass jemand versuchte, die Haustür zu öffnen. An der Ecke der Straße sah er einen Polizisten.

»Hallo Gregor«, rief ihm der Beamte zu.

Goldmaske lachte in sich hinein.

Die Hände, mit denen er das Steuer hielt, waren noch feucht von der roten Flüssigkeit, die er auf den Fußboden und auf die Wände des Ganges gesprüht hatte. Hoffentlich würden sie die Farbe nicht genauer untersuchen, damit er seine Verfolger wenigstens bis zum Morgen täuschen konnte.

Es stand ihm nur noch wenig Zeit zur Verfügung. Er überlegte sich, wie lange Hauptkommissar Hagedorn brauchen konnte, um eine Beschreibung des Wagens durchzugeben, und wie lange es dauern würde, bis diese Beschreibung allen Streifenwagen in Bremen bekannt war. Es mochte sich um eine Dreiviertelstunde handeln.

Er fuhr Richtung Norden, und dreißig Minuten später hatte er den Stadtrand von Bremen erreicht. Es war sicher, dass die Polizeiinspektion allen außerhalb liegenden Revieren die Nummer des Autos bekannt geben würde. Er musste sich deshalb auf Nebenwege beschränken und alle Punkte vermeiden, an denen Autokontrollen zu erwarten waren.

Wenn er Glück hatte, konnte er den kleinen Bauernhof, der zwischen Bremen Nord und Ritterhude lag, unentdeckt erreichen. Hätte er den direkten Weg über die Autobahn eingeschlagen, so wäre er schon längst dort gewesen. Aber besser Vorsicht als Nachsicht.

Er kam schließlich zu einer Stelle, an der ein ziemlich schlechter Landweg rechts von der Hauptstraße abging. Diesen benutzte er. Er musste mit größter Vorsicht fahren, denn er hatte die Scheinwerfer ausgeschaltet. Der Weg war uneben und holprig, aber immer noch besser als der Feldweg, den er später einschlug. Hier musste er noch behutsamer manövrieren. Der Motor machte verhältnismäßig viel Geräusch, und Goldmaske war in großer Sorge, dass dadurch ein Polizist auf ihn aufmerksam werden könnte. Aber offenbar hatte er Glück in dieser Situation.

Er hatte keine Uhr bei sich, schätzte aber, dass es ungefähr vier Uhr morgens sein musste. Der Himmel hellte sich noch nicht auf.

Endlich kam er zu einer alten Scheune, die neben einem niedrigen, unscheinbaren Haus stand. Er hielt an, öffnete die Wagentür, zog den bewusstlosen Arzt heraus und legte ihn ins Gras. Dann fuhr er das Auto in die Scheune, schloss das große Tor, öffnete die Haustür und schleifte den besinnungslosen Mann über den Rasen in die Diele.

Außer ein paar unansehnlichen Gegenständen, die der frühere Eigentümer zurückgelassen hatte, war das Haus nicht möbliert. Ein schmutziger dunkelroter Teppich lag in der Diele, und in einem angrenzenden Zimmer stand ein altes Sofa. Dort legte Goldmaske seinen Gefangenen nieder. Dann blieb er einige Zeit vor ihm stehen und betrachtete ihn.

»Es war ein großer Fehler von Ihnen, dass Sie die Polizei auf meine Spur hetzen wollten«, sagte Goldmaske. »Ich hoffe, dass Ihnen die Sache nicht schlecht bekommt.«

Aber Doktor Rudolf war bewusstlos und hörte nichts. Goldmaske hatte in der letzten Zeit die Angewohnheit, laut mit sich selbst zu sprechen.

Er wandte sich ab, ging wieder in die Scheune und brachte von dort eine kleine Flasche Wein und eine Schachtel Kekse mit, die er für Notfälle unter dem Fahrersitz hatte.

Den Wagen konnte er jetzt nicht mehr gebrauchen. Er musste seinen Weg quer übers Land auf andere Weise antreten. Aber darauf war er vorbereitet. Von Woche zu Woche hatte er mit größerer Sorgfalt eine Liste über alle Bundesbahn Sonderfahrten in die Umgebung Bremens geführt, und er wusste, dass an diesem Morgen ein Zug mit Urlaubern in Richtung Teufelsmoor und dann weiter nach Bremerhaven fuhr. Er hatte sich entschlossen, diese Route zu wählen, und er glaubte sicher, dass er unter einer Anzahl von Ausflüglern nicht auffallen würde.

Nur Doktor Rudolf war eine Schwierigkeit. Goldmaske wünschte jetzt, dass er den Mann nicht mitgenommen hätte.

Er goss etwas Wein in eine alte Tasse, die er in der Küche fand, und trank ihn aus. Dann füllte er die Tasse noch einmal und brachte sie in das Zimmer, wo der Doktor auf dem Sofa lag. Er stellte die Lampe, die er trug, auf einen wackligen Tisch, setzte sich auf die Ecke des Sofas und wartete. Zwischendurch ging er zur Toilette um seine Blase zu entleeren, und stellte fest, dass die Wasserspülung nicht funktionierte. Egal, er ging wieder in das Zimmer zurück.

Nach einer Weile blinzelte der Doktor und schaute sich dann verwundert um. Schließlich bemerkte er Goldmaske. Er kam langsam wieder zu sich.

»Wo bin ich denn?«, fragte Doktor Rudolf heiser.

»Auf einem kleinen stillgelegten Bauernhof in der Nähe vom Teufelsmoor. Und ich möchte Ihnen sagen, dass ich Goldmaske bin, was Ihr Freund der Hauptkommissar Hagedorn bereits vermutet hat.«

Der Doktor sah ihn ungläubig an.

»Sie?«, Aber Sie sind doch …

»Das wundert Sie? Ich glaube, Sie haben es selbst geahnt und wollten es Ihren Freunden in der Polizeidirektion verraten. Ich habe nicht die Absicht, Sie zu chloroformieren oder durch ein anderes Mittel wieder bewusstlos zu machen. Wenn ich mich nicht sehr irre, schlafen Sie bald wieder ein und werden dann sehr lange schlafen. Und wenn Sie wieder aufwachen, finden Sie Ihren Weg zur nächsten Polizeistation schon selber. Sollten Sie mit einem Auto fahren wollen, so kann ich Ihnen zu Ihrer Beruhigung sagen, dass Sie in der Scheune einen Wagen finden. Mein Hauswirt«, er lachte bei diesem Wort, »war nämlich Gregor Wichert, und ich habe seinen Wagen viel benutzt. Diese Erklärung sagt Ihnen vielleicht manches, aber wahrscheinlich kümmern Sie sich augenblicklich nicht um diese unwichtigen Details.«

Doktor Rudolf starrte ihn müde an und konnte nicht glauben, wen er vor sich hatte.

»Legen Sie sich wieder auf die Seite«, befahl Goldmaske. »Und schließen Sie die Augen.«

Er wartete noch einige Minuten, bis der Betäubte fest schlief, dann ging er wieder zur Scheune und holte dort einen kleinen Lederkoffer, in den er verschiedene Toilettenartikel eingepackt hatte.

***

16

Hagedorn fand endlich den Hauptschalter im Sicherungskasten auf dem Gang und schaltete ihn wieder ein. Das Licht leuchtete auf.

Der Beamte Brand, der inzwischen den Hof abgesucht hatte, kam zurück und erstattete Bericht.

»Überall ist Blut«, sagte er. »Sehen Sie doch«, er zeigte auf eine große, rote Stelle an der Tür. »Hier haben sie ihn hinausgetragen.«

»Gibt es denn vielleicht noch einen anderen Ausgang?«, fuhr ihn Hagedorn ärgerlich an.

Im Hof standen die Torgitter weit offen, ebenso in der Garage. Gregor Wicherts Taxi war verschwunden.

»Sie haben ihn im Wagen weggeschafft«, sagte Brand aufgeregt. »Es müssen mindestens zwei oder drei Mann gewesen sein.«

»Warum nicht vier oder fünf?«, erwiderte Hagedorn sarkastisch. »Sie können ja auch sechs oder sieben annehmen.«

»Ich wollte damit nur ausdrücken«, entgegnete der Beamte Brand kleinlaut, »dass ihn ein Mann unmöglich auf so weite Entfernung getragen haben kann. Am besten rufe ich Verstärkung!«

»Ja, am besten noch Panzer und die Flugabwehr«, scherzte Hagedorn.

Brand hatte das Handy schon in der Hand, als Hagedorn es ihm aus der Hand schlug.

»Gibt es vielleicht kein Festnetz?«, knurrte er gereizt. »Ich will nicht wissen, wer hier in der Nähe wach ist, aber ich will den Leuten keine Entschuldigung für ihr Wachsein geben und außerdem können Handys auch von Laien ganz einfach abgehört werden.«

Als der Beamte Brand gegangen war, untersuchte Hagedorn so schnell wie möglich den Hof. Er fand eine offene Grube, die von einem niedrigen Zaun umgeben war. Mit seiner Taschenlampe beleuchtete er in den Schacht und sah unten Wasser aufblitzen. Es war ein Brunnen. Wie tief mochte er sein?

Plötzlich hörte Hagedorn eine Stimme hinter sich.

»Haben Sie den Brunnen entdeckt?«

Er sah sich um und entdeckte Kommissar Elmer, der mit seinem weißen Verband gespenstisch aussah.

»Wussten Sie denn, dass ein Brunnen auf dem Hof ist?«

»Ja, die Winde ist über Ihrem Kopf.«

Hagedorn schaute auf und sah die eiserne Rolle.

»Gregors Auto ist verschwunden«, sagte Elmer. »Ich vermutete schon, dass so etwas passieren würde, und kam deshalb her.«

Die beiden gingen zur Garage und durchsuchten sie, aber sie fanden nur ein paar Werkzeuge, einen Reservereifen und mehrere Kanister voll mit Benzin. Die Blutspur führte bis zur Garage. Hagedorn betrachtete sie und schüttelte den Kopf.

»Ich kann mir die Sache nicht erklären«, sagte er verzweifelt.

»Aber das war doch Goldmaske. Und es sah aus, als habe er Doktor Martens entführt. Der Kerl besitzt allerdings diese Frechheit.«

Sie hörten, dass Erwin Müller auf sie zukam, und schauten sich um.

»Wollen Sie jetzt Gregor verhören?«, fragte Erwin Müller.

»Ich denke, er ist mit seinem Auto fortgefahren.«

»Das wollen wir erst einmal sehen«, erwiderte Erwin.

Sie gingen rasch die Schildstraße entlang, bis sie zum letzten Haus auf der rechten Seite kamen. Der Mann auf der Treppe zur Haustür schnarchte immer noch.

Hagedorn klopfte laut an die Tür, aber es antwortete niemand. Auch ein zweites Klopfen hatte keinen Erfolg.

»Er muss fort sein«, dachte Hagedorn laut.

Aber Erwin schüttelte energisch den Kopf.

»Das glaube ich nicht. Wie konnte er denn aus dem Haus gehen, wenn der Mann hier, mitten auf der Treppe liegt?«

Der Schläfer war jetzt aufgewacht. Er stand geräuschvoll auf, lies einen lockeren Furz, gähnte und schimpfte. Der Beamte Brand erkannte in ihm einen berüchtigten Trinker der Gegend, der in jeder Kneipe anschreiben lies. Auf Befragen gab der Mann an, dass er etwa eine halbe Stunde nach Mitternacht hierhergekommen und eingeschlafen sei. Er hatte nicht gehört, dass jemand ins Haus gegangen war oder es verlassen hatte.

Hagedorn klopfte noch einmal.

Die Leute in der Schildstraße wurden nun lebendig. Dunkle Gestalten zeigten sich an den Fenstern und kamen aus den Häusern. Sie sprachen nicht und waren unheimlich anzusehen.

Dann wurde plötzlich ein Fenster in der oberen Etage aufgestoßen.

»Wer ist da unten?«, klang es laut die Straße entlang.

Hagedorn erkannte sofort Gregor Wicherts schneidende Stimme.

»Ich möchte Sie gerne sprechen, Gregor.«

»Wer ist denn da?«, fragte Gregor Wichert.

»Hauptkommissar Hagedorn. Sie können sich doch noch an mich erinnern?«

Der alte Mann dachte nach.

»Nein, einen Hauptkommissar Hagedorn kenne ich nicht. Aber vor ein paar Jahren habe ich einen Kommissar Hagedorn gekannt.«

»Nun, das ist aber schon viele Jahre her«, meinte Hagedorn lachend. »Also, ich bin jetzt Hauptkommissar. Kommen Sie herunter und lassen Sie uns herein.«

»Was wollen Sie denn?«, fragte Gregor vorsichtig.

»Ich möchte mich einmal mit Ihnen unterhalten.«

Der Taxifahrer oben am Fenster zögerte noch eine Weile, dann schloss er das Fenster und kam die Treppe herunter. Gleich darauf öffnete sich die Haustür.

»Kommen Sie mit nach oben in mein Zimmer«, sagte er leise.

Es brannte kein Licht im Treppenhaus, und die Beamten halfen sich mit ihren Taschenlampen. Auch das Wohnzimmer oben war dunkel.

»Nehmen Sie Platz. Hier ist ein Stuhl, Kommissar, Entschuldigung, Herr Hauptkommissar. Ja, die Zeit vergeht.«

»Haben Sie denn kein Licht?«

Die Frage schien den Alten in Verlegenheit zu bringen. »Nein, der Strom ist nicht bezahlt.«

»Irgendwo muss eine Lampe sein. Ich glaube, sie steht unten in der Küche. Sie sind doch zu dritt, nicht wahr? Meine Augen sind nicht mehr so gut wie früher, aber ich habe drei verschiedene Tritte auf der Treppe gehört, als wir hinaufgingen.«

Erwin Müller ging nach unten und fand eine kleine Nachttischlampe, die mit einer Batterie gespeist wurde. Er schaltete sie an und trug sie vorsichtig in das Wohnzimmer hinauf.

»Ich habe Ihre Lampe nicht gefunden, Herr Wichert«, sagte er zu Hagedorns größter Überraschung.

Der Alte lächelte.

»Na, was haben Sie denn da in der Hand? Stellen Sie doch die Lampe auf den Tisch, junger Mann, und versuchen Sie nicht, mich zu verarschen, ich bin zwar alt aber nicht verblödet.«

Erwin machte ein enttäuschtes Gesicht, und Hagedorn grinste.

»Nun setzen Sie sich alle hin. Was wollen Sie denn von mir wissen?«, fragte Gregor energisch.

»Waren Sie heute Nacht unterwegs?«, fragte Hagedorn mit seinem typischen Lächeln.

Gregor fuhr über sein unrasiertes Kinn.«

»Ja, für kurze Zeit«, erwiderte er vorsichtig. »Warum interessiert Sie das denn?«

»Fährt noch jemand anders Ihren Wagen?«

»Ja, ich habe ihn schon früher vermietet. Ich bin nicht mehr der Jüngste, und ein Taxibesitzer will schließlich auch leben. Das kann er aber nur, wenn der Wagen dauernd unterwegs ist.«

»Wer fährt denn Ihren Wagen?«

Gregor Wichert gab erst Antwort, als Hagedorn seine Frage wiederholte.

»Nun, sehen Sie ... mein Mieter ist ein Taxifahrer.«

»Ist das der Mann, der das Zimmer im Erdgeschoß bewohnt?«

»Jawohl, Kommissar, ich meine Herr Hauptkommissar. Merkwürdig, wie schnell doch die Zeit vergeht. Ich kann mich noch erinnern, wie Sie Ihren ersten Streifen auf die Uniform bekamen.«

Hagedorn klopfte ihm freundlich aufs Knie.

»Wo ist denn Ihr Mieter jetzt?«

»Vermutlich ist er weggefahren. Das macht er nachts gewöhnlich so. Ein sehr netter junger Mann, und ein ruhiger Mieter. Er ist ungefähr fünfunddreißig Jahre alt, hatte aber früher viel Schwierigkeiten. Mehr weiß ich nicht von ihm. Er ist doch nicht wieder mit der Polizei in Konflikt gekommen, zu schnell gefahren oder so?«, fragte er plötzlich bestürzt.

»Ach, das haben Sie wohl eben mit den Schwierigkeiten gemeint?«, fragte Hagedorn. »Wo ist denn Ihr Ausweis, Gregor?«

Der Ausweis ist für einen Taxifahrer ungefähr das Heiligste, was er besitzen kann. Er bedeutet ihm so viel wie einer Frau ihr Trauschein.

Gregor bewegte sich unruhig in seinem Stuhl und rieb sich verlegen das Kinn.

»Ich habe ihn irgendwie verlegt«, erwiderte er unsicher.

»Gregor, wo ist Ihr Ausweis? Wenn Sie heute Nacht fort waren, hatten Sie ihn doch bei sich? Aber Sie sind gar nicht weggefahren, schon seit Monaten sind Sie nicht mehr weggefahren. Das wissen Sie ganz genau, alter Junge.«

Hagedorn klopfte ihm wieder freundlich aufs Knie, denn er hatte wirklich Mitleid mit dem alten Mann.

»Und ebenso genau wissen Sie, warum Sie nicht mehr weggefahren sind. Doktor Martens weiß es auch.«

»Hat er Ihnen etwas gesagt?«, fragte Gregor schnell.

»Nein, das habe ich mir selbst gedacht. Sie wussten vorhin, dass eine Lampe ins Zimmer getragen wurde, aber nicht, weil Sie die Lampe sahen. Höchstens haben Sie einen schwachen Schein bemerkt. Stimmt das?«

Der alte Mann fuhr erschrocken zusammen.

»Seit fünfundfünfzig Jahren habe ich meinen Führerschein und den Personenbeförderungsschein Herr Hagedorn«, sagte er ohne Betonung.

»Ich weiß. Ich hoffe auch, dass man Ihnen den Führerschein nicht nehmen wird. Nur dürfen Sie keinen Wagen mehr fahren, Gregor, wenn Sie fast blind sind.«

Hagedorn sah, wie der alte Mann zusammenzuckte, und verwünschte sich selbst, dass er so brutal sein musste.

»Meine Augen sind nicht mehr so gut wie früher, Herr Hagedorn, aber ich wollte das nicht zugeben. Ich habe meinen Führerschein und meinen Personenbeförderungsschein als Taxifahrer all die Jahre lang, und ich wollte mich nicht davon trennen. Als nun dieser junge Mann das Zimmer bei mir mietete und keinen Führerschein bekam, weil er einmal gravierende Unannehmlichkeiten mit der Polizei hatte, sagte er, dass er mit meinem Wagen fahren wollte. Und da habe ich ihm, meinen Taxischein geliehen. Das ist verboten, ich weiß es. Nun muss ich eben die Folgen dafür tragen.«

»Haben Sie Ihren Mieter eigentlich einmal gesehen?«

»Nein, gesehen habe ich ihn nicht. Aber ich habe ihn gehört. Manchmal besucht er mich, und wir sprechen dann miteinander. Ich höre ihn auch, wenn er unten in seinem Zimmer ist und Musik hört oder laute Fernsehprogramme laufen, zum Beispiel Tatort. Die Titelmelodie kenne ich jetzt mittlerweile auswendig. Und er bezahlt seine Miete pünktlich.«

»Woher wissen Sie denn, dass er fünfunddreißig und ein netter junger Mann ist?«

»Das habe ich gehört, ein Freund hat es mir erzählt.«

Hagedorn ging mit seinen Begleitern die Treppe hinunter und versuchte, die Tür des unteren Zimmers zu öffnen. Das Schloss war leicht aufzubrechen, und nach kurzer Zeit traten die Beamten in den Raum.

In der Ecke stand ein Bett, aber seit langer Zeit schien niemand darin geschlafen zu haben. Die Laken waren sauber zusammengefaltet, und das Kissen hatte keinen Bezug. Auf dem Fußboden lag ein großer, viereckiger Teppich. Ein Tisch, ein Stuhl und ein Spiegel über dem Kamin, in der anderen Ecke ein Fernsehgerät und eine Stereoanlage bildete die übrige Ausstattung des Raumes. Elmer untersuchte den Spiegel und entdeckte, dass hinter ihm ein Loch in die Wand geschlagen war. Dort fand er eine Kassette.

»Vielleicht gibt uns das eine Aufklärung«, sagte Hagedorn.

Er öffnete den Deckel und erblickte ein kurzes, starkes Messer. Die Klinge war mit Blut befleckt. Sorgfältig nahm er es heraus und legte es auf den Tisch.

»Mit diesem Messer wurde Adam Bellmann erstochen.«

***

17

Nur ein Mann in der Schildstraße hatte Gregor Wicherts Mieter gesehen. Als bekannt wurde, dass die Polizei jetzt alle verhören wollte, verschwanden die Leute wieder in ihren Häusern. Nur der obdachlose Mann blieb auf der Straße.

»Habe ich Ihnen das nicht schon vorher gesagt?«, schrie er, als er Hagedorn sah. »Etwas stimmt nicht bei Gregor. Ich wusste es. Und ich wette, dass es Doktor Martens auch wusste. Aber der hätte ihn nicht verraten. Ist es wahr, dass sie den Doktor Martens verschleppt haben? Jemand wird kaltgemacht, wenn sie ihm ein Haar krümmen, alle Leute aus dieser Straße werden hinter ihm her sein und ihn hierherbringen, dann stecken sie ihn in einen Keller und bringen ihn um.«

Der fremde Mann grinste den Hauptkommissar tückisch an.

»In diesem Fall komme dann ich und nehme mir die Leute vor, die das getan haben.«, erwiderte Hagedorn.

»Und die sterben dann auch. Nein, ich weiß nicht, wer den Doktor Martens fortgebracht hat«, erwiderte der Mann.

»Ich hörte, wie er um Hilfe schrie. Es war schrecklich. Und dann fuhr der Wagen fort«, flüsterte er weiter.

»Wenn wir gewusst hätten, dass es Doktor Martens war, wären wir hinter ihm her gewesen.«

»Wer ist denn eigentlich der Mieter vom alten Gregor Wichert?«

Der sonderbare Mann schüttelte den Kopf.

»Er ist groß und schlank, mehr weiß ich nicht. Ich habe ihn ein paarmal ins Haus gehen sehen, gewöhnlich nachts. Aber ich habe ihn niemals aus nächster Nähe betrachtet. Er hat nicht in dem Haus geschlafen, der alte Gregor glaubte es wohl, aber es stimmt nicht.«

Das kam der ganzen Wahrheit so nahe, dass Hagedorn sich jetzt doch geneigt fühlte, den Mann ernst zu nehmen. Aber der Alte sagte nichts mehr. Hagedorn nahm sich vor, am nächsten Tag mit dem Sozialamt zu telefonieren, damit dieser Mann eine Unterkunft, neue Kleidung und Geld bekommt.

Der Beamte Brand hatte wenigstens einen Vorzug, er konnte ausgezeichnet und schnell telefonieren. Bevor Hagedorn die Klinik verließ, wusste die Direktion bereits alle Einzelheiten über das Taxi Nr. 21 315, besaß die genaue Beschreibung, kannte Farbe, Modell und die Richtung, in der der Wagen davongefahren war. Die Beamten waren auch darüber informiert, dass Doktor Martens entführt und dass der Taxifahrer ein Untermieter von Gregor Wichert war.

Der Computer im Polizeipräsidium arbeitete ununterbrochen, um diese Neuigkeiten allen Revieren bekannt zu geben.

Als Hagedorn wieder auf die Wache kam, fand er dort Lina Wessel vor. Aber sie war noch in einem so apathischen Zustand, dass sie nicht fähig war, eine Aussage zu machen. Sie wiederholte nur immer wieder, dass sie mit dem Kommissar sprechen müsse. Hagedorn wunderte sich, dass man sie in dieser Verfassung aus dem Krankenhaus entlassen hatte, und übergab sie der Obhut einer Beamtin. Dann erkundigte er sich bei Brand, ob neue Berichte aufgelaufen seien.

»Nein, aber ich glaube, ich halte es jetzt nicht mehr aus. Ich muss mich ein bisschen hinlegen. Schließlich bin ich doch auch nur ein Mensch«, sagte Brand..

»Nein, das sind Sie nicht«, erwiderte Hagedorn scharf. »Sie sind Polizeibeamter und noch nicht einmal vierundzwanzig Stunden im Dienst. Auf jeden Fall müssen Sie noch weitere vierundzwanzig Stunden die Augen aufhalten. Die ersten achtundvierzig Stunden sind das schlimmste, nachher bleibt man schon vor Übermüdung wach.«

»Ich nehme an, dass dieser Kerl das Auto direkt in die Weser gefahren hat,«.

»Ja, ja, das glaube ich auch. Vielleicht ist er auch ins Übersee Museum gefahren. Sie können ja dort anfragen.«

Brand dachte darüber nach. Hagedorn lachte.

»Nein, ich glaube doch nicht, dass er ins Übersee Museum--«

Hagedorn zeigte zur Tür. Es war ihm unmöglich, Brands Gegenwart noch länger zu ertragen.

Er ging wieder in das kleine Büro des Kommissars, wo jetzt die verschiedenen Gegenstände auf dem Tisch lagen, die man in dem Zimmer von Gregors Untermieter gefunden hatte. Da stand ein großer Metallkasten, halb gefüllt mit Schmuck, aus dem die Steine herausgebrochen waren. Als Hagedorn in ihm herumkramte, fand er noch allerhand Werkzeuge, wie sie sonst nur Goldschmiede und Juweliere brauchen. Goldmaske hatte also stets die Steine aus den Schmucksachen gelöst, die ihm bei seinen verschiedenen Raubüberfällen in die Hand fielen. Es war merkwürdig, dass er das Gold nicht verkauft hatte. Er musste sich sehr sicher gefühlt haben unter dem Schutz des alten Gregor, dessen allbekannte Ehrlichkeit die beste Empfehlung für ihn selbst war.

Man hatte den Raum auch nach Schusswaffen abgesucht und vorsichtshalber in der Personenbeschreibung vermerkt, dass der Mann vielleicht einen Revolver bei sich tragen würde. Aber nirgends fand sich eine Bestätigung dieser Vermutung. Man entdeckte weder Patronen noch Patronenschachteln, und außer dem blutigen Dolchmesser war keine Waffe im Zimmer zu finden.

In einer Schublade stießen die Beamten auf eine Pappschachtel mit weißen Baumwollhandschuhen und einem Dutzend goldfarbener Tücher, in die Löcher für die Augen geschnitten waren. An allen Tüchern waren Gummibänder befestigt, und der Rand war mit Draht versteift, sodass man sie bequem anlegen konnte.

Goldmaske schien gut versorgt zu sein. Er besaß auch noch zwei lange, schwarze Umhänge, die anscheinend aus dem Ausland stammten, und drei Paar Gummischuhe. Aber das Merkwürdigste war eine Holzpistole. Sie war so gut nachgeahmt, dass selbst Hauptkommissar Hagedorn sich täuschen ließ, bis er sie in die Hand nahm, und die Imitation erkannte.

Er war davon überzeugt, dass Goldmaske keine anderen Waffen besaß und dass er auch bei seinen Überfällen diese Scheinpistole benutzt hatte. So kommt er wenigstens nicht in Versuchung jemanden wirklich zu erschießen.

Kommissar Elmer war in dem anderen Zimmer halb eingeschlafen, als Hagedorn eintrat.

»Wissen Sie, woran ich gerade dachte?«, fragte Elmer.

»Was, Sie denken auch?«, brummte Hagedorn. »Na, schießen Sie los.«

»Selbst wenn wir Goldmaske festnehmen, weiß ich jemand, durch dessen Aussagen er entlastet wird. Man kann es betrachten, wie man will, es kommt immer auf das Gleiche hinaus. Wir können ihn nicht überführen, solange Harry Lammers bei seinen blödsinnigen Aussagen bleibt.«

»Ach ja.« Hagedorn verzog das Gesicht. »Das ist doch der Taschendieb. Hm.«

Er dachte einige Zeit nach.

»Sie haben ganz recht, Elmer«, sagte er schließlich.

»Bei der Aussage, die der Kerl gemacht hat, wird eine Verurteilung kaum möglich sein. Immerhin könnten sich ja die Geschworenen unseren Standpunkt zu eigen machen, aber man kann sich nicht darauf verlassen.«

»Die Geschworenen hören auf alle Leute, nur nicht auf die Polizei. Diese Menschen haben überhaupt keinen Verstand, könnte man glauben.«

»Wahrscheinlich müssen wir auch noch ein Rechtshilfeersuchen an die Behörden in Amerika stellen, um die eventuellen früheren Machenschaften Goldmaske dort zu erfahren.«

»Wir wollen nicht weiter darüber reden«, wehrte Hagedorn ab.

Er nahm einen Schlüssel von der Wand und ging durch den Korridor zu Harry Lammers Zelle, hob die Klappe hoch und schaute hinein. Der Mann lag auf seiner Pritsche und hatte zwei Decken über sich gezogen. Er war wach, und bei dem Geräusch wandte er den Kopf in Richtung Zellentür.

»Hallo, Herr Lammers, haben Sie gut geschlafen?«, fragte der Kommissar.

Der Gefangene blinzelte ihn an, richtete sich dann aber auf.

»Wenn es überhaupt noch ein Gesetz in diesem Lande gäbe, dann wären Sie schon längst ohne Pension entlassen worden für all das, was Sie mir angetan haben«, antwortete er im Halbschlaf.

»Haben Sie sich immer noch nicht beruhigt?«

Hagedorn schloss die Tür auf.

»Kommen Sie heraus und trinken Sie einen Kaffee mit mir.«

»Das tue ich nicht, ich weiß, dass die Polizei schon viele Leute vergiftet hat«, erwiderte Lammers argwöhnisch.

»Ein bisschen Strychnin tun wir immer hinein, aber das ist nicht gefährlich«, antwortete der Kommissar lachend.

Hagedorn führte den Mann durch den langen Korridor zu dem kleinen Vernehmungszimmer. Als Lammers das verbundene Gesicht Elmers sah, grinste er vergnügt.

»Hallo, haben Sie eins an den Ballon gekriegt?«, fragte er. »Manchmal werden also doch stille Gebete erhört. Ich hoffe, dass Sie nicht ernstlich verletzt sind, Herr Elmer?«

»Sie meinen natürlich gerade das Gegenteil«, erwiderte Elmer. »Setzen Sie sich, Sie kleiner schadenfreudiger Halunke.«

»Ich wünsche wirklich nicht, dass Sie schon das Zeitliche segnen, Blumenkränze sind augenblicklich ziemlich teuer.«

Lammers setzte sich, immer noch grinsend, auf einen Stuhl, und als der Kaffee gebracht wurde, füllte er sich die halbe Tasse mit Zucker.

»Na, haben Sie den Mörder nun erwischt?«, fragte er vergnügt.

»Sie haben wir ja nun gefasst, Harry«, erwiderte Hagedorn ebenso.

Lammers brummte locker vor sich hin.

»Sie können mir nicht das Geringste nachweisen. Höchstens wenn Sie Ihren Beamten wieder befehlen, Meineide zu leisten. Wenn Sie dann ein halbes Dutzend Ihrer verkorksten Beamten als Zeugen aufmarschieren lassen, können Sie alles beweisen. Aber es gibt noch einen Gott im Himmel.«

»Wo haben Sie das denn so schön gelernt?«, fragte Hagedorn.

Lammers zuckte mit den Schultern.

»Wenn ich im Gefängnis bin, lese ich immer Gedichtbücher. Man hat länger etwas davon, weil man alles nicht so genau versteht.«

Er schlürfte seine Tasse leer, stellte sie geräuschvoll auf den Tisch und neigte sich dann zu Hagedorn hinüber.

»Sie haben nicht die geringste Aussicht, dass Sie mir etwas beweisen können. Das habe ich mir schon die ganze Zeit in meiner Zelle überlegt.«

Hagedorn sah ihn an und lächelte mitleidig.

»In dem Augenblick, in dem Sie anfangen zu denken, Harry, haben Sie das Spiel schon verloren. Das können Sie ebenso wenig wie eine Kuh das Seiltanzen. Dazu sind Sie nicht geboren. Übrigens habe ich gar nicht die Absicht, Ihnen den Mord nachzuweisen.«

Hagedorn sprach jetzt sehr ernst, und es gelang ihm dadurch, auf Harry Lammers Eindruck zu machen.

»Ich will weiter nichts erreichen, als dass Sie die Wahrheit sagen. Glauben Sie denn, ich würde mir so viel Mühe machen, um einen kleinen Taschendieb ins Gefängnis zu bringen? Seien Sie doch vernünftig, Harry. Ein Kommissar kommt doch nicht ins Steintor Viertel und opfert seine Nachtruhe, um einen so belanglosen Menschen wie Sie zu überführen. Das wäre ja gerade so, als ob man ein Kriegsschiff schicken würde, um einen kleinen Fisch zu fangen.«

Lammers konnte sich dieser Logik nicht verschließen.

»Ja, das wäre natürlich sehr komisch«, sagte er.

»Komisch? Einfach lächerlich. Ich muss doch irgendeinen Grund haben, wenn ich die Wahrheit von Ihnen hören will, und ohne Grund verspreche ich Ihnen doch auch nicht, dass ich keine Anklage gegen Sie erheben will. Nehmen Sie doch Ihren Verstand zusammen und sagen Sie mir, warum ich mir so viel Mühe geben sollte, wenn nichts dahintersteckt.«

Lammers vermied es, ihn anzusehen.

»Es kommt mir wirklich komisch vor«, wiederholte er.

»Dann lachen Sie doch wenigstens«, brummte Elmer.

Harry Lammers achtete aber nicht auf ihn. Er legte die Stirn in Falten und schaute auf die Tischplatte. Offenbar dachte er tief nach, um zu einem Entschluss zu kommen.

»Nun gut, Chef, die Wette gilt«, sagte er nach einer Weile. Er streckte die Hand aus, und Hagedorn ergriff sie. Mit diesem Händedruck schlossen sie einen Vertrag.

»Ich habe seine Taschen geleert, das gebe ich zu. Ich sah, wie er umfiel und ich hielt ihn für betrunken. Als ich zu ihm kam, wunderte ich mich, dass es ein so vornehmer Mann war.«

»Er lag auf der Seite und hatte das Gesicht von der Laterne abgekehrt, stimmt das?«, fragte Hagedorn.

Lammers nickte.

»Nun erklären Sie mir einmal ganz genau, wie Sie es machten, einen Augenblick.«

Er rief den Beamten Brand.

»Legen Sie sich einmal auf den Boden«, sagte er zu ihm. »Ich möchte den Fall rekonstruieren.«

Brand warf einen bezeichnenden Blick auf Elmer.

»Herr Lammers kann sich doch nicht hinlegen, wenn er eine Verletzung am Kopf hat«, fuhr Hagedorn den Beamten ärgerlich an.

Brand kniete umständlich nieder und legte sich auf den Boden. Harry Lammers trat zu ihm und zeigte, wie er es gemacht hatte. »Also, es war so. Ich öffnete seinen Mantel, sehen Sie, so, und dann steckte ich meine Hand in die innere Tasche ...«

»Links oder rechts?«, fragte Hagedorn.

»Links. Dann habe ich seine Uhr genommen, ich mache das immer mit dem kleinen Finger, sehen Sie, so.«

Seine Hände bewegten sich schnell, und im nächsten Augenblick hielt er Brands Brieftasche in den Fingern. Als er sie herauszog, fiel das Foto eines hübschen Mädchens auf den Boden. Brand nahm es rasch auf und steckte es wieder ein.

»Und dabei ist der Mann verheiratet«, sagte Elmer entrüstet. Brand wurde rot.

»Schon gut, stehen Sie wieder auf«, befahl Hagedorn. Er nahm ein Blatt Papier und schrieb schnell einige Zeilen nieder. Als er fertig war, reichte er Harry Lammers das Schriftstück, der es durchlas und unterzeichnete.

»Warum wollten Sie das denn nun wissen?«, fragte er.

»Was hat das mit dem Mord zu tun?«

Hagedorn lächelte.

»Das können Sie alles in den Abendzeitungen lesen, ich werde dafür sorgen, dass Ihre Fotografie veröffentlicht wird. Lassen Sie den Mann frei, Brand, und ziehen Sie die Anklage zurück. Lammers, morgen früh müssen Sie zum Polizeigericht kommen, aber Sie brauchen nicht auf der Anklagebank Platz zu nehmen.«

»Sie ist das Einzige, was er von den Polizeiberichten bisher kennengelernt hat«, erklärte Elmer im Brustton der Überzeugung.

Lammers reichte dem Kommissar und Elmer verzeihend die Hand.

»Noch eins, Harry«, sagte Hagedorn. »Sie bekommen Ihre Sachen alle zurück, natürlich mit Ausnahme des zusammenlegbaren Stemmeisens, das wir in Ihren Taschen gefunden haben. Ich habe es Ihnen noch nicht gesagt, aber eigentlich wollte ich auch noch eine Anklage wegen versuchten Einbruchs gegen Sie erheben. Nun kann man Ihnen ja gratulieren, dass Sie mit einem blauen Auge davongekommen sind.«

Harry Lammers sah zu, dass er schleunigst auf die Straße kam. Zu Hause legte er sich ins Bett, aber er musste immer noch über Hagedorns sonderbares Verhalten nachdenken. Vergebens bemühte er sich, eine Erklärung dafür zu finden, dass man ihn auf freien Fuß gesetzt hatte. Er wurde von den Methoden der deutschen Polizei irre. Außerdem stellte er noch fest, dass der Kommissar Elmers, den gleichen Vornamen wie er selbst hatte, Harry.

***

18

Als sich Lammers entfernt hatte, rief Hauptkommissar Hagedorn Erwin Müller zu sich.

»Sagen Sie, was macht denn eigentlich die junge Dame, die Sie kennen, in der Klinik?«

»Sie ist Krankenschwester und, ich glaube, auch Doktor Martens Sekretärin«, erwiderte Erwin Müller überrascht. »Sie wollen sie doch nicht etwa noch heute Nacht aufsuchen?«, fügte er ängstlich hinzu.

Hagedorn war sich noch nicht klar darüber.

»Es wäre wohl das Beste. Irgendjemand müssen wir doch mitteilen, dass Doktor Martens entführt wurde, ich meine, jemand, der in der Klinik Bescheid weiß. Außerdem kann sie uns wahrscheinlich helfen.«

»In welcher Weise denn?«, fragte Erwin argwöhnisch.

»Wenn Sie glauben, dass ich sie mitten in der Nacht aufwecken will, um sie einmal im Nachthemd zu sehen, dann irren Sie sich. Ich habe nur den einen Wunsch, das Verbrechen aufzuklären, und vor allem muss ich wissen, wer Martens Freunde sind und ob er Feinde hat. Ich wüsste nicht, wer mir das sonst sagen könnte. Sie kann es, weil sie mit ihm zusammengearbeitet hat. Elmer hat sogar den Eindruck, dass er sich in gewisser Weise in sie verliebt hatte.«

»Das ist der größte Unsinn, den ich je gehört habe«, entgegnete Erwin Müller wütend. »Ich glaube, er hat sich noch nicht zweimal nach ihr umgesehen.«

»Einmal genügt schon für die meisten Männer«, meinte Hagedorn. »Wollen Sie mit mir hingehen und mich der Dame vorstellen?«

»Frieda, ich meine Frau McCartney wird aber sehr erschrecken«, sagte Erwin.

»Nennen Sie sie ruhig Frieda. Das klingt viel freundlicher. Ja, sie wird natürlich einen Schrecken bekommen. Doktor Martens ist ein Mensch, dem man unwillkürlich Sympathie und Zuneigung entgegenbringt.«

»Hat man seine Leiche schon gefunden?«

Hagedorn schüttelte den Kopf, »Wieso Leiche?«

»Er ist sicher nicht tot, trotz der Blutspuren. Wäre er tot gewesen, so hätte ihn Goldmaske nicht mitgeschleppt.«

Die Beethovenstraße war wie ausgestorben, als der zivile Streifenwagen vor Friedas Wohnung hielt, und es dauerte eine Viertelstunde, bis Hagedorn und Erwin den Portier geweckt hatten. Hagedorn zeigte seinen Ausweis, und die beiden stiegen zum ersten Stock hinauf. Das Dienstmädchen hatte einen sehr festen Schlaf, und Frieda McCartney hörte das Klingeln zuerst. Im Morgenrock eilte sie zur Tür.

Erwin Müller stellte den Hauptkommissar Hagedorn vor, und sie führte die beiden in das Wohnzimmer. Etwas erstaunt fragte sie nach dem Grund ihres Kommens. »Ich fürchte, ich bringe Ihnen eine unangenehme Nachricht, Frau McCartney«, begann Hagedorn. Er sprach so niedergeschlagen und traurig, dass sie glaubte, er wolle ihr von der Ermordung Adam Bellmanns erzählen.

»Ich weiß schon alles«, erwiderte sie schnell. »Herr Müller hat es mir mitgeteilt. Wollen Sie wegen des Ringes noch etwas fragen? Ich habe ihn ...«

Hagedorn schüttelte den Kopf und unterbrach sie.

»Nein. Ich wollte Ihnen mitteilen, dass Doktor Martens verschwunden ist.«

Sie sah ihn entsetzt an.

»Sie meinen -- es ist doch nichts passiert?«

»Ich hoffe nicht.«

Erwin hatte den Kommissar bisher zwar für einen sehr gediegenen, aber im allgemeinen, trockenen und fantasielosen Beamten gehalten. Er war daher sehr erstaunt, als Hagedorn mit knappen, gutgewählten Worten seine Geschichte äußerst gewandt und interessant erzählte, ohne eine wichtige Tatsache auszulassen. Frieda hörte ihm gespannt zu. Der Vorfall, von dem er berichtete, erschreckte sie zwar nicht so sehr wie der Tod Bellmanns, aber dafür schmerzte es sie umso tiefer, denn Martens war für sie das Ideal eines aufopfernden, selbstlosen Menschen gewesen.

»Das Traurige ist, dass wir nichts über den Doktor und seine Freunde wissen. Wir haben keine Ahnung, wo wir mit unseren Nachforschungen beginnen sollen. Sie waren doch seine Sekretärin ...«

»Nein, das war ich nicht. Ich habe nur manchmal die Abrechnungen für die Klinik und für das Erholungsheim an der Nordsee gemacht. Auch bei den Vorbereitungen für die Gründung der Lungenfachstation der gleichen Klinik habe ich geholfen.«

Frieda erzählte von den Plänen des Doktors, an der Nordseeküste, in der Nähe von Bremerhaven, eine Lungenheilstätte für die kranken Kinder vom Steintor Viertel einzurichten.

Hagedorn nickte.

»Sie kennen doch die Patienten der Klinik, Frau McCartney? Ist jemand darunter, der etwas gegen Doktor Martens hat? Oder hatte er besondere Freunde unter seinen Angestellten, Mann oder Frau?«

Sie schüttelte den Kopf.

»Er beschäftigte nur wenige Leute. Eine ältere Krankenschwester und gelegentlich eine oder zwei Helferinnen. In der Praxis hatte er auch nur eine ältere Dame und eine Helferin. Er war immer bemüht, die Klinik und das Erholungsheim zu vergrößern, und er wusste sehr wohl, dass das Personal nicht ausreichte. Aber bei seinen geringen Mitteln und der Situation des Personalmangels bei Pflegekräften konnte er nicht mehr Leute einstellen.«

»Hatte er denn keinen Vertrauten unter seinen Angestellten in der Klinik.

Frieda McCartney lächelte, »Bestimmt nicht. Nein, ich wüsste niemanden. Er hatte keine Freunde. Sie glauben doch nicht, dass ihm ein Unfall zugestoßen ist?«

Hagedorn erwiderte nichts darauf.

»Hatte Adam Bellmann eigentlich Freunde?«, fragte er etwas eindringlicher.

Sie dachte angestrengt nach.

»Ja, Er sprach von einem Mann, den er von Südamerika her kannte, aber er nannte niemals seinen Namen. Der einzige andere Mensch, den er zu kennen schien, war der Polizeiarzt Doktor Rudolf.«

Hagedorn schaute sie groß an.

»Wissen Sie das bestimmt?«

Sie nickte und erzählte ihm, wie sich Bellmann benommen hatte, als Doktor Rudolf an jenem Abend in Begleitung mehrerer junger Damen ins Restaurant gekommen war.

»Das gibt allerdings zu denken. Wo konnte er nur Doktor Rudolf kennengelernt haben? Ich kann mir schon vorstellen, wie er dort aufgetreten ist, ich meine, den Doktor. Aber das ahnte ich allerdings nicht.«

Hagedorn schaute lange Zeit nachdenklich auf den bunten handgeknüpften Teppich.

»Ja«, sagte Hagedorn plötzlich. »Natürlich. Ich verstehe jetzt, warum er Doktor Rudolf nicht begegnen wollte.«

Hagedorn warf Erwin einen Blick zu. »Wollen Sie bei Frau McCartney zum Frühstück bleiben?«

Erwin schaute ihn vorwurfsvoll an und schüttelte den Kopf, als wenn er Nein sagen wollte.

»Dann gehen Sie am besten ins Steintor Viertel und warten dort in der Wache auf mich. Ich fahre nur noch ins Präsidium, um ein paar Angaben zu vergleichen. In einer Stunde bin ich dann bei Ihnen und wir schnappen uns Goldmaske.«

***

19

Goldmaske wartete geduldig bis Tagesanbruch. Er hatte sich umgezogen und war nun sicher, dass er kein Aufsehen erregen würde, wenn er mit den anderen Fahrgästen im Ausflugsbus saß. Ein paarmal sah er sich nach seinem gefangenen Doktor Rudolf um, fand ihn aber jedes Mal in friedlichem Schlaf.

Er trat ins Freie hinaus. Aus der Ferne drangen die Geräusche des Straßenverkehrs zu ihm. Bestimmt kontrollierte die Polizei schon seit Stunden jedes Auto, das Bremen verlassen wollte. Die Bremer Polizei besaß intelligente Beamte, die sich alle Vorteile zunutze machten, und es war nicht nur schwer, sondern auch gefährlich, gegen sie zu arbeiten. Weder verachtete Goldmaske die Polizei, noch fürchtete er sie. Es bestand nur geringe Wahrscheinlichkeit, dass er entkommen konnte, aber er wollte doch jede Gelegenheit ausnutzen.

Niemand, der gesucht wurde und von dem man ein Foto oder Steckbrief besaß, hatte jemals Deutschland verlassen können. Vielleicht war es doch dem einen oder anderen gelungen, aber die Polizei gab solche Ausnahmen niemals zu.

Gefahren bedeuteten ihm nichts. Er bereute keine Tat seines Lebens, am wenigsten, dass er Adam Bellmann ermordet hatte. Vielleicht wäre manch einer seiner Bekannten nicht damit einverstanden gewesen, aber er selbst fühlte Befriedigung und Genugtuung über seine Handlungsweise.

Der arme, alte Gregor Wichert. Dem Doktor wollte er noch Wasser und ein paar Kekse zur Erfrischung zurechtstellen. Er bedauerte nur eins, aber daran wollte er nicht denken. Wenn er sein Leben aufgeben musste, war er dazu bereit. Und mit dem Leben gab man auch alle seine Pläne, Hoffnungen und Wünsche auf.

Langsam ging er wieder ins Haus zurück. Er hatte sich eben rasiert, als er Schritte im Flur hörte. Doktor Rudolf war also doch schon wieder zu sich gekommen. Das hatte er allerdings nicht vorausgesehen. Er trat auf die Tür zu, aber im gleichen Augenblick öffnete sie sich, und Hagedorn kam ihm entgegen. Er hatte seine Mütze ins Genick geschoben.

»Ich war so frei, durch ein Fenster einzusteigen. Die meisten stehen ja offen«, sagte er. »Und außerdem verhafte ich Sie, nehmen Sie die Hände hoch«

»Selbstverständlich«, erwiderte Goldmaske. Seine Stimme zitterte nicht. »Doktor Rudolf finden Sie nebenan. Es ist ihm nichts passiert.«

Er streckte die Hände aus, aber Hagedorn schüttelte den Kopf.

»Handschellen sind heutzutage altmodisch geworden. Haben Sie eine Pistole bei sich?« »Nein.«

»Dann wollen wir gehen«, sagte Hagedorn höflich, nahm seinen Gefangenen am Arm und führte ihn in die Dämmerung hinaus.

Im Freien hielt er einen Augenblick an, um seine Leute zu beauftragen, sich um Doktor Rudolf zu kümmern. Dann brachte er Goldmaske zum Streifenwagen.

»Man hat Sie nicht gesehen, aber man hat Sie gehört«, erklärte der Hauptkommissar. »Einer Ihrer Nachbarn hier hat uns alarmiert.«

Goldmaske lachte.

»Ein Auto, das ganz langsam fährt, macht natürlich zu viel Spektakel mit einem defekten Auspuff«, erwiderte er leichthin und ärgerte sich über seine eigene Dusseligkeit.

***

20

Im Präsidium waren noch keine neuen Nachrichten eingetroffen, als Erwin Müller dort hinkam. Um sich die Zeit zu vertreiben, ging er in den Straßen auf und ab und kam auch wieder zu dem Schauplatz des Mordes. Schließlich wandte er sich in Richtung Schildstraße, um vielleicht dort Neuigkeiten zu erfahren. Sofort kam der obdachlose Mann wieder auf ihn zu.

»Hören Sie zu«, sprach er Erwin Müller an. »Ich habe Ihnen etwas zu erzählen.«

»Sagen Sie mir zunächst einmal, wie Sie heißen«, erwiderte Erwin.

Der Alte lachte.

»Ich habe keinen Namen. Meine Eltern haben vergessen, mir einen zu geben. Aber die Leute nennen mich hier meistens »Der Säufer«, weil ich einfach zu viel gesoffen habe.«

»Was wollten Sie mir denn erzählen?«

»Er hat den Doktor Rudolf weggebracht«, flüsterte der Mann in vertraulichem Ton.

»Wer, Goldmaske?«

Der Säufer nickte heftig.

»Ich weiß jetzt alles. Er hat ihn in seinen Wagen gelegt, unten auf den Boden, als er fortfuhr. Niemand hat es gewusst.« Er lachte wieder, als ob er den größten Witz erzählt hätte. »Hauptkommissar Hagedorn weiß nichts davon. All die klugen Beamten der Polizeidirektion wissen es nicht, darüber muss ich lachen.«

Der Kommissar hatte Erwin schon gesagt, dass dieser merkwürdige Mensch manchmal ein klareres Urteil hatte als alle vernünftigen Leute.

»Elmer weiß es.« Der Säufer tippte Erwin mit dem Zeigefinger an, »Der ist gescheiter als alle anderen zusammen. Ich wette, dass er es schon die ganze Zeit gewusst hat, aber er behält alles für sich, bis er die Beweise dafür hat. Der Beamte Brand sagt das auch, aber der hat nicht mehr Verstand als eine Fliege.«

Auf dem Gehsteig kam ihm jemand entgegen.

»Das ist er«, flüsterte der Säufer und schlich sich weg.

Brand war noch so weit entfernt, dass es Erwin fast unmöglich erschien, ihn schon zu erkennen. Der Beamte ging spazieren, um seinen Ärger zu vergessen.

»Sobald diese Geschichte vorüber ist«, beschwerte er sich bei Erwin, »muss ich doch einmal mit Hagedorn sprechen. Hagedorn sollte das wirklich nicht tun. Sie verstehen doch, Müller, dass ein Mann von meinem Rang auf seine Stellung sehen muss. Und wie kann ich das tun, wenn wichtige Verhöre meinen Untergebenen überlassen werden?«

»Was macht Elmer denn jetzt?«

Erwin brauchte nicht erst zu fragen, gegen wen sich der Unwille des Beamten richtete.

»Hagedorn ist ein guter Kerl«, fuhr Brand fort, »einer der besten Leute in der ganzen Mannschaft. Wenn Sie jemals Gelegenheit haben, machen Sie ihm doch eine Andeutung, dass ich Ihnen das gesagt habe. Ich wäre Ihnen dafür wirklich zu großem Dank verpflichtet, Müller. Sie brauchen ja nicht unsere ganze Unterhaltung wiederzuerzählen, aber diese eine Bemerkung können Sie so zufällig einmal einfließen lassen. Er gibt sehr viel auf das, was Sie sagen. Aber Elmer beurteilt er vollkommen falsch. Er denkt sich natürlich nichts bei diesen Dingen. Ich sagte ihm, dass ich die Frau verhören wolle, sobald sie sich soweit erholt habe, dass sie sprechen könne aber nein, Elmer musste das Verhör übernehmen. Elmer kennt sie allem Anschein nach. Aber ich frage Sie, Müller, ist es notwendig, eine Person zu kennen, wenn man sie verhört? Bin ich vielleicht Lammers offiziell vorgestellt worden? Das ist übrigens auch so ein Skandal, den haben sie ohne Weiteres entlassen.«

Erwin langweilte sich bei diesem endlosen Geplapper und schlug vor, wieder auf die Wache zu gehen. Sie kamen in einem interessanten, für Brand allerdings peinlichen Augenblick dort an, denn Lina Wessel hatte sich entschlossen, zu reden.

Sie hatte nicht in das kleine Büro des Inspektors kommen wollen, sondern saß im Vorzimmer. Elmer hatte ihr gegenüber Platz genommen, und der Beamte Schulz hatte seinen Notizblock aufgeschlagen, um ihre Aussagen zu notieren.

»Also, Sie sind Lina Wessel, die Frau von ...?«

Sie wollte gerade antworten, als Hagedorn schnell hereinkam. Ihm folgten zwei Beamte, und zwischen ihnen ging der Mann, den der Kommissar verhaftet hatte.

Lina Wessel sprang auf und starrte den Gefangenen an, der sich wenig aus seiner Verhaftung zu machen schien. Er schaute ruhig um sich, und nichts deutete darauf hin, dass er sich fürchtete.

»Da steht er, das ist er«, rief sie laut und zeigte auf ihn.

»Das ist der Mörder. Du hast ihn getötet, Du hast gesagt, dass Du es tun wolltest, wenn du ihm begegnetest. Und nun hast Du es getan«, sie war sehr aufgeregt.

Hagedorn betrachtete Goldmaske interessiert, aber der Mann schwieg.

»Nicht meinetwegen hast Du ihn gehasst, und weil er mich entführt hat, sondern Deines Bruders wegen, der im Gefängnis saß«, sprach Lina Wessel weiter.

»Ja, das ist richtig«, erwiderte er einfach. »Und wenn Bellmann von den Toten wieder auferstehen könnte, und ich frei wäre, so würde ich ihn noch einmal töten.«

»Hören Sie doch Kommissar«, schrie sie. »Das ist mein Mann, Tom Förster.«

»Nenne mich doch bei meinem wirklichen Namen Lina, ich heiße Tom Martens.« Er wandte sich lächelnd an Hagedorn. »Sie brauchen diese Frau nicht zu verhören. Ich kann Ihnen alles sagen, was Sie zu erfahren wünschen, und ich werde alles aufklären, was Sie noch nicht wissen.«

Erwin Müller stand da, wie in Stein gemeißelt. Er konnte weder sprechen noch sich rühren. Doktor Martens war der Täter. Dieser ruhige, stille Mann ... Goldmaske ... Mörder ... Bankräuber ... Erwin glaubte zu träumen, und doch war alles unerbittliche Wahrheit.

Tom (Doktor) Martens bewahrte seine Fassung. Er spielte mit seiner Uhrkette und sah halb belustigt, halb mitleidig auf die Frau, die er einmal geheiratet hatte. Am Allerwenigsten schien er an seine eigene Lage zu denken:

»Ich hoffe, dass das Abenteuer keine nachteiligen Folgen für Doktor Rudolf, den Polizeiarzt hat«, meinte er. »Ich deutete Ihnen ja schon früher an, dass er mit Kopfschmerzen davonkommen wird. Er hat die ganze Nacht in meiner Garage gelegen, denn ich musste ihn aus einem sehr stichhaltigen Grund aus Ihrem Gesichtskreis entfernen. Er behauptete doch, eine Theorie zu haben, und die war für mich sehr gefährlich, besonders da er so viel redete und nicht gerade allzu viel Verstand besaß. Er war nämlich der Ansicht, dass nur eine Person Bellmann getötet haben könne, und zwar ich. Er hielt die ganze Sache für einen großen Spaß, aber für mich konnte sie sehr unangenehm werden. Als er auf seinem Weg zur Wache in meinem Büro vorsprach und mir das erzählte, erkannte ich sofort die Gefahr. Und ich erkannte auch, dass meine Lebensarbeit in der Klinik, in dem Erholungsheim an der See damit abgeschlossen war. Wie haben Sie eigentlich den Weg zu mir gefunden? Aber vielleicht wollen Sie mir das nicht sagen. Also, es wurde mir klar, dass ich mich nun unter allen Umständen in Sicherheit bringen musste.«

Als er sich umsah, begegnete er Elmers Blick und schüttelte traurig den Kopf.

»Es tut mir leid, dass ich Sie im Hause von Gregor Wichert zu Boden schlagen musste, Elmer. Sie waren der Letzte, dem ich ein Leid antun wollte.«

Zu Hagedorns größter Überraschung grinste Elmer den Doktor freundlich an.

»Es macht nichts. Von Ihnen habe ich es gern angenommen. Ich bin Ihnen deshalb nicht böse«, sagte er freundlich.

»Sie waren ein gefährlicher Gegner«, erwiderte Doktor Martens mit einem leichten Lächeln. »Aber ich konnte Ihnen nicht einen Whisky-Soda mit einem kleinen Schlafmittel vorsetzen wie etwa Doktor Rudolf. Der war auf der Stelle erledigt. Ich gab ihm dann noch eine Spritze und brachte ihn in die Garage. Später fürchtete ich, er könnte mich durch sein Stöhnen verraten. Vielleicht haben Sie es auch gehört. Aber nun quält mich vor allem eine Frage, wie geht es dem alten Gregor Wichert? Hat er es sehr schwer aufgenommen?«

Martens sprach zwar fließend, aber doch irgendwie gehemmt, als ob er einen Zungenfehler hätte. Hagedorn bemerkte zum ersten Mal, dass der Mann ein wenig lispelte.

»Ich glaube, es ist besser, wenn Sie meine Aussagen gleich protokollieren lassen«, fuhr der Doktor fort.

Hagedorn nickte.

»Ich muss Sie auf die Bedeutung Ihrer Angaben aufmerksam machen, Doktor Martens, ich nehme an, dass Sie Ihr medizinisches Examen tatsächlich abgelegt haben?«

»Ja, ich habe mein Diplom. Sie können mir viel vorwerfen, aber nicht, dass ich ein Kurpfuscher bin. Sie können sich darüber Gewissheit verschaffen, in meinem Sprechzimmer finden Sie alle Papiere.«

»Trotzdem muss ich Sie darauf aufmerksam machen, dass alles, was Sie jetzt sagen, bei Ihrem Prozess gegen Sie verwendet werden kann.«

»Das weiß ich wohl.«

Martens sah zu seiner Frau hinüber. Sie war näher an ihn herangetreten und warf ihm einen hasserfüllten Blick zu.

»Dafür kommst Du in den Knast«, sagte sie atemlos. »Wie freue ich mich, dass Dich die gerechte Strafe erreicht.«

»Warum nicht?«, fragte er kühl, wandte sich um und folgte Hagedorn in das kleine Büro.

»Eine anhängliche Frau«, war die einzige Bemerkung, die er über diesen leidenschaftlichen Ausbruch machte. »Die Treue, die sie ihrem unglücklichen Freund beweist, ist beinahe rührend, aber ich kann mich immer noch nicht beruhigen, dass ich dem armen Gregor Wichert so geschadet habe.«

Hagedorn zweifelte nicht an der Aufrichtigkeit dieser Worte. Wer Tom Martens auch sonst sein mochte, auf keinen Fall war er ein Heuchler.

Der Kommissar bot ihm ein Glas Wasser an, aber der Doktor lehnte es ab, setzte sich an den Tisch und bat nur, das Fenster zu öffnen, weil die Luft in dem Raum verbraucht war.

»Sind Sie fertig?«, fragte er.

Der Beamte Schulz nickte. Er hatte einen neuen Notizblock vor sich liegen und hielt den Bleistift schreibbereit in der Hand.

***

21

Doktor Tom Martens setzte sich etwas bequemer in den Sessel.

»Wenn man solche Aussagen macht, fängt man gewöhnlich damit an, die Eigenschaften seiner Eltern aufzuführen und von dem Familienleben zu Hause zu erzählen. Das will ich aber unterlassen«, erzählte Martens weiter.

»Mein Bruder Werner und ich waren schon in früher Jugend Waisenkinder. Ich war noch auf der Volksschule, als Werner nach Amerika ging, um dort sein Glück zu versuchen. Er war ein anständiger Kerl und der beste Bruder, den man sich wünschen kann. Das wenige Geld, das von dem Erlös aus der Praxis meines Vaters noch auf der Bank war, übergab er einem Rechtsanwalt, damit ich eine gute Erziehung erhalten sollte. Ich möchte nur einflechten, dass mein Vater auch Arzt war. Werner fand bald Beschäftigung in Australien und schickte die Hälfte seines Monatsgehaltes pünktlich meinem Rechtsanwalt. Wann er zum Verbrecher wurde, weiß ich nicht, aber als ich fünfzehn Jahre alt war, bekam ich einen Brief von ihm, in dem er mich bat, künftig unter der Adresse von Werner Förster an ihn zu schreiben. Er hielt sich damals in Australien auf. Sein voller Name war

Werner Förster Martens. Ich erfüllte selbstverständlich seinen Wunsch, und kurz darauf schickte er größere Summen auf mein Konto. Ich freute mich sehr darüber, denn ich hatte bis dahin kein Taschengeld bekommen, und meine Kleidung war auch nicht die Beste.

Damals ging ich noch zur Oberschule, und eines Tages besuchte mich ein Rechtsanwalt und fragte, ob ich etwas von meinem Bruder gehört habe. Ich erzählte ihm, dass ich seit einigen Monaten keinen Brief mehr erhalten habe, und er sagte, dass es ihm ebenso gegangen sei. Bevor Werner aufhörte mir zu schreiben, hatte er noch Geld überwiesen. Die Briefe, in denen der Vermögensberater ihm verschiedene Anlagemodelle vorstellen wollte, hatte er jedoch nicht beantwortet. Ich war beleidigt, weil ich meinem Bruder sehr zugetan war und mir gerade in jenen Jahren zum Bewusstsein kam, wie viel ich ihm verdankte. Ich wollte Arzt werden, und nur das Geld meines Bruders ermöglichte es mir, diesen Beruf zu ergreifen.«

Doktor Martens alias Goldmaske, machte eine Pause um ein Glas Wasser zu trinken. Er sprach dann in einem ruhigen Ton weiter:

»Das Geheimnis des Schweigens von Werner klärte sich später auf, als ich auf Umwegen einen Brief von ihm bekam. Er war auf weißem Papier geschrieben, und als ich den Aufdruck las, wäre ich beinahe zusammengebrochen. Werner saß in einem amerikanischen Gefängnis. Er verheimlichte mir nichts. Nach einem Bankraub, bei dem ihm und seinen Freunden eine Millionensumme in die Hände gefallen war, hatte man ihn verhaftet. Er bat mich, so gut an ihn zu denken, wie es mir möglich sei, und schrieb, dass er mir dies alles mitgeteilt habe, damit ich es nicht unvorbereitet von anderer Seite erfahren würde. Ich muss Ihnen aber sagen, dass ich nach dem ersten Schrecken über diese Enthüllung nicht aufgebracht und ärgerlich auf meinen Bruder war. Werner war schon immer mehr oder weniger ein Abenteurer, und in jenem Alter hatte ich eine romantische Ader. Ich verurteilte Verbrechen nicht so, wie vielleicht in späteren Jahren. Im Gegenteil, ich verehrte Werner noch mehr, denn er hatte ja alle diese Opfer für mich gebracht, um mir die Ausbildung und den Aufstieg zu sichern. Ich stellte ihn über alle Menschen, die ich kannte, und das tue ich auch heute noch. Hätte er nicht das Geld für meine Erziehung und für mein Studium beschaffen müssen, so hätte er sich als ehrlicher Mann durchs Leben schlagen können. Und obwohl er es mir nie sagte, bin ich doch davon überzeugt, dass nur ich allein dafür verantwortlich bin, dass er zum Verbrecher wurde.«

»Ich antwortete ihm in einem begeisterten Brief, aber er behielt einen klaren, kühlen Kopf. Als er aus dem Gefängnis kam, schrieb er mir mit nüchternen Worten, dass nichts Bewunderungswürdiges in seiner Lebensweise läge und dass er mich lieber tot sehen möchte als auf einer steilen abschüssigen Rampe.

Ich war sehr fleißig in meinem Beruf und fest entschlossen, das Opfer zu rechtfertigen, das er für mich gebracht hatte. Von Zeit zu Zeit schrieb er mir, aus Städten, deren Namen ich vergessen habe. Offenbar hatte er jetzt einen ehrlichen Beruf. Er teilte mir auch mit, dass er beabsichtige, eine kleine Farm zu kaufen und dass er bereits ein Haus mit einem kleinen Grundstück erworben habe in der Hoffnung, seinen Landbesitz zu vergrößern.

In diesem Brief erfuhr ich auch zum ersten Mal von Adam Bellmann. Mein Bruder schrieb, dass er ein sehr kluger Mensch sei, allerdings auch ein Verbrecher, der ihn beinahe um eine große Summe betrogen hätte. Später habe Bellmann ihn jedoch um Verzeihung gebeten, und sie seien jetzt die besten Freunde.«

Nach einer kleinen Pause sprach er weiter:

Bellmann hatte eine bestimmte Vorgehensweise. Er lieh sich von Leuten Geld unter dem Vorwand, Land zu kaufen, und unterschlug es später. In gewisser Beziehung war er einer der bestinformierten Leute dort drüben, denn er wusste ungewöhnlich gut Bescheid mit Banken und deren Depots. Er selbst war kein Bankräuber, aber er gab den verschiedenen Banden so gute Auskünfte, dass diese mit einem denkbar kleinen Risiko arbeiten konnten und er seinen Teil abbekam.

Es war meines Bruders Wunsch, dass ich zu ihm nach Deutschland kommen sollte, sobald ich mein Examen gemacht hatte. Dann wollte er weitere Pläne mit mir besprechen. Um diese Zeit bat er mich auch, den Namen Förster anzunehmen, und verschaffte mir einen Pass und ein Schiffsticket auf diesen Namen. Es war nur unangenehm, dass mein Examen am Freitag zu Ende ging und ich am folgenden Sonnabend nach Deutschland abfahren musste, sodass ich das Resultat der Prüfung nicht mehr erfahren konnte. Ich verabredete daher mit dem Direktor des Internats, mir die Zeugnisse an die Adresse meines Bruders nachzuschicken. Inzwischen hatte ich auch einen Vorwand für die Änderung meines Namens gefunden, und alles schien gut zu gehen.

An Sonnabendnachmittag war ich an Bord des Schiffes nach Deutschland. Meine Stimmung war so enorm positiv wie noch nie vorher in meinem Leben.

Bei der Abfahrt hatte ich Lina Wessel schon gesehen. Einige Tage später kam ich aber erst mit ihr ins Gespräch, und in Colombo gingen wir zusammen an Land. Sie war sehr schön, temperamentvoll und sie reiste wie ich nach Deutschland, um dort eine seriöse Anstellung zu finden. Wenn ich es jetzt überlege, muss ich sagen, dass sie viel zu jung dazu war, und später habe ich auch erfahren, dass sie nur in der Hoffnung hinfuhr, auf leichte Weise Geld zu verdienen.

Ich sprach wenig über mich selbst und sagte nur, dass ich Student der Medizin sei. Aber aus irgendeinem Grund hielt sie mich für einen reichen jungen Mann oder nahm wenigstens an, dass ich reiche Verwandte habe. Vielleicht hatte sie auch herausgefunden, dass ich viel bares Geld bei mir trug, denn ich hatte mir einiges zusammengespart. Ich wollte meinem Bruder eine Freude machen und ihm dieses Geld zurückzahlen.

An Bord eines Schiffes ist man auf engem Raum zusammen, und aus einer flüchtigen Bekanntschaft wird leicht leidenschaftliche Liebe. Wir waren kaum fünf Tage wieder auf dem Meer, da hatte sie mich schon vollkommen in der Hand, und wenn sie mir damals gesagt hätte, ich solle über Bord springen, so hätte ich es getan. Ich betete sie an, ich liebte sie über alles, und sie liebte mich. Das erzählten wir uns wenigstens. Ich will mich nicht über sie beklagen oder ihr Vorwürfe machen. Ich will auch kein Wort sagen, das sich ihr Leben noch härter gestalten könnte, aber ich muss erklären, warum sie im Steintor Viertel wohnt. Sie hat nur einen Mann in ihrem Leben wirklich, geliebt, und das war Adam Bellmann. Ich erzähle Ihnen das ohne Bitterkeit und Hass, wenn sie sich auch den schlechtesten Mann ausgesucht hat, mit dem sie jemals in Berührung kam.

Über den Rest der Reise ist nicht viel zu berichten. Ich war manchmal begeistert und voll Hoffnung, manchmal verzweifelt und niedergeschlagen. Vor allem aber war ich gespannt, was Werner zu meiner Absicht sagen würde, ein vollkommen fremdes Mädchen zu heiraten, obwohl ich erst am Beginn meiner Karriere stand und noch kein Geld verdiente.

Werner holte mich am Pier in Bremerhaven ab, und ich stellte ihm Lina vor. Als ich später im Hotel mit ihm sprach, nahm er zu meinem größten Erstaunen die Nachricht ruhig auf.

»Du bist zwar noch ziemlich jung«, meinte er, »aber vielleicht ist es gerade das richtige für Dich. Hätte ich früher geheiratet, so hätte sich mein Leben wahrscheinlich auch anders gestaltet. Oder willst Du vielleicht doch lieber noch ein Jahr warten?«

Ich verneinte sofort, und schließlich willigte er ein.

Wie schlecht es meinem Bruder in finanzieller Hinsicht ging, erfuhr ich erst später zufällig. Er hatte sein Anwesen verkaufen müssen und war im Augenblick in Deutschland ohne Arbeit. Der Aufenthalt im Gefängnis hatte ihn natürlich mit allen möglichen zweifelhaften Personen und Charakteren in Verbindung gebracht, aber bis jetzt hatte er allen weiteren Versuchungen widerstanden und sich auf ehrliche Weise durchgeschlagen.

Werner war nicht willensstark, sondern in gewisser Weise ein Schwächling, weil er gewöhnlich den leichtesten Weg wählte. Aber er hatte ein unendlich gutes Herz. Er schenkte mir zur Hochzeit fünfhundert Euro, aber ich wurde dadurch nicht glücklicher, denn ich hatte in der Zeitung gelesen, dass wieder eine Bank überfallen wurde. Eine große Summe war den Räubern dabei in die Hände gefallen. Ich sagte Werner auf den Kopf zu, dass er daran beteiligt gewesen sei, aber er lachte mich aus.

Ein paar Tage nach der Hochzeit fasste ich einen Entschluss. Ich ließ Lina im Hotel und suchte Werner in einem Restaurant auf, wo er mit Adam Bellmann zusammensaß. Bei der Gelegenheit lernte ich diesen Verbrecher persönlich kennen. Als er nach einiger Zeit den Raum verließ, nahm ich die Gelegenheit wahr und machte meinem Bruder den Vorschlag, ihm bei seinen gefährlichen Unternehmungen zu helfen.

»Du bist wahnsinnig«, sagte er, als er begriff, was ich wollte. Ich glaube, er hat recht gehabt, aber ich bestand auf meinem Vorhaben.

»Du hast jahrelang das Risiko auf dich genommen, und Du warst meinetwegen im Gefängnis. Lass mich Dir doch helfen.‹

In diesem Augenblick kam Adam Bellmann zurück, und ich merkte bald, dass mein Bruder ihm volles Vertrauen schenkte.

»Warum willst Du denn nicht darauf eingehen, Werner?«, fragte er. »Es ist doch viel besser, als irgendeinen Fremden mitzunehmen. Dein Bruder ist außerdem ein Gentleman, und niemand würde vermuten, dass er an einer solchen Sache beteiligt sein könnte.«

»Mein Bruder war zuerst wütend, aber nachher beruhigte er sich. Wie ich schon gesagt habe, er hatte keinen starken Charakter, aber ich kann ihn deswegen nicht tadeln. Und hätte er es mir abgeschlagen, so hätte ich sicher auf eigenes Risiko versucht, bei einer Bank einzubrechen.«

Martens machte wieder eine kleine Pause und trank zwei Gläser Wasser. Er erholte sich schnell:

»Wir gingen alle drei zum Hotel zurück, und ich stellte Adam Bellmann meiner Frau vor. Er sah damals sehr gut aus und verstand es glänzend, mit Frauen umzugehen. Je weniger Charakter sie hatten, desto größeren Einfluss schien er auf sie auszuüben.«

»Ich bemerkte auch sofort, wie stark sie sich zu ihm hingezogen fühlte. Am nächsten Tag ging ich aus, um weitere Einzelheiten mit Werner zu besprechen, und als ich zum Hotel zurückkam, erfuhr ich, dass Bellmann schon mit Lina zu mittaggegessen hatte. Von da ab waren die beiden immer zusammen. Ich fühlte keine Eifersucht, denn der erste Liebeswahn war verflogen, und ich hatte erkannt, welch großen Fehler ich gemacht hatte.«

»Natürlich wollte ich nicht mit Bellmann in Differenzen kommen, glauben Sie mir Herr Kommissar. Ich wusste, dass er verheiratet war und seine Frau in England gelassen hatte. Tatsächlich war er schon verheiratet, bevor er die jetzige Frau Lange kennenlernte und sich mit ihr trauen ließ. Diese Dame kam übrigens zu mir, bevor ich Bellmann tötete, und sie erzählte mir, aber das hat noch Zeit.«

»Werner willigte schließlich ein, dass ich ihm bei einem Bankeinbruch helfen solle.

Unser Unternehmen hatte Erfolg. Einen Bericht darüber habe ich in ein kleines Notizbuch geschrieben, das in meinem Schlafzimmer in der Klinik liegt. Genau auf die Minute erschienen wir mit goldenen Masken vor den Angestellten in der Bank. Ich hielt den Kassierer und seinen Assistenten mit einer Pistole, einer Attrappe natürlich, Herr Hauptkommissar, in Schach, während Werner hinter den Schalter ging und das Geld aus dem offenen Safe in die mitgebrachte Tragetasche packte. Wir hatten die Stadt bereits verlassen, bevor die Polizei aus ihrem Mittagsschlaf alarmiert wurde. Auf einem großen Umweg kamen wir wieder nach Bremen zurück, und am Nachmittag waren die Zeitungen schon voll von dem Raub. Die Bank hatte fünftausend Euro als Belohnung für die Hinweise zur Ergreifung der Täter ausgesetzt, und die Polizei machte bekannt, dass allen an dem Einbruch beteiligten Personen eine Strafminderung gegeben würde, wenn sie als Kronzeugen aufträten. Werner machte ein sehr niedergeschlagenes Gesicht, als er das las. Er kannte Adam Bellmann besser als ich.«

»Wenn er die Belohnung und außerdem Straffreiheit erhält, sind wir erledigt, meinte er. Er erkundigte sich telefonisch bei der Redaktion einer Zeitung und erfuhr, dass die Belohnung auch einem Komplizen ausgezahlt würde.

Hole sofort deine Frau, Tom, befahl er mir. Wir müssen die Stadt gleich verlassen. Ich eilte zu dem Hotel, aber Lina war ausgegangen. Der Portier erzählte mir, dass sie mit Adam Bellmann zu den Pferderennen gefahren sei. Ich kehrte zu Werner zurück und erzählte es ihm.

Dann sieht er vielleicht die Zeitungen erst, wenn die Rennen vorbei sind. Das ist unsere einzige Chance. Lass Lina einen Brief und Geld zurück. Schreibe ihr, du würdest ihr später mitteilen, wohin sie kommen soll, war Werners Antwort.

Im Hotel packte ich rasch einige Sachen zusammen und schrieb den Brief, wie Werner mir geraten hatte. Als ich aus dem Fahrstuhl in die Halle trat, sah ich den Chef des Geheimdienstes, vor mir. Ich wusste, was die Uhr geschlagen hatte, als er mir den Koffer aus der Hand nahm und ihn einem anderen Herrn übergab, der ihm folgte.

Zahlen Sie Ihre Hotelrechnung, Tom. Das wird allen Beteiligten einige Unannehmlichkeiten ersparen, war seine Aussage.

Er ging mit mir zum Hotelbüro, und ich beglich meine Rechnung. Dann nahm er mich mit zur Polizeiwache. Werner war schon eingeliefert worden. Sie hatten ihn sofort verhaftet, nachdem ich ihn verlassen hatte, und ich erfuhr später, dass man mich zum Hotel verfolgt hatte. Sie warteten nur, bis ich meinen Koffer gepackt hatte, denn es gehörte dazu, die Leute, die im Hotel verhaftet wurden, erst ihre Rechnung zahlen zu lassen. Die Polizei fand nicht das ganze Geld, denn Werner hatte viertausend Euro versteckt. Bellmann hatte uns natürlich verraten. Er war nicht zu den Rennen gegangen, sondern saß im Polizeipräsidium und wurde später zugezogen, um uns zu identifizieren. Werner sagte nichts, er sah ihn nicht einmal an. Er war vollkommen gebrochen und niedergeschlagen. Aber ich schaute Bellmann an, und ich glaube, er fühlte schon damals, dass der Tag der Abrechnung kommen würde. Werner wurde zu acht, ich zu drei Jahren Zuchthaus verurteilt. Ich sah meinen Bruder dann nur noch einmal in dem Gefängniskrankenhaus, in dem er starb. Er war damals schon so krank, dass er mich nicht mehr erkannte. Der Chef vom Geheimdienst war auch dort, denn er wollte sehen, ob er nicht noch eine Nachricht über die viertausend Euro erhalten könne, die nicht aufzufinden waren. Kurz bevor ich in meine Zelle zurückgebracht wurde, trat er auf mich zu und erklärte mir, dass mir ein Jahr meiner Strafe erlassen würde, wenn ich das Versteck des Geldes angeben würde. Ich fühlte mich so elend, dass ich ihm das Geheimnis beinahe verraten hätte. Im letzten Augenblick überlegte ich es mir aber noch und sagte nur die halbe Wahrheit. Zweitausend Euro waren nämlich an einer Stelle versteckt, zweitausend an einer anderen. Das Geld wurde entdeckt, und eine Woche später entließ man mich. Ich blieb dann noch einen Monat lang in Bremen. Nach Lina Wessel brauchte ich mich nicht mehr zu erkundigen, denn ich wusste bereits, dass sie mit Bellmann nach England gegangen war. Auch im Gefängnis erhält man allerhand Nachrichten. Ich hatte die feste Überzeugung, dass ich früher oder später wieder mit Bellmann zusammentreffen würde. Aber sonderbarerweise hielt ich mich immer an Werners Warnung und kaufte niemals eine echte

Pistole, selbst während ich auf Rache sann. Alle Post, die aus England für mich ankam, ging damals an eine bestimmte Adresse in Bremen, und als ich sie dort abholte, fand ich unter den Briefen einiger Freunde auch ein großes, langes Kuvert.

Im Gefängnis dachte ich in der ersten Zeit manchmal darüber nach, wie wohl mein Examen ausgefallen sein mochte, aber später verlor ich das Interesse daran, da mir doch eine ehrliche Karriere versagt zu sein schien. Nach dem Bekanntwerden meiner Verurteilung würde ich von der Liste der Ärzte gestrichen werden. Ich überlegte mir nicht, dass die australischen Behörden nichts von einem Martens wussten, sondern nur einen Tom Förster kannten. Erst als ich den Briefumschlag öffnete und die Zeugnisse herauszog, kam mir dieser Gedanke. In England war ich immer noch Doktor Martens, ein Mann, der sein Examen gut bestanden hatte. Ich könnte sofort mit einer Praxis beginnen. Diese Aussichten gaben mir neuen Mut, denn ich war von meinem Beruf begeistert. Ende September kam ich dann wieder in Bremen an. Ich hatte den Plan, eine Kinderklinik zu gründen, denn ich liebe Kinder über alles. Sie kennen ja mein Institut im Steintor Viertel. Von Anfang an hatte ich viele Patienten, sie kamen jedoch aus den untersten Volksschichten, und ich verdiente nicht viel. Die Arbeit war sehr interessant, und ich hatte noch genügend Geld, um mich unter gewöhnlichen Umständen zwei Jahre halten zu können.

Aber eines Tages geschah das Unglück, als Lina Wessel zu mir kam. Ich hatte sie vollständig vergessen, sie war aus meinem Leben und aus meinem Gedächtnis gestrichen. Auch die Erinnerung an Adam Bellmann war verblasst. Im ersten Augenblick erkannte ich sie nicht einmal. Aber dann lächelte sie mich an, und mein Herz wurde schwer.

Was willst du?, fragte ich sie. Sie war ärmlich gekleidet und wohnte damals bei Herrn Albert, und sie sagte mir, dass sie die Miete schon vier Wochen schuldig geblieben sei. Warum sollte ich ihr denn Geld geben, selbst wenn ich es hätte?

Wenn du mir das Geld nicht gibst, brauche ich ja nur zu sagen, dass du im Gefängnis gesessen hast. Dann ist es mit deiner Praxis vorbei, erwiderte sie.

Von dieser Zeit an hat sie mich erpresst. Durch ihr Dazwischentreten wurden alle meine Besprechungen über den Haufen geworfen. Ich hatte Lampen, Bettgestelle und Instrumente bestellt und konnte nun meinen Verpflichtungen nicht mehr nachkommen.

Wenn ich sie hätte auffordern können, das Steintor Viertel zu verlassen, hätte ich wenigstens etwas Ruhe. Aber obwohl ich ihr jede Woche eine größere Summe gab, konnte ich sie nicht bewegen, nach dem Westen zu ziehen. Jetzt im Nachhinein denke ich, ich hätte sie ja nur auf den Strich schicken brauchen, dann hätte ich auch Geld zur Verfügung. Doch dieser Gedanke kam mir nicht.

Warum sie sich weigerte, eine andere Wohnung zu nehmen, wusste ich nicht, bis mir eines Tages blitzartig die Erklärung kam. Sie glaubte, dass ich früher oder später mit Adam Bellmann zusammenstoßen würde, und sie wollte in der Nähe sein, um mich zu beobachten und ihrem Liebhaber das Leben zu retten. Vielleicht hatte sie eine Vorahnung, darüber will ich nicht urteilen. Es schien nicht die geringste Möglichkeit zu bestehen, dass ich Adam Bellmann noch einmal begegnen würde. Selbst wenn er wieder in Bremen auftauchte, würde er ausgerechnet in die abgelegene, traurige Gegend vom Steintor Viertel kommen?

Und doch gibt es merkwürdige Zufälle im Leben. Der erste Arzt, den ich traf, als ich in diesen Bezirk kam, war Doktor Rudolf der Polizeiarzt. Und Adam Bellmann hatte öfter von diesem Mann gesprochen, denn Doktor Rudolf war auch Anstaltsarzt in dem Gefängnis, in dem Bellmann eine zweijährige Strafe absaß. Ich erinnerte mich sofort an den Namen. Bellmann hasste ihn, weil er auf Doktor Rudolfs Veranlassung eine Zusatzstrafe bekommen hatte. Er hatte ihn mir auch so genau beschrieben, dass ich ihn sofort erkennen konnte.

Ich musste immer mehr Gelder für die Klinik aufbringen, denn ich war ehrgeizig und wollte sie vergrößern. Auch Lina forderte ständig mehr von mir.

Ich weiß nicht, wie ich auf den Gedanken kam, aber wahrscheinlich fasste ich den Plan, als mir der alte Gregor Wichert seinen Kummer anvertraute. Er konnte seinen Beruf als Taxifahrer nicht mehr ausüben, weil er fast blind geworden war. Der Mann tat mir leid. Ich dachte darüber nach, wie nützlich ein Taxi war und wie leicht ich mich als Gregor Wichert verkleiden konnte. Ein Gedanke jagte den anderen, und als der Plan schließlich greifbare Gestalt gewann, packte mich eine fast fieberhafte Erregung. In meiner Jugend hatte ein Märchen großen Eindruck auf mich gemacht, in dem ein alter Wegelagerer die Reichen beraubte, um ihre

Schätze den Armen zu geben. Und der Gedanke faszinierte mich, von den wohlhabenden Leuten, die meine Bitten zur Unterstützung meiner Klinik ignoriert hatten, einen gewissen Betrag einzutreiben.

Ich plante meine Unternehmungen sehr vorsichtig, brachte die Nächte im Steintor Viertel zu und beobachtete die Lokale und ihre Gäste. Mein erstes Abenteuer bereitete ich besonders sorgfältig vor. Um Gregor Wichert zu überreden, erfand ich einen früheren Sträfling, der in Bremen keinen Führerschein bekommen konnte, aber ein sehr guter und vorsichtiger Taxifahrer sei. Ich mietete für ihn das Zimmer in Gregors Haus und bereitete dem Alten dadurch eine große Freude. Keinem anderen Menschen hätte er je erlaubt, mit seinem Wagen zu fahren, denn er ist sehr stolz auf seinen Ruf als ehrlicher und zuverlässiger Taxifahrer. Nur der Gedanke, dass jemand, der ihm äußerlich aufs Haar glich, für ihn auftrat und die alte Tradition aufrechterhielt, sagte ihm außerordentlich zu.

Der erste Überfall, den ich machte, gelang fast zu leicht. Ich fuhr in die Nähe eines vornehmen Restaurants, ging einfach hinein, hielt die Anwesenden durch meine Pistole in Schach und nahm einer Dame den Schmuck ab. Ich bedaure das durchaus nicht. Sie ist dadurch nicht viel ärmer geworden.

Durch meine Berührung mit den Ärmsten der Armen kam ich auch in Kontakt mit der Unterwelt und lernte einen Hehler in Holland, einen anderen in England kennen. Diesen Leuten verkaufte ich die Steine, und mein erster Beutezug genügte, um die Klinik neu auszustatten. Außerdem konnte ich an die Gründung des

Erholungsheims in der gleichen Klinik denken. Aber ich hatte nicht mit Lina gerechnet. Sie hatte den Bericht über den Überfall gelesen, stellte mir nach und beobachtete mich. Nach einiger Zeit hatte sie herausgefunden, dass ich der Verbrecher mit der goldenen Maske war, und verlangte ihren Anteil, ansonsten wollte sie mich auffliegen lassen.

Mein zweites und mein drittes Unternehmen verliefen noch erfolgreicher als das erste. Ich beteiligte Lina, und sie lebte in größerem Luxus als jemals zuvor in ihrem Leben.

Im Verlauf meiner Tätigkeit hatte ich das Glück, Frau Frieda McCartney zu finden, die mich aus reiner Begeisterung für meine Arbeit unterstützte und die Stelle einer ersten Krankenpflegerin bei mir versah.

Von Adam Bellmann hatte ich nichts gesehen. Ich hatte keine Ahnung, dass er in Deutschland war und dass Lina ihn getroffen hatte. Zufällig erfuhr ich durch Frau Lange von seiner Anwesenheit. Sie war in einer so verzweifelten Verfassung, dass sie mir alles anvertraute, was sie quälte, und sie erzählte mir auch von dem Mann, der sie erpresste. Es war Adam Bellmann. Aber diese Nachricht hatte mir die Ruhe vollkommen geraubt, und ich konnte kaum noch zusammenhängend denken. Der alte Hass gegen Adam Bellmann erwachte plötzlich wieder in mir. An seiner großen Narbe unter dem Kinn hätte ich ihn sofort wiedererkannt. Sie rührte von einem Messerstich her, den ihm eine Frau in früheren Zeiten beigebracht hatte. Frau Lange hatte mich kaum verlassen, als ich Stimmen auf der anderen Seite der Straße hörte. Es regnete, und die Gegend war menschenleer.

Ich schaute hinaus und entdeckte einen Mann in Gesellschaftskleidung. Eine Frau eilte auf ihn zu. Er musste in ihrer Wohnung gewesen sein und dort etwas vergessen haben, denn ich hörte, wie er sich bei ihr bedankte. Dann bemerkte ich, dass sie herüberschauten, und wüsste, dass sie ihm bereits mitgeteilt hatte, wer ich war. Aber er ahnte nicht, dass ich ihn auch erkannt hatte.

Nachdem er sie weggeschickt hatte, ging er langsam weiter, und ich wollte ihm gerade folgen, als plötzlich Ludwig Lange auf ihn zustürzte. Ich hörte einen kurzen Wortwechsel, sah, dass Ludwig Lange zuschlug und dass Adam Bellmann zu Boden stürzte. Es gehörte zu seinen Tricks, beim Kampf einen K. O. vorzutäuschen, und auch Ludwig Lange ließ sich täuschen. Er lief davon, und ich verlor ihn aus den Augen.

Ich war noch unentschlossen, was ich tun sollte, als ein Polizist näherkam. Ich konnte also im Augenblick nichts unternehmen.

Dann erhob sich Adam Bellmann, wischte den Schmutz von seinem Mantel und ging dem Beamten entgegen. Der Polizist unterhielt sich kurz mit ihm und ging dann weiter. Gleich darauf stürzte Adam Bellmann zu Boden, als ob ihn ein Schuss getroffen hätte.

Ich wusste genau, was geschehen war: Er hatte einen Herzkrampf. Aus rein beruflichem Interesse wollte ich gerade zu ihm eilen, als ein Mann über die Straße ging und sich über ihn beugte. Der Polizist drehte sich gerade um und sah es. Er sprang sofort auf die beiden zu, und ich folgte ihm. Plötzlich sah ich einen Schlüsselbund zu meinen Füßen, hob ihn auf und steckte ihn ein. Der Mann, der Adam Bellmanns Taschen durchsucht hatte, war ein bekannter Dieb, ein gewisser Harry Lammers. Er sah den Polizisten und lief davon, aber der Beamte hatte ihn bald eingeholt. Während die beiden miteinander kämpften, kam ich näher und sah ein Messer neben Adam Bellmann liegen, das ihm aus der Tasche gefallen sein musste. Und da kam es plötzlich über mich. Ich sah diesen gemeinen Menschen, diesen Lügner, diesen Verräter vor mir, der für den Tod meines Bruders verantwortlich war. Ich kann mich nicht erinnern, dass ich zustieß, aber als ich im nächsten Augenblick wieder zu mir kam, bemerkte ich, dass sich Adam Bellmann nicht mehr rührte. Er war sofort tot. Es war das Echo der Rache.«

»Der Polizist war noch mit Harry Lammers beschäftigt, und ich steckte das Messer in die Tasche. Es fiel später nicht weiter auf, dass ich blutige Hände hatte, da ich Adam Bellmann ja als Arzt untersucht hatte. Niemand verdächtigte mich, im Gegenteil, ein Polizist brachte mir noch Wasser, damit ich meine Hände waschen konnte. Ich habe die Tat nicht bereut, und ich bereue sie auch jetzt nicht. Ich bin froh, ja ich bin stolz, dass ich diesen Schuft bestrafen konnte.«

»Später kam Doktor Rudolf, der nicht gerade sehr intelligent ist. Aber manchmal finden selbst solche Leute die Lösung auf eine schwierige Frage. Kommissar Elmer hatte mich auch im Verdacht, das wusste ich von Anfang an. Aber gefährlich wurde die Sache erst, als Lina plötzlich auf der Bildfläche erschien. Instinktiv ahnte sie sofort das Richtige. Sie hatte nur gehört, dass ein Mann ermordet worden war, und bahnte sich nun einen Weg durch die Menge.

Sie sah mich nicht. Aber ich wusste, dass sie mich beschuldigen würde, und überlegte, wie ich sie daran hindern konnte. Glücklicherweise wurde sie ohnmächtig, und ich erhielt den Auftrag, sie zur Wache zu bringen. Hier bot sich eine günstige Gelegenheit für mich. Ich ließ bei einer Apotheke anhalten und schickte den Polizisten, der uns begleitete, hinein, um eine Medizin zu holen. In den kurzen Augenblicken, in denen ich mit ihr allein war, gab ich ihr eine Morphiumspritze. Ich hatte eine gefüllte Spritze bei mir, weil ich zu einer Entbindung gerufen worden war. Als der Polizist zurückkam, hatte sie bereits gewirkt. Später machte ich auf der Wache eine zweite Injektion und versteckte die Spritze dann in ihrer Handtasche. Auf diese Weise konnte ich ihren Zustand leicht erklären. Ich hätte ihr auch noch eine Dritte und eine Vierte gegeben, wenn mich der Arzt im Krankenhaus zu ihr gelassen hätte. Nun musste ich aber auch noch Doktor Rudolf zum Schweigen bringen.

Ich freute mich schon, als ich hörte, dass er ins Bett gegangen sei, und war deshalb sehr erstaunt, als er auf dem Weg zur Polizeiwache später an mein Fenster klopfte. Er erzählte mir dann, wie er sich die Sache erklärte.

Er sagte, dass Adam Bellmann in der Zeit ermordet worden sein musste, in der der Polizist Harry Lammers verhaftete. Er zog dieselben Schlussfolgerungen wie Sie, Herr Hauptkommissar, und Harry Lammers hätte Ihnen Ihre Aufgabe sehr erleichtern können, wenn er gleich die Wahrheit gesagt hätte. Es war ja klar, dass Adam Bellmann nicht ermordet werden konnte, solange der Dieb seine Taschen durchsuchte. Sonst wären seine Hände und die Brieftasche doch blutbefleckt gewesen. Von diesen Tatsachen ging auch Doktor Rudolf, der Polizeiarzt aus. Im Scherz sagte er, ich müsse der Mörder sein, und zeigte auf verschiedene Blutflecken an meiner Hose, die nur in dem Augenblick dorthin gekommen sein konnten, in dem Adam Bellmann erstochen wurde. Doktor Rudolf musste also unter allen Umständen zum Schweigen gebracht werden. Ich lud ihn zu einem Whisky-Soda ein und lenkte seine Aufmerksamkeit dadurch ab, dass ich ihm eine neue Lampe zeigte. Inzwischen mischte ich ein Schlafmittel in das Getränk. Er merkte nichts und sank kurz darauf bewusstlos zu Boden. Ich gab ihm eine Morphiumspritze und trug ihn dann in die Garage.

Es war höchste Zeit, dass ich fortkam, aber wenn ich reisen wollte, brauchte ich Geld, Fahrkarten und Pass, also Dinge, die ich nicht besaß. Von Inga Lange hatte ich erfahren, dass ihr Mann Vorbereitungen zur Flucht ins Ausland getroffen hatte und eine große Summe in seinem Schreibtisch verwahrte. Das war meine einzige Chance. Ich fuhr sofort dorthin. Ich vermutete, dass das Haus bewacht wurde, aber der Mut der Verzweiflung hatte mich gepackt. Glücklicherweise stand im Hof kein Polizist, und ich fand eine Feuerleiter, auf der ich in die Wohnung einsteigen konnte. Ich besaß alle Schlüssel.

»Auf dem Schlüsselring waren der Name Lange und die genaue Adresse eingraviert, wie kann man nur so dumm sein. Als ich die Tür leise hinter mir zugezogen

251

hatte, hörte ich plötzlich eine Frauenstimme. Ich habe ein gutes Gedächtnis für Stimmen und erkannte Inga Lange sofort, die noch vor wenigen Stunden in meinem Sprechzimmer gesessen hatte. Ich verhielt mich ganz ruhig und fürchtete, sie würde im nächsten Augenblick in die Diele kommen und Licht machen. Aber sie ging in ihr Zimmer zurück, und ich suchte schnell ein Versteck. Nach kurzer Überlegung wagte ich es, eine gegenüber liegende Zimmertür zu öffnen, und fand den Raum leer vor. Der Schlüssel steckte auf der Innenseite, und ich drehte ihn um. Kurz darauf kam Ludwig Lange selbst, und ein paar Minuten später hörte ich zu meinem Entsetzen auch die Stimmen von Kommissar Brand und Kommissar Elmer. Aber wieder begünstigte mich das Glück, denn die beiden Beamten entfernten sich mit den Langes.

Nun nahm ich rasch Geld, Fahrkarten und Pässe an mich, aber Elmer kam ein paar Augenblicke zu früh in die Wohnung zurück. Ein Schlagring war die einzige Waffe, die ich bei mir hatte, und ich musste diesen in einem Augenblick höchster Gefahr anwenden. Es tat mir unendlich leid, dass ich gerade den Mann verletzte, den ich stets als einen Freund betrachtet hatte.

Als ich zu meiner Klinik zurückkehrte, erwartete mich eine andere Gefahr. Doktor Rudolf kehrte langsam zum Bewusstsein zurück. Ich hörte ihn stöhnen und gab ihm eine zweite Spritze.

Nun hatte ich eine Chance zu entkommen. Ich war mit meinen Vorbereitungen fertig und fuhr den Wagen aus der Garage, als der Beamte Brand plötzlich anrief, dass Sie zu mir kommen wollten. Nun hing meine Rettung nur noch an einem Seidenfaden, und unter dem Druck der Verhältnisse erfand ich im Augenblick die Geschichte von dem angekündigten Besuch der Goldmaske. Wie mir die Durchführung gelang, wissen Sie. Ich muss nur noch erwähnen, dass ich unter meiner Schreibtischplatte seitlich eine Klingel habe. Damit gebe ich immer das Zeichen, wenn der nächste Patient hereinkommen kann. Alles andere war nachher leicht.«

***

22

Doktor Martens lehnte sich in seinem Sessel zurück. Ein trauriges Lächeln spielte um seine Lippen.

»So, Herr Hauptkommissar, jetzt können Sie mich wegen mehrfachem Mord verhaften, und meinetwegen auch wegen Erpressung. Nach diesem ausführlichen Geständnis hoffe ich auf eine milde Strafe.«

»Wieso wegen Erpressung«, wollte Hagedorn wissen.

»Ach ja, das wissen Sie wahrscheinlich noch nicht. Ich hatte schon vor ein paar Jahren ein florierendes Unternehmen in Richtung Erpressung und habe mich als Redakteur bei einer Hamburger Zeitung einquartiert. Dort hatte ich auch schon diese Maske getragen. Sie wissen doch, der Skandal mit der Schönheitsklinik und dem alten Schloss. Fragen Sie einfach Erwin Müller oder Ihren Hamburger Kollegen Hauptkommissar Thalheimer. Es wurden alle Beteiligten gefasst und verurteilt. Ich hatte das Glück mich erst über London, Holland und dann nach Bremen abzusetzen und nicht gefasst zu werden.«

»Mir ist der Fall bekannt«, antwortete Hagedorn, »aber nicht das Sie daran beteiligt waren.«

»Na ja, ist ja jetzt auch egal. Sind Sie müde, Doktor?«, fragte Hagedorn weiter.

»Ja, sehr, sehr müde.«, antwortete Doktor Martens.

»Ich habe noch gar nicht gewusst, dass Sie lispeln«, fügte Hagedorn noch hinzu.

Martens überhörte die Bemerkung.

»Erzählen Sie mir doch, wie Sie an die Nordseeküste kamen«, bat Doktor Martens. »Ach, jetzt weiß ich es. Sie haben Frieda McCartney aufgesucht, und sie hat Ihnen erzählt, dass ich schon Grund und Boden für das neue Lungenheilzentrum gekauft habe. Deshalb fuhren Sie hin, weil Sie dachten mich dort zu finden.«

Hagedorn nickte.

»Wollen Sie sonst noch etwas wissen?«, fragte der Doktor.

Hauptkommissar Hagedorn überlegte lange.

»Ich glaube nicht. Höchstens könnten Sie mir noch die Namen der beiden Hehler in Holland und England nennen, denen Sie die gestohlenen Steine verkauften.«

Martens schüttelte langsam den Kopf und lächelte dann ironisch, »Das wäre doch gegen die Regel.«

»Der Säufer hat wohl etwas gemerkt? Wusste er es? Oder war er eingeweiht?«

»Er kann sehr gut kombinieren. Sooft ich ihm begegnete, warf er mir einen merkwürdig zu verstehenden Blick zu.«

»Ich habe vorhin erwähnt, dass Sie lispeln, Doktor, früher habe ich das nie wahrgenommen.«

»Ich lisple auch nicht.«

Doktor Martens lehnte sich noch tiefer in den Sessel zurück. »Ich habe auch keinen Sprachfehler. Aber ich bin auf das Unvermeidliche gefasst, und seit den letzten anderthalb Stunden trage ich eine kleine Glasröhre im Mund, die Zyankali enthält.«

»Außerdem habe ich für alle Eventualitäten Vorsorge getroffen«, sprach er weiter. »Zum Beispiel habe ich meine Privatklinik hier im Viertel sowie das Lungenheilzentrum an der Nordseeküste, an Frieda McCartney vermacht. Die notariellen Unterlagen liegen in einem Schließfach meiner Bank. Wenn sie diese dann bitte an Frau McCartney weitergeben würden!«

Er reichte Hauptkommissar eine Notiz mit dem Namen der Bank und der Schließfachnummer.

Wer jetzt gute Ohren hatte, konnte ein leises Knacken wahrnehmen, dass aus der Richtung von Doktor Martens kam. Er hatte das kleine Glasröhrchen durchgebissen.

Drei Beamte warfen sich auf ihn, um eventuell eine Chance zu haben, irgendwie das Schlimmste zu verhindern, aber sie kamen zu spät.

Ein Zucken durchlief Doktor Martens Körper, und ein schmerzhafter Ausdruck erschien auf seinem Gesicht. Dann wurde er steif und bewegte sich nicht mehr.

Hagedorn sah ihn erschüttert an.

»Er hat das Spiel zum Schluss doch noch gewonnen«, sagte er heiser. »Und was für ein Spiel.«

Instinktiv fühlte Hagedorn den Puls des zusammengebrochenen Mannes und bemerkte einen schwachen Rhythmus. Er nahm automatisch sein Handy und rief einen Notarzt. Zwischenzeitlich begann er mit Wiederbelebungsversuchen. Die Atmung des Mannes setzte wieder ein und der Notarzt konnte übernehmen. Doktor Martens wurde ins Klinikum, Links der Weser, gebracht.

Hauptkommissar Hagedorn wandte sich plötzlich ab und verließ den Raum. Ohne Mütze trat er auf die Straße und atmete frische Morgenluft ein.

Ich muss nachher Frieda McCartney anrufen und einen Gesprächstermin mit ihr vereinbaren, um ihr mitzuteilen, falls Doktor Martens sterben sollte, dass sie die Klinik erben würde.

Es dämmerte bereits der neue Tag als der Wecker, wie jeden Morgen um halb sieben klingelte. Hagedorn hatte schlecht geschlafen, vielleicht auch nur eine Stunde, es ist gerade mal halb sieben. Eine Uhrzeit, die man eigentlich dafür nutzen kann, um den Wecker an die Wand zu klatschen.

Er machte sich ein kleines Frühstück mit Rührei und Knäckebrot, hatte aber keinen Appetit und ließ die Hälfte auf dem Teller. Er zog eine Jeans mit einem passend blauen Hemd an und machte sich auf den Weg zum Büro. Als er sein Büro betrat, klingelte schon das Telefon auf seinem Schreibtisch.

»Was ist das für eine Scheiße heute Morgen, was wollen die alle von mir?«, sprach er laut vor sich hin. Er hatte eine besonders schlechte Laune.

Wie in Trance nahm er den Hörer ans Ohr,

»Hauptkommissar Hagedorn hier, ich höre«, grölte er ins Telefon. Er lauschte eine Weile und antwortete: »Danke für die Nachricht, das ist ja eine halbwegs freudige Mitteilung, O. k. ich habe es verstanden, ich melde mich zeitig.« Er legte den Hörer wieder auf.

»Elmer«, brüllte Hagedorn bei geöffneter Tür,

»Kommissar Elmer, kommen sie sofort in mein Büro», »bitte«, fügte er noch hinzu.

»Chef, was ist los«, hechtete Elmer ins Büro.

»Doktor Martens hat überlebt und ist auf dem Weg der Besserung, ich meine gesundheitlich, verstehen Sie Elmer.«

Kommissar Elmer nickte mit einem Lächeln.

»Nur«, setzte Hagedorn seine Ansage fort: »Er wird wahrscheinlich gelähmt bleiben.«

Das Schweigen in dem Raum konnte nicht ruhiger sein. Wer jetzt gute Ohren hat, könnte eine Stecknadel fallen hören. Beide sahen sich mit gemischten Gefühlen von Trauer bis Freude an.

»Da hat das Schlitzohr Martens ja noch mal Glück gehabt«, sagte Elmer kleinlaut.

»Ob das nun Glück ist, sein restliches Leben gelähmt zu sein, mit den Dingen im Hinterkopf, die er verzapft hat, möchte ich bezweifeln«, antwortete Hagedorn mitfühlend.

»In dieser Situation werden wir ihm auch keinen Prozess machen können«, fügte Elmer hinzu.

»Das brauchen wir dann auch nicht, denn er ist schon bestraft genug, wenn er vielleicht nur noch den Kopf bewegen kann«, sagte Hagedorn abschließend.

Hagedorn ging auf Harry Elmer zu und sagte ein bisschen ironisch: »Dann wollen wir ihm doch für seine Genesung alles Gute wünschen.«

Harry Elmer fügte noch hinzu: »Und wir können uns mit den restlichen Ermittlungen ein bisschen Zeit lassen. Er soll sich erstmal ein paar Wochen erholen, und dann sehen wir weiter.«

Sie waren auch beide der Meinung, keinen Beamten vor dem Krankenzimmer postieren zu müssen, denn wie soll ein gelähmter Mensch flüchten?

Was niemand wusste, oder ahnen konnte: Doktor Tom Martens war nicht vollständig gelähmt. Er hatte sich bei der Untersuchung absichtlich so steif gestellt, dass die Ärzte annehmen mussten, er könne seine Gliedmaßen nicht mehr richtig bewegen. Und weil er selbst auch Arzt war, weiß er, wie er etwas vortäuschen muss, um für sich ein positives Resultat zu erzielen..

Von seinem Krankenbett aus dachte er jetzt an seinen vorherigen Plan, und wie er unbemerkt aus dem Krankenhaus verschwinden kann. Sein Plan, vor seiner Verhaftung, war ja schon so gut wie in trockenen Tüchern, er musste ihn jetzt nur von einem anderen Ort aus durchführen.

Nach ein paar arbeitsreichen Tagen beschloss Hauptkommissar Hagedorn zusammen mit Erwin Müller, dem verhafteten Doktor Martens, kurz nach dem Mittagessen, einen Besuch abzustatten. Sie brauchten noch ein paar Informationen um die Akte zu schließen.

Es war allerhand Verkehr an diesem Nachmittag, und vom Viertel, über die Erdbeerbrücke zur Klinik links der Weser zu kommen war etwas langatmig.

Sie fanden aber sofort einen Parkplatz, rauchten noch eine Zigarette und machten sich dann auf den kurzen Weg zum Haupteingang. Eine kleine Schlange von Besuchern stand vor der Information. Auf die Frage in welchem Zimmer Tom Martens liegen würde, bekamen sie die Antwort: »Zimmer sechshundertfünf, sechste Etage.« Der Fahrstuhl war voll und auch ein bisschen eng. Es ist Besuchszeit.

In der sechsten Etage angekommen öffneten sie die Zimmertür und traten ein. Das Bett war leer und das Fenster geöffnet.

»Nein«, rief Hagedorn, »nicht auch noch diese Scheiße.« Erwin sah ihn erschrocken an. Beide sahen aus dem Fenster, aber … da unten lag keiner.

»Das hätte uns noch gefehlt«, brachte Erwin hervor. »Ich werde mal eine Schwester fragen, vielleicht ist er zur Toilette!«

»Gelähmt?«, grinste Hagedorn.

Die Schwester meinte, dass der Patient wahrscheinlich zu einer Untersuchung gebracht wurde, und schaute in der Patientenmappe nach.

»Nein, es ist heute keine Untersuchung vorgesehen«, sagte sie mit einem fragenden Ausdruck im Gesicht. Sie nahm das Telefon und rief den Stationsarzt an. Der wusste auch nichts von einer Untersuchung.

»Alles absuchen«, rief Hagedorn. »Ich fange hier von oben nach unten an, und Sie Erwin, umgekehrt.
Es war vergebens. Weder in der Klinik noch auf dem gesamten Gelände war Tom Martens zu finden.

»Jetzt haben wir den Salat, er ist geflüchtet«, sagte Erwin zu Hagedorn, »und nun?«

»Das weiß ich auch nicht«, erwiderte Hagedorn, »wie soll er das gemacht haben, gelähmt!«

Er nahm sein Handy, rief im Präsidium an und gab den Befehl, den Flughafen, den Bahnhof und alle Ausgangsstraßen zu kontrollieren.

»Wir wissen noch nicht einmal, wie lange er schon verschwunden ist, es sollen auch die Abflüge kontrolliert werden.«

»Lassen Sie uns etwas essen gehen, Erwin, ich muss einmal abschalten, sonst verblöde ich hier noch«, bemerkte Hagedorn gestresst.

»Aber nicht ins Tivoli«, fügte Erwin hinzu, »sonst kommen die Gedanken wieder brühwarm hoch.«

»Dann sind wir ja einer Meinung«, antwortete Hagedorn auf dem Weg zum Auto, »Wir fahren am besten in die Stadtmitte zu Kiefert, ich könnte jetzt Bratwurst mit Hausmacher Kartoffelsalat vertragen. Parken können wir direkt gegenüber.«

»Ist genehmigt«, lächelte Erwin.

Beim Essen sprachen sie kein Wort miteinander. Beide hingen ihren eigenen Gedanken nach.

So langsam erholte sich Erwin von den Strapazen und dachte mit Kopfschmerzen darüber nach, welche Arbeit jetzt auf ihn zukam. Die Fahndung nach dem Flüchtigen läuft auf Hochtouren.

Akten, Aktion, Akten, dachte er. Inzwischen hatte auch seine Versicherungsdirektion angerufen und ihm mitgeteilt, dass einige, dort versicherte Frauen, ihren Schmuck durch Überfälle verloren haben. Es geht dabei bereits um eine Versicherungssumme von mehreren Millionen Euro, die er recherchieren soll.

Aber auch ein anderes Thema belastete ihn: Frieda.

Was hat sie damit gemeint, als sie sagte: »Ich will Dich nicht mehr wiedersehen.« Meint sie es ernst und die Beziehung ist beendet, oder war es nur ein Wutausbruch von ihr?

Nach einigen Versuchen, Frieda per Telefon zu kontaktieren, gab er es auf, sie zu erreichen.

Dann stellte sich für ihn die Frage: Sollte er jetzt zuerst die Versicherungsfälle bearbeiten oder sich um Frieda kümmern?

Sein Entschluss ließ nicht lange auf sich warten: Erwin genehmigt sich für eine Woche Kopf-Erholung an der Nordsee. Alles andere hat bis nach seinem Urlaub Zeit. Hagedorn war einverstanden.

***

23

Zur gleichen Zeit war Tom Martens schon in einer Maschine der Fluggesellschaft Emirates, von Hamburg nach Dubai. Er hatte den Flug schon vor einigen Tagen mit einem falschen Pass gebucht.

Für sich dachte er: Gute Vorsorge ist die halbe Miete!

Michael-Anton Michelsen – alias Doktor Tom Martens, aus Bremen - hat sein Zimmer im Hotel »Jumeirah-Zabeel-Saray« auf der sogenannten künstlichen Insel »Palm-Jumeirah«, in Dubai, gerade bezogen, genehmigt sich einen starken Kaffee und sieht erstaunt aus dem Fenster der zweiundzwanzigsten Etage. Er genießt die fantastische Aussicht und denkt kurz über seine Flucht aus dem Krankenhaus in Bremen nach. Sechseinhalb Stunden Flugzeit mit einem einstündigen Aufenthalt in München, machen doch ein bisschen müde. Auch das andere Klima macht ihm zu schaffen. Die Zeitverschiebung von zwei Stunden im Voraus bezogen auf Deutschland, macht nicht viel aus. Er legte sich auf das Bett, um ein paar Minuten abzuschalten und sich zu erholen.

Dubai ist bekannt für seine Superlative und Weltneuheiten. Ein eindrucksvolles Beispiel ist die Gruppe künstlich angelegter kleiner Inseln im smaragdfarbenen Wasser des arabischen Golfs.

The Palm Jumeirah, das von oben wie eine stilisierte Palme aussieht, war die erste Offshore-Siedlung ihrer Art, auf künstlich aufgeschüttetem Grund und ist auch ein Hotel. Wer heute die ausgedehnte Wüstenstadt voll glitzernder Hochhäuser betrachtet, zu der Dubai geworden ist, kann man sich nur schwer vorstellen, dass dieses Monument der Moderne seinen Anfang als kleines Fischerdorf nahm.

Michael-Anton Michelsen betrachtete seine neuen Papiere, die er sich schon vor Wochen in Hamburg anfertigen ließ. Laut dieser Papiere ist er gebürtiger Engländer und Vermögensberater im Bereich Aktien.

Sein Plan war jetzt: Erst einmal ein paar Tage Urlaub zu machen, die Gegend und den Strand genießen. Er will sich hier eine Klinik suchen, um sein Äußeres ein bisschen zu verändern, bevor er wieder nach Deutschland zurückkehrt.

Eine Veränderung im Gesicht bringt schon einiges, um nicht, als der erkannt zu werden, wie er vorher aussah. Die Nase verkleinern, die Haut ein bisschen straffen, reicht in den meisten Fällen schon aus, um ganz anders auszusehen. Man kann es an manchen Filmschauspielerinnen erkennen, die fast täglich in den Medien erscheinen und sich haben liften lassen, oder die Lippen aufgespritzt wurden. Manche sehen dann richtig entstellt aus, einige aber auch besser als vorher. Er lächelte bei den

Gedanken und war stolz auf sich selbst. Eine Maske bräuchte er dann nicht mehr.

Es klopfte an der Tür und Michael zuckte zusammen: »Zimmerservice«, hörte er eine Stimme. Da er gerade durch das Klopfen geweckt wurde, konnte er diese Situation nicht richtig einordnen, und war der Meinung er würde noch immer verfolgt werden.

Es klopfte noch mal: »Zimmerservice«, ertönte eine freundliche Stimme mit einem typischen englischen Akzent.

Nach ein paar Sekunden war Michael wieder voll da und öffnete die Tür.

»Ihr Frühstück, mein Herr«, sagte die junge Frau und stellte das Tablett auf den Tisch. Sie lächelte ihn an und Michael dachte jetzt an ein Trinkgeld. Er griff in seine Hosentasche und überreichte ihr eine halbe Handvoll Silbergeld. Sie nahm es dankend an und verschwand wieder durch die Zimmertür. Sein Unterbewusstsein spielte ihm jetzt einen Streich, und er dachte sie hätte ihn etwas eigenartig angesehen. Wusste sie, wer er ist und woher er kommt, oder ist das alles Einbildung.

Er setzte sich an den Tisch und nahm hastig sein Frühstück zu sich. Der Kaffee war sehr stark, aber er wurde wach davon. Gesättigt lehnte er sich in dem Sessel zurück und schaute sich systematisch in dem Hotelzimmer um. In jeder Ecke, in jeder Lampe oder hinter dem Klodeckel im Bad vermutete er eine Kamera, die ihn bespitzelt. Leidet er jetzt unter dem Verfolgungswahn.

Als er nach ungefähr zwei Stunden Suche nichts fand, was ihn beunruhigen sollte, ging er duschen. Unter der

Dusche berieselte ihn nicht nur das Wasser in einer angenehmen Temperatur, sondern er vernahm auch arabische wohlklingende Geräusche, die aus einem Lautsprecher über ihm kamen. Er schüttelte den Kopf und dachte, es kann mir niemand gefolgt sein. Alles nur Einbildung. Ich muss jetzt erstmal zur Ruhe kommen, dachte er noch und stieg aus der Dusche.

Aus dem Spiegel sah ihn sein eigenes Gesicht an. Er erschrak. Seine Narbe im Gesicht konnte er sehr gut erkennen, folglich auch jeder der ihm ins Gesicht schaute. Er hörte auch Stimmen in seiner Einbildung. Sein Handy hatte er bereits in Bremen in die Weser geworfen, damit man ihn nicht orten könnte. Er wird sich morgen vor Ort ein Neues kaufen.

Seine Gefühle haben ihn eigentlich noch nie getäuscht. Warum hat er jetzt diese eigenartigen Gedanken, als würde er verfolgt. Hat er vielleicht doch irgendjemandem von seinen Plänen erzählt, oder Andeutungen gemacht? Oder im Krankenhaus in seiner Benommenheit etwas von sich gegeben? Er konnte sich nicht erinnern … oder war vielleicht …, nein das ist absurd. …

Erwin ist gerade aus seinem Urlaub zurück und ging schnurstracks in sein Büro im Polizeipräsidium Bremen. An Schlaf war in der letzten Nacht kaum zu denken. Beim Blick auf seinen Schreibtisch fiel ihm fast vor Schreck die Brille aus dem Gesicht.

Da lagen sie noch, die Berge von Akten aus dem vorherigen Fall. Es hat sich doch keiner von den faulen

Säcken hier, damit beschäftigt, dachte er so für sich. Aber er hatte eine einigermaßen gute Laune.

Er zog sich einen Stuhl aus der Ecke des Raumes an den Schreibtisch heran, um darauf die Akten abzulegen die seinen Schreibtisch blockierten. Wenigstens die Schreibtischauflage sollte frei sein, damit er arbeiten kann.

Dieses Büro und den Schreibtisch hat ihm Hauptkommissar Hagedorn zur Verfügung gestellt, damit er nicht immer von zu Hause aus arbeiten muss, sowie die betreffenden Akten hin und her schleppen. Da die Beiden ja mittlerweile Hand in Hand arbeiten, ist dieses die beste Lösung.

Einen Plan, wie Erwin jetzt in einer lukrativen Reihenfolge die Akten studiert, hatte er noch nicht. Er wurde den Gedanken vom letzten Fall nicht los: Wie konnte ein Mensch, der angeblich gelähmt ist, einfach mal eben aus dem Krankenhaus flüchten? Er muss einen oder mehrere Helfer gehabt haben.

Erwin wollte gerade das Telefon in die Hand nehmen, als Hauptkommissar Hagedorn zur Tür hereinkam.

»Einen wunderschönen guten Morgen, Herr Müller«, sagte Hagedorn, mit seiner durchdringenden sonoren Stimme. Erwin erwiderte den Gruß:

»Guten Morgen Herr Hauptkommissar.«

»Hatten Sie einen schönen erholsamen Urlaub, Herr Müller?«

»Urlaub kann man das ja wohl nicht nennen«, entgegnete Erwin, »diese paar Tage waren aber nötig um ein bisschen Abstand von dem Trubel zu haben.«

»Haben Sie denn schon etwas von unserem Flüchtigen gehört, Herr Hauptkommissar?«

»Nein, nichts, keine Spur. Auch auf den Flughäfen und Bahnhöfen war nichts zu erfahren, ob sich der Betreffende vielleicht ins Ausland abgesetzt hat.

»Und wenn, dann mit falschen Papieren und einer anderen Identität«, antwortete Erwin.

Hagedorn runzelte seine Stirn: »Dann werden wir ihn nie finden.«

»Und wenn wir das FBI einschalten«, konterte Erwin.

»Ist vor Ihrem Urlaub schon geschehen«, antwortete Hagedorn, »Aber Sie wissen doch selbst, Erwin, dass das ziemlich lange dauern kann. Bis dahin wird er richtig untergetaucht sein. Denken Sie doch an sein Geständnis: In Amerika nach Banküberfällen wurde er nicht gefasst und landete dann in Bremen, wo er einige Jahre seine Schandtaten weiterführen konnte, ohne erwischt zu werden, und das nur, weil er eine Maske trug. Eine Handyortung hatte auch keinen Erfolg.

»Klären Sie Ihre Fälle mit den Schmuckdiebstählen auf Erwin, die mit dem Versicherungsbetrug zu tun haben, dann haben Sie erstmal genug Arbeit!«

»Wann kommt denn ihr Kollege der Herr Schröder wieder aus dem Urlaub, um Ihnen zu helfen«, fragte Hagedorn noch.

»Morgen«, antwortete Erwin.

Hauptkommissar Hagedorn verließ lächelnd das Büro.

Am nächsten Morgen, pünktlich um sieben Uhr, betrat Wolfgang freudestrahlend das Büro. Wie immer war er ein Morgenmuffel und grummelte nur: »Morgen«, und setzte sich auf seinen Stuhl.

Wolfgang Schröder ist schon seit ein paar Jahren der Kollege von Erwin Müller. Er ist achtunddreißig Jahre jung, hat ein eheähnliches Verhältnis mit Bettina und zwei kleine Kinder, die seine Partnerin aus erster Ehe mitgebracht hat. Beruflich ist Wolfgang aalglatt wie eine Schlange, hat ein Gespür für ungerechte Dinge und geht in seinem Beruf als Versicherungsdetektiv voll und ganz auf. Gelernt hat er, genau wie Erwin Müller, Versicherungskaufmann, war bei der Bundeswehr als Fallschirmjäger tätig und hat auch dort seine Nahkampfausbildung absolviert, natürlich ein paar Jahre später als Erwin Müller, denn der ist mittlerweile um einiges älter.

Beide sind ein gut eingearbeitetes Team. Sie können über alles reden und lachen, auch über private Dinge. Eine Ehe kam für Wolfgang nicht mehr in Betracht, da er keine regelmäßigen Arbeitszeiten hat. Mal arbeitet er am Tage, oder nachts, oder auch mal ein paar Tage und Nächte hintereinander.

Keine idealen Voraussetzungen für eine Ehe, oder Partnerschaft mit Kindern, ist klar und auch verständlich. Nach einiger Zeit fing es in dieser Beziehung an zu bröckeln. Seine Lebensgefährtin war mit den Arbeitszeiten von Wolfgang unzufrieden und auch nicht, dass er oft ein paar Tage unterwegs war, obwohl sie es von Anfang an wusste, dass es in dem Beruf oft unregelmäßige Arbeitszeiten gibt. Kurz gesagt, auch das Liebesleben kam zu kurz. Immer öfter hörte Erwin Wolfgang sagen:

»Ich glaube, ich gehe demnächst mal in den Puff, denn zu Hause läuft nichts mehr, es kommt auch kein vernünftiges Gespräch zustande und der Akt wird dann nur noch nach dem Hauruck-Verfahren, zack, zack und erledigt. Die Gelegenheit ist eigentlich passend, denn wir sind ja oft in Hamburg.«

Erwin weiß, dass Wolfgang auch manchmal gerne auf die Kacke haut. In Wirklichkeit ist sein Drang zur Handlung und Ausdrucksweise eine andere, eher behutsam und zurückhaltend. Doch manchmal gehen mit ihm die Pferde durch. Es muss schon reichlich kriseln in seiner Beziehung, dass er diese Gedanken ausleben will.

»Wollen wir gemeinsam einmal, einfach mal so, ein Gespräch mit Bettina anzetteln?«, frage Erwin ihn.

»Können wir gerne machen«, antwortete Wolfgang, »dann lade ich Dich für Sonntag um zwölf zum Grillen ein, ok?« »Geht klar!«, war Erwins Antwort. ***

***

Michael ging in die Dubai-Mall, das größte Shoppingcenter der Welt, mitten in Dubai.

Die Mall bietet ein etwas anderes Erlebnis als traditionelle arabische Märkte. Hier präsentieren bescheidene arabische Händler alles, was das Herz begehrt.

Ihre Ware gibt es in unmittelbarer Nähe zu Boutiquen wie Chanel und Valentino zu kaufen. Besucher können ätherische Öle, Schmuck, Tücher, Computer und frische emiratische Backwaren oder Kuchen kaufen. Feilschen wird hier nicht so gern gesehen, dafür gibt es die Möglichkeit, ganz komfortabel mit Kreditkarte oder in bar zu bezahlen.

Hier will er jetzt nach einem Prepaid Handy mit SIM-Karte Ausschau halten. Er brauchte nicht lange. Fast im Eingangsbereich fand er den betreffenden Händler und auch die Emirate-Bank gleich nebenan. Er tauschte seine Euro in die dortige Währung, Dirham, und suchte sich ein Handy nach seinem Geschmack aus, welches er dann bar zahlen konnte. Michael hatte zwar mehrere Kreditkarten von deutschen Banken, doch die wollte er aus verständlichen Gründen nicht nutzen.

Wieder zurück im Hotel bereitete er sein Handy vor, um telefonieren zu können.

Er suchte sich aus dem Internet die Telefonnummer des »Emirates-Hospital« heraus, schilderte sein Anliegen, wie eine Nasenkorrektur, Hautstraffung und ein paar Besonderheiten.

Die neue und sehr luxuriöse Klinik "Emirates Hospital" ist Anziehungspunkt für den Medizintourismus. Die Klinik beschäftigt überwiegend amerikanische und deutsche Ärzte, die sich auf Schönheitsoperationen spezialisiert haben. Die Kosten für diese Operationen sind hier wesentlich niedriger als in Deutschland und die Qualität ist in der Regel sehr hoch.

Gesagt, getan, der Termin für das Erstgespräch war in zwei Tagen. Einen Termin zur Operation, sollte er sich in circa einer Woche vormerken. Dann noch zwei oder drei Wochen Genesungsurlaub und er kann sich wie neugeboren auf den Weg nach Bremen machen. Niemand würde ihn erkennen und mit seinem neuen Namen könnte auch keiner etwas anfangen.

Der Tag war noch früh am Vormittag und die Luft hatte schon eine Außentemperatur von 42 Grad. Michael fuhr mit dem Fahrstuhl in die oberste Etage zur Dachterrasse mit Swimmingpool und lies sich von dem schönen Damenpersonal mit ausgesuchten Speisen und Getränken verwöhnen.

Als er langsam zur Ruhe kam, war es wieder da, das unbestimmte Gefühl verfolgt zu werden. Ein absurder Gedanke. Hat Bremen vielleicht die Interpol oder den FBI eingeschaltet und sie sind schon auf meiner Spur?

Er muss wohl ein bisschen eingeschlafen sein, als ihn eine sanfte Stimme mit den Worten: »Hallo junger Mann, geht es Ihnen gut?«, ansprach.

Michael zuckte zusammen, aber er beruhigte sich schnell wieder, als er in das Gesicht einer hübschen Frau sah.

»Sie sollten nicht so in der direkten Sonne liegen. Ich habe Ihnen einen kleinen Sonnenschirm mitgebracht, der Sie schützen wird.«

»Danke, sehr freundlich«, erwiderte Erwin, und freute sich über diese Fürsorge.

Er erkannte sofort, dass diese hübsche Dame nicht vom Personal war, denn das Personal trug eine Art Uniform, sie nicht, und sie sprach deutsch.

»Kennen wir uns«, fragte er sofort.

»Nein, kennen ist zu viel gesagt. Ich habe Sie heute Vormittag beim Einkauf gesehen und anschließend hier auf der Dachterrasse«, entgegnete sie. »Ich hatte das Gefühl Sie sind Deutscher und dachte mir, ich spreche Sie einfach mal an.«

»Wollen wir zusammen etwas trinken«, fragte Michael spontan, und winkte die Bedienung heran.

»Woher können Sie so gut deutsch sprechen«, wollte er jetzt wissen.

»Ganz einfach«, erwiderte sie, »Ich komme aus Deutschland und bin geschäftlich hier.«

»Nicht das Sie jetzt denken, das sei eine plumpe Anmache, nein, ich bin allein hier und möchte mich nur mit einem netten Mann unterhalten.«

»Danke für das Kompliment«, antwortete Michael.

»Woher kommen Sie aus Deutschland, schöne Frau?«

Sie wurde ein bisschen verlegen und antwortete: »Ich komme aus Hamburg und bin in der Finanzbranche tätig.«

»Was für ein Zufall, Entschuldigung, Zufälle gibt es ja nicht«, verbesserte er sich, »Ich bin auch in der Finanzbranche tätig und baue mir gerade eine neue Existenz in Bremen und Umgebung auf.«

»Wollen wir heute Nachmittag zusammen einen Stadtbummel machen, ich brauche noch einen kleineren Koffer«, fragte Michael spontan, »Und bei Kaffee und Kuchen können wir uns dann weiter unterhalten.«

»Gerne, Ich freue mich«, antwortete sie, »Bis nachher.« »Ich weiß noch nicht mal wie Sie heißen.«

»Ich bin Michael, und wie heißen Sie?«

»Ich heiße Elfie, Elfriede Wagner.«

»Wir können doch einfach »Du« zueinander sagen, Michael«, schlug Elfie vor.

»Ok, Elfie«, antwortete er.

Wenn das kein Glücksfall ist, dachte er sich. Er denkt jetzt schon daran, diese junge Dame zu seiner Komplizin zu machen. Vielleicht klappt es ja. Seinen vollständigen Namen, Michael-Anton Michelsen, hatte er natürlich zur Vorsicht noch nicht genannt. Das werde ich später in Hamburg nachholen, dachte er sich.

Sie schlenderten, wie verabredet im Shoppingcenter gemächlich und ohne Eile. Sie unterhielten sich über die gemeinsamen Interessen sowie die beruflichen Tätigkeiten.

In einer Auslage sah Michael dann die passenden Koffer in allen möglichen Größen. Sie betraten das Geschäft. Eine freundlich lächelnde Verkäuferin kam auf sie zu und fragte:

»Kann ich Ihnen helfen?«

»Ja, ich brauche einen mittelgroßen Koffer!«, antwortete Michael.

»Schauen Sie sich in Ruhe um, und wenn Sie etwas Passendes gefunden haben, rufen Sie mich!«, sagte sie lächelnd und ging zum nächsten Kunden.

Nach einigem Suchen fand Michael das passende Stück. Er gelangte nur nicht an das zweitobere Regal, um den Koffer näher anzusehen.

»Welches Model hast Du Dir denn ausgesucht?«, fragte Elfie freundlich mit einem Lächeln.

»Einen von da oben«, antwortete Michael und zeigte auf das obere Regal auf den dritten Koffer von rechts.

»Soll ich Dir einen runterholen?«, fragte sie lächelnd und sah ihn fragend an.

Michael stockte einen Moment und erwiderte:

»Oh, ja, vielleicht kaufe ich danach auch einen oder zwei Koffer!«.

Sie sahen sich beide an und mussten lautstark lachen, über die schwere, zweideutige deutsche Sprache. Nach diesem Kofferkauf war jetzt Kaffee und Kuchen an der Reihe. Ein gemütliches Café lud dazu ein.

Sie verabredeten sich noch für den gleichen Abend. Es wurde eine lange Nacht.

Am nächsten Morgen wachten beide in ihrem Bett auf und anschließend saßen beide, ein bisschen übermüdet, am Frühstückstisch und sahen sich schmunzelnd an. Das Gefühl von beiden, sich schon länger zu kennen war unbenommen vorhanden. Sein Gefühl, verfolgt zu werden, war vollständig verschwunden.

Michael erzählte Elfie, was er hier in Dubai vorhatte. Ein paar kleine Operationen an sich vornehmen zu lassen, wie Nasenkorrektur und ein bisschen liften im Gesicht, waren keine große Sache. Sie lächelte bei diesen Vorstellungen. Männer, dachte Elfie, sind ja noch schlimmer als manche Frauen und streichelte dabei seine Hand. Den wirklichen Grund dafür verschwieg er natürlich.

Die operativen Eingriffe verliefen ohne Komplikationen und Michael sah aus, wie frisch aus dem Ei gepellt.

»Ich hätte Dich so nicht wiedererkannt«, lobte Elfie das Ergebnis, »Du siehst ja ganz anders aus. Alle Achtung, Du wirkst um einige Jahre jünger.

Das war es, was Michael hören wollte, »nicht wiedererkannt!«

Nach fast drei Wochen Genesung war Michael so gut
wie narbenfrei und fühlte sich hervorragend. Während
dieser Zeit kamen sich Elfie und Michael sehr nahe und
verabredeten sich zu einem Treffen in Hamburg, um die
Beziehung zu vervollständigen und Einzelheiten zur
gemeinsamen beruflichen Zukunft zu planen. Inwieweit
er Elfie in seine Vergangenheit und Zukunft einweihen
wird, bleibt noch dahingestellt. Wir werden sehen.

***

Epilog

Jetzt erst mal die Rückreise nach Bremen planen und eine neue Wohnung suchen, denn bei dem alten Wichert konnte Michael jetzt nicht mehr wohnen. Vielleicht ziehe ich auch nach Hamburg, kam ihm ein Gedanke, als er Elfie ansah.

Er nahm sein neues Handy und legte es vor sich auf den Tisch, nahm einen Block um sich dementsprechende Notizen für die Planung zu machen.

Wie Michael-Anton Michelsen das alles bewältigen will, ist ihm selbst noch nicht ganz klar. Mit seinem neuen Namen kommt er auf jeden Fall schon mal gut zurecht, als ob er noch nie einen anderen hatte.

Wie dieses Abenteuer weitergeht erfährst Du im vierten Fall für Detektiv Erwin Müller.

***

Zum Autor:

Der Musiker, Autor, Singer – Songwriter, Alfred Zech, ist 1950 in Bremen geboren, jetzt wohnhaft in Bremerhaven. Er träumte schon als Kind davon, an der Nordseeküste zu wohnen, Bücher und Songs zu schreiben und zu komponieren.

Mit 12 Jahren begann er seine Songs selbst auf der Gitarre zu begleiten und gründete seine erste Band.
Die selbst gemachte Musik, in Richtung Swing, Jazz, Blues, Rock, begleitet ihn sein ganzes Leben. Nach Jahrzehnten aktiver Rockmusik in verschiedenen Bands wird er sich jetzt seinen eigenen Songs widmen, sowie Bücher schreiben. Zu jedem seiner Bücher komponiert Alfred Zech auch den dazu passenden Song, mit gleichem Titel.

Nach seiner langjährigen Berufstätigkeit im Versicherungsgewerbe schreibt er jetzt, unter anderem, Kriminalromane aus der Region seines früheren beruflichen Umfeldes wie: Bremen – Hamburg – Bremerhaven.

Weitere Informationen zum Autor erfahren Sie unter:

www.alfred-zech.de
Bereits erschienene Werke des Autors:

Erster Fall für Detektiv Erwin Müller

Gänsehaut und Spannung pur

Das alte Schloss (ein Pharma-Thriller)
Wer die Schönheit beherrscht, hat die Macht
Erster Fall für Detektiv Erwin Müller

Neuerscheinung am 20. August 2018
2. überarbeitete Auflage am 03. Mai 2019
ISBN 978-3-7528-8583-5   Taschenbuch
ISBN 978-3-7528-4602-7   E-Book

Versicherungsdetektiv Erwin Müller ermittelt mit seinem Kollegen Wolfgang Schröder und dem Hauptkommissar Thalheimer im sogenannten „Nassen Dreieck" * in Bremen-Hamburg-Bremerhaven.

In bestimmten Kreisen der High Society in Deutschland herrscht die grenzenlose Gier nach Profit. Erwin Müller bewegt sich in einem Milieu zwischen Betrug, Korruption, Erpressung und Mord.
   Ein Netzwerk von Ärzten, einer Partnervermittlung und einem Lieferanten aus England, sollen hier illegal mit nicht zugelassenen Medikamenten – die in Indien produziert werden - Frauen in einer Schönheitsklinik behandeln.
   Die gesamte Situation eskaliert. Rücksichtslos handeln hier einige Personen, denen offensichtlich alle medizinischen Anforderungen, als auch die Gesundheit und die Gefühle der ahnungslosen Frauen, völlig egal sind.
   Eine ungeheuerliche Entdeckung bringt Erwin Müller in Gefahr, als er eine Morddrohung erhält.
***

Zweiter Fall für Detektiv Erwin Müller

Spannung vom Anfang bis zum Ende …

Der Schrei der Katze (ein Kriminalroman)
Zweiter Fall für Detektiv Erwin Müller

1. Auflage 02. Mai 2019
ISBN 978-3-7322-4379-2   Taschenbuch
ISBN 978-3-7494-8970-1   E-Book

Versicherungsdetektiv Erwin Müller und Kommissar Thalheimer kommen nicht zur Ruhe.
Sie ermitteln in Hamburg und Umgebung und sind einem Giftmörder auf der Spur. Zu ihrer Überraschung stellen sich Verbindungen zu einem vorherigen Fall ein.

Was als ganz normale Recherchearbeit für Kommissar Thalheimer und Erwin Müller beginnt, endet in einem undurchschaubaren dramatischen Kampf um Geld, Gefühle, Leben und Tod.

Der plötzliche, unheimlich grelle Schrei, wie der einer Katze, nahm der Luft den Sauerstoff zum Atmen und den beiden Ermittlern gefror das Blut in den Adern. …

***

Sei gespannt auf die nächsten Fälle von Detektiv Erwin Müller…